EUFÒRI

Xavier Bosch

Eufòria

Proa

Proa
A Tot Vent

Primera edició: gener del 2014

Drets exclusius d'aquesta edició:
Raval Edicions SLU, Proa
Pedro i Pons, 9-11
08034 Barcelona
www.proa.cat

ISBN: 978-84-7588-459-2
Dipòsit Legal: B-26012-2013
Composició: Víctor Igual, SL
Impressió: Romanyà Valls

Sumari

A la Mònica i l'Aran,
que em donen tot el que li falta al Santana

«Si un periodista arriba al lloc del crim abans que la policia, té un problema».

Xavier Vinader

1

Una amenaça gens subtil

Sempre havia pensat que el meu assassí duria barba.

Un home fort, d'una barba espessa, negríssima, venia cap a mi, de cara, en un carrer estret, i no em deixava passar. Devia tenir uns cinquanta anys, m'agafava i ja no em podia escapar. De petit ho somiava moltes vegades. I sempre acabava igual. Em despertava mort. Després, suat de por, travessava el passadís i me n'anava a dormir al llit dels pares. Deveu pensar: què m'explica ara aquest, en la situació en què està? La realitat és que la meva història, el que em va passar el diumenge 25 de març de 2012, va tenir poc a veure amb cap premonició infantil. Duia barba, sí. I prou. Potser rondava la cinquantena, però no ho sé... Tal vegada eren quaranta, o menys. Però ni em va venir de cara ni era un carrer estret. Em va atacar per l'esquena, a mitja tarda i en un garatge. Al pàrquing públic de la Gardunya. Els covards actuen en pàrquings i amb la cara tapada. Com els assassins del Lluch. Com els segrestadors del Quini. A mi em va sortir de darrere una columna quan estava obrint el cotxe, amb la clau en una mà i amb la targeta a la boca. Tot plegat va anar per terra. A l'instant me'l vaig trobar a sobre, escanyant-me per darrere amb un braç i posant-me un ganivet al coll amb l'altre. Vaig notar, de seguida, que un raig de sang calenta em queia al damunt del pit. M'hi vaig resistir, vam forcejar. Amb el braç, estirant-lo cap enrere com vaig poder, li vaig intentar treure el passamuntanyes i va ser aleshores quan vaig notar que, agafant-me fins a ofegar-me, reduït com em tenia, la seva barba em fregava el coll. Era pitjor que el malson. Era tot nervi i múscul. I devia ser una mica més baix que jo. M'envestia amb la seva mandíbula i tornava a notar, una vegada i una altra, la seva barba fregant al meu damunt. Tenia un alè fort, pudent, d'haver menjat cogombre. I no recordo gaire res més, però aquella olor em va quedar encara que la policia digui que és un detall irrellevant.

Cridar no em va servir de res. No hi havia cap policia enlloc. I encara menys en diumenge. On són quan els necessites? La pregunta que es fa tothom, jo també me l'estava fent quan, en plena baralla, vaig rebre una patacada que em va estavellar contra el retrovisor d'una furgoneta que era dues places més enllà. I en aquell moment precís, a tres quarts de cinc en punt segons va escriure el conductor de l'ambulància, vaig caure rodó i vaig perdre el coneixement. Quan va arribar l'equip d'emergències, el meu assassí ja no hi era. Es devia pensar que ja havia complert l'encàrrec deixant-me morir en el bassal de la meva pròpia sang.

I aquí estic. Una setmana més tard, ja em veieu. Immobilitzat de cervicals en avall. Sense maquillar, però amb prou forces per anunciar una cosa. –La càmera va fer un zoom lent, per tancar el pla sobre la seva cara, amb un ull de vellut que havia quedat inexpressiu, sense vida.– Ningú no em farà callar. Me'n sortiré i et trobaré. T'he de dir que et trobaré i descobriré qui hi ha darrere teu i, des de la tele o des d'on sigui, ho explicarem tot. Siguis qui siguis, no te'n sortiràs. Al final –va esforçar-se a esbossar l'única mitja rialla de tot el vídeo–, al final, se sabrà tot.

–Stop?

–Què tal?

–Impactant.

–No m'ha quedat massa...

–Gore?

–Llarg?

–No ho crec... –el Gratu, amb les seves dificultats de desplaçament, va posar l'ull al visor–. Dos minuts i mig.

–Qui mira un vídeo de dos minuts i mig a Youtube?

–Depèn. Aquest es fa d'allò... I més sent tu qui ho diu. Vols que el repetim? Però per al meu gust té força, i espontaneïtat.

El Dani, enguixat de dalt a baix, ja havia fet prou esforç per incorporar-se al llit i forçar unes cordes vocals que, fins feia dos dies, havien quedat mudes per una ganivetada que havia de ser mortal.

–Quan el penjaràs?

–Mitja horeta i ho tenim. –El jove ajudant va treure un USB de la càmera.– Com el titulo?

–Què et sembla?

–The mummy.

–No em fotis riure, hòstia...

–La mòmia, tercera part.

–Va...

No podia més. Amb la carcanada adolorida, cada respiració el comprimia contra la cuirassa. Hi ha ocasions –i els hospitals en són plens– en què riure és una tortura.

Dani Santana, el presentador que s'agradava més al plató que a la vida, hauria d'estar una temporada fora de pantalla. Ningú no s'atrevia a aventurar quant de temps. No era prescripció facultativa. Era un intent d'assassinat. Una amenaça gens subtil. Una putada.

2

Un advocat que sigui millor que el meu

L'Aura, com cada matí, va estirar els llençols i va plegar el sofà llit de matrimoni perquè el seu cop de puny de cinquanta-cinc metres, a tocar de l'estació de Sant Andreu, li quedés una mica més espaiós. Vivia amb l'Antonio, que, a aquella hora, quan el Basté llançava la filípica del davantal de les vuit, ja devia fer tres hores que fressava en una fàbrica d'acer inoxidable de Sant No-sé-què del Besòs, a tocar de les cases barates. Ell estava tip de fer el pitjor torn. Però encara gràcies i quin remei si, a la fàbrica, tan sols vuit anys enrere, eren quaranta-cinc treballadors, tres torns a ple rendiment i màquines que no paraven de cagar cargols i femelles de dia i de nit. Calia aguantar com fos, perquè la feina és la feina, pinten bastos, la crisi és molt puta i podia donar gràcies a Déu, i a l'amo de la companyia, que en aquella nau gèlida hi quedessin ell i nou companys més que, entre badall i badall, ja només estampaven peces especials, per encàrrec i pagades al moment de la comanda. Els cargols estàndard, els comprava tothom a la Xina. Qüestió de preus.

A ella, en canvi, ja li estava bé sentir, en la boira dels

somnis, que la seva parella es llevava, es dutxava en la llunyania i se n'anava sense estalviar-li cap soroll. Amb tot el matalàs per escamarlar-se, fruïa d'aquelles dues horetes que li quedaven perquè sonés el Casio de la tauleta de nit.

L'Aura Barrera –vint-i-pocs, però tothom n'hi posava trenta-algun, potser per allò que la seva mare en deia «las hechuras»– va encendre la primera cigarreta del dia. De reüll, va assegurar-se, davant del mirall de l'entrada, que no s'havia passat de maquillatge. Va llançar l'encenedor i el paquet de Camel a la bossa, va tancar la porta de cop i va sortir de casa. No passava la clau. Si entren, tant se val, pensava. Sabia que els lladres no hi trobarien res. Misèria, rutina conformada i quatre sentiments mal cuinats. I, això sí, a l'aigüera, un munt de plats que havien estat motiu de discussió per veure a qui li tocava rentar-los. En cas de dubte, s'havien quedat allà des de dissabte, diumenge, dilluns... Ja érem dimarts.

Va sortir de casa amb els cabells molls. Tenia calculat que en deu parades de metro, amb el transbordament afegit que tant odiava pel brogit matinal de les catacumbes de la plaça Catalunya, en tenia prou per arribar al seu centre amb la melena eixuta. Es posava l'uniforme negre, a joc amb el cabell, i ja estava a punt per començar la jornada. Si aquell dimarts era un dia fluix, com cada dimarts, sabia que rentaria caps, faria manicures, algun massatge i, el que li feia més mandra de tot, agafaria les alicates per tallar les ungles dures dels peus més ressecs del barri. L'Aura feia vuit mesos que treballava en una perruqueria selecta, només per a homes, a la part més nova de Sarrià, allà on antigament hi havia hagut un camp de futbol. El que l'Aura no podia imaginar, mentre fullejava un diari gratuït asseguda en un vagó que anava de gom a gom, era que abans de l'hora de dinar la seva vida hauria agafat una drecera inesperada.

Després de deixar les bessones a l'escola, en Javi Cardelús va aprofitar l'estona morta d'un semàfor per mirar-se al retrovisor. Se li'n fotia que els conductors del costat, atrets per un cotxe descapotable d'alta gamma, un Jaguar verd, el veiessin com es pentinava les celles i descobrissin l'habilitat d'aquell home que rondava els cinquanta. Amb un sol dit i amb una gran perícia, es tornava a posar els pèls del nas cap endins. La seva dona li havia insistit, un matí més, que en un dia de reunions importants no podia anar amb aquells pèls que li sortien d'una fossa i de l'altra. I menys ara que començava a tenir algun pèl blanc i encara se li veien més. La Momo no entenia que el seu marit anés tan pinxo de roba, tingués tan gust per les americanes i les corbates cares i, en canvi, es deixés d'aquella manera en coses tan bàsiques de la cura personal. I menys ara que, com a home de negocis conegut, Javier Cardelús havia de començar a sortir als mitjans per explicar el gran projecte que havia de canviar la fesomia del país, dinamitzar el territori central i crear tants milers de llocs de treball que els diaris, sempre tan rigorosos, es confonien a l'hora de posar zeros a les xifres. (Només en el preu, i en la data, no s'equivocaven mai). I menys encara aquell dimarts que la Momo sabia que el Javi, al vespre, havia d'anar a l'aeroport a rebre Don Roberto M. Faura, un dels homes més rics del món.

–I menys ara que...

Prou, Momo, no em toquis els collons, li havia dit el Javi mentre la minyona –equatoriana, amb papers i seguretat social– mirava de donar l'esmorzar a dues nenes de cinc anys que no treien els ulls de la tele encastada a la paret d'una cuina blanca, blanquíssima, calcada d'una revista de disseny. Tan bon punt s'acabava el capítol dels Dalton –mai abans–, el pare les acompanyava a l'escola i, d'aquesta manera, era el moment sagrat del dia que les veia. Pel retrovisor.

Amb tres ditades, sense treure la mà del volant, el Javi va trobar el telèfon de la seva perruqueria. Trucava amb el mans lliures. Amb el Jaguar en marxa, i obert als quatre vents, havia de cridar perquè el sentissin.

–Hola! Sóc Cardelús! Només per si va bé que vingui ara a passar la màquina?

–Cap problema. Escolta? Hola? Que sí! Que aquí t'espero!

–Després... Merda, es talla... Després tindries algú per fer un bon massatge?

–A veure, que ho miro a l'agenda –no hi havia res a mirar, el Ricardo, el perruquer que donava nom al local, sabia perfectament que les tenia a totes de braços plegats–. Et puc oferir la Carla, la Sarita, l'Anabel... Has provat mai l'Aura?

–La Laura? –No li sonava de res.– Hola? Sóc més de cares que de noms, jo.

–Et farà un bon massatge. Ei, que em sents? Vine, primer tallem i després passes amb l'Aura. No te'n penediràs.

Quantes vegades, les setmanes després, el Ricardo s'estirava els cabells per haver pronunciat aquelles paraules que el director de comunicació, del cotxe estant, mai no va arribar a sentir.

El Javi Cardelús fullejava la premsa econòmica mentre el Ricardo, reprimint les ganes de comentar l'actualitat política, li tallava els cabells. Clatell i parietals amb la maquineta que endollava a la mateixa cadira; el serrell, a pinta i tisora. Li van servir un cafè mentre buscava si a l'*Expansión* o al *Cinco Días* hi deien alguna cosa, de l'arribada de Bobby Faura, que era com el coneixien a Miami i com, familiarment, els diaris li havien abreujat el nom de pila, no fos cas que el periodista es cansés d'haver d'escriure, cada vegada, Roberto Manuel Faura tot sencer. L'excusa era que, a l'hora de titular, Bobby sempre els cabria millor. I més ara, des que es va filtrar el macroprojecte a la premsa, que no hi havia dia que no fos protagonista, pel cap baix, d'un breu o d'una columna.

El Ricardo li va posar un mirallet perquè pogués veure aquell clatell polit, recte com les bardisses de Versalles.

–Vale?

–Vale. Perfecte.

–Vols un xampú? –El Ricardo tenia un punt exageradament servicial.– Una rentada per treure els pelets que hagin...

–No, no. Si ara em dutxaré, no...

–Tens raó –li va dir el perruquer mentre amb el talc i el raspall suau li treia els pèls del clatell, abans d'ajudar-lo a desengavanyar-se del davantal que duia estampat el logotip de la perruqueria.

El Javi ja no es va prendre el cafè, «ha quedat fred», i de seguida el van fer passar cap al fons, al vestidor. L'Aura el va acompanyar amb les tovalloles plegades, un tanga d'usar i llençar i les xancletes per a la dutxa.

–Tu ets la Laura?

–Aura, Aura...

–Aura? Perdona, no ho havia sentit mai...

Eren, en canvi, segurament les paraules que ella més vegades havia sentit dir a la vida. A aquelles alçades, però, ja no estava per donar explicacions sobre l'etimologia del seu nom i per què els seus pares l'hi van posar com l'hi van posar quan va néixer, amb vuit mesos, a la Clínica del Pilar.

–Quan acabi, passarem a la primera cabina, d'acord?

El Cardelús coneixia perfectament el ritual. Freqüentava el lloc des de feia uns tres anys. Va descobrir la perruqueria del Ricardo quan, en canviar-se el cotxe, va adonar-se que, al costat mateix del concessionari, hi havia un saló masculí i de bellesa. Hi va entrar per la sauna i, des d'aleshores, hi anava quan la Momo insistia que s'havia d'arreglar els cabells, quan notava que li calia fer una bona suada, per obrir porus, o senzillament quan li venia de gust fer una horeta de massatge.

Després de la dutxa, es va eixugar i, amb la tovallola grossa nuada a la cintura, va fer les vuit passes que hi havia fins a la cabina assignada. No es va posar les sabatilles. Preferia arriscar-se a agafar algun fong en la fusta humida del plat de dutxa que no calçar-se aquelles xancletes de plàstic que vés a saber qui hi havia posat els peus. Es va estirar al damunt de la llitera i es va posar la tovalloleta seca, plegada, just perquè no es veiés res però calculadament perquè, segons com, es pogués intuir alguna cosa. El tanga de paper, com havia fet sempre, l'havia deixat a la taquilla del vestidor.

L'Aura va entrar decidida, va tancar la porta, va abaixar el volum del fil musical i va deixar el mòbil que li servia de rellotge i el pot de la crema entre les cames del senyor Cardelús. Després de fer-se una cua amb els cabells, va graduar la llum de la cabina fins a deixar-la en penombra. Entrava més claror per l'esquifit ull de bou del damunt de la porta que no de la mateixa bombeta que havia deixat un aire acarbassat, tènue, relaxant.

–Li agrada fort, el massatge?

L'Aura es va fregar les mans, i les va bufar i tot, perquè sabia que abans del primer massatge del matí sempre les tenia fredes.

–Fortet, sí.

Ja ho sabia. Ella ho sabia tot del Cardelús. La Carla, la Sarita i l'Anabel li havien explicat de quin peu calçava aquell home casat. Que tenia dues bessones, que era educat, que no es posava el tanga, que tenia un bon cos comparat amb els iaios que hi havia en aquella clientela, que li agradava exhibir-se i que, encabat, donava unes bones propines encara que, al vestidor, hi havia un rètol que demanava, en nom de l'ètica professional, que si es volia donar alguna propina a les noies es fes a caixa, a l'hora de pagar.

L'Aura, amb quatre nocions de fisioteràpia apreses

d'una pàgina d'Internet, va començar per un peu i bessons, l'altre peu i panxell amunt. La informació que li havien passat era bona: tenia la musculatura molt dura, de tant d'esquí i tanta bici de muntanya. Per l'altaveu, sonava un sense fi de la banda sonora de *La Missió* que l'Aura feia moltes setmanes que tenia avorrit. Quan els dits de la massatgista van arribar a les cuixes i el Javi va notar l'Aura més a prop, va obrir un ull.

–No ens coneixíem, oi?

–Sí, sí... Jo crec que alguna vegada li havia rentat el cap.

–Ets nova?

–No, bueno. Demà passat farà nou mesos que treballo aquí. Com passa el...

Al Javi Cardelús el molestava l'alè de tabac cada vegada que l'Aura deia alguna cosa. Pensava que, igual que es renten les mans, s'haurien de rentar les dents abans d'entrar en una sala així. I glopejar un Licor del Polo per l'amor de Déu. Algun dia agafaria el Ricardo per banda i l'hi diria. Però, ben pensat, el Ricardo potser li contestaria que allà, els clients, també s'havien de posar el tanga per l'amor de Déu. Ho va deixar córrer. Va mirar de no obsessionar-se i es va estimar més concentrar-se en les mans d'ella, notar com resseguia els quàdriceps amb força, deixar-se anar i no fer-la parlar gaire més. Per treballar els adductors, per fer-se espai per poder treballar, l'Aura va cargolar una mica més la tovallola, arran d'engonal.

–Uf, aquest uniforme fa una calor...

–Doncs, treu-te'l –ràpid de reflexos, el senyor Cardelús. També l'hi havien advertit.

–Sí home... –va somriure i va continuar prement l'engonal, amb força i persistència, per desfer qualsevol nus de la cama dreta, que semblava més carregada.

Quan l'Aura treballava els adductors de l'esquerra i després de tanta estona de passar els dits a tocar de zona perillosa, el Javi va notar que la tovallola començaria a aixecar-se. Primer lleugerament, d'una forma gairebé imperceptible amb tan poca llum. Després, una mica. Molt, a jutjar per la imaginació del Cardelús. L'Aura va fer veure que no se n'adonava i va continuar com si res. A mesura que creixia l'erecció, però, la tovallola va anar alçant-se fins que, de cop i volta, sense que ningú no fes res per evitar-ho, va lliscar fins a caure de costat. Ell no va dir res. Esperava. Amb un punt d'excitació. L'Aura, amb la naturalitat de qui arrebossa el pollastre, li va tornar a plegar la tovalloleta i la va posar a lloc, sense pressa, sense fer-ne escarafalls però aprofitant per comparar amb l'Antonio, que sempre li deia que no en veuria cap altra com la seva.

–Contentet, eh? –l'Aura havia trobat la manera de fer veure que no hi donava importància.

–Perdó –el Javi es va fer l'avergonyit.

–Tranquil. Aquí hem vist de tot.

–Ah, sí? –va respondre amb un fil de veu.

L'Aura havia tret ferro a la situació. L'aquí hem vist de tot, en canvi, va despertar la fantasia del Javi Cardelús que, en aquells moments, ja estava prou descordada. Què havien vist aquelles noies? Què s'hi feia en aquelles cabines? Per què a ell, allà, mai ningú no li havia posat la mà a sobre?

–Tens un nen, oi?

Que cruel. L'Aura sabia com fer tornar tot allò, de cop, a posició de repòs. Encara hauria pogut ser més càustica.

Hauria pogut preguntar, ara que es tutejaven, la teva dona de què treballa. Però no va voler començar la tortura per la segona fase.

–Dues nenes.

–Nenes, les dues...

–Bessones. Mar i Sara.

Ell, però, es va quedar amb una idea: que l'Aura, de sobte, l'havia passat a tractar de tu. Un cop li havia exhibit les credencials, ja hi havia confiança. I allà dins hi havia vist de tot.

–Bessones. Que mones.

–Sí. Molt... –va respondre d'esma.

–Ja et pots tombar.

El Javi Cardelús es va treure la tovallola, la va deixar anar a terra i es va estirar de bocaterrosa. L'Aura va aprofitar per mirar l'hora al rellotge. Quan li va tornar a posar les mans al damunt, el tenia de cul enlaire. Un cul pelut, tal com li havien descrit la Carla, la Sarita i l'Anabel. Li quedaven vint minuts per treballar-li l'esquena. I així ho van fer, en silenci. Lumbars, dorsals, cervicals i tornar a baixar. Ningú no va dir res més. Fins i tot l'Aura va pensar que el senyor Cardelús s'havia arribat a adormir.

A l'hora en punt, sense regalar res, l'Aura es va posar el telèfon a la butxaca de la bata.

–Bueno... Què tal?

–Ja està?

–Una horeta. C'est fini...

El Javi Cardelús, amb un moviment feixuc, es va girar i es va tornar a quedar panxa enlaire, estirat a la llitera. Sense tovallola.

–No hi ha res més?

–Perdó? –ella es va fer l'ofesa...

El Javi va pensar que l'Aura coneixia aquell joc delicat, de sobreentesos.

–No hi ha una mica de...

–De...

–Final feliç? –va dir ell, vedell, amb la veu del nen que suplica més xocolata dins del pa.

–Però, què dius? T'has confós de lloc...

L'Aura sabia que hauria hagut d'obrir la porta i tocar el dos. Però, encara avui no sap per què, es va estar allà, dreta, al costat de la llitera, esperant que el senyor Cardelús deixés de ser un senyor i s'anés posant en ridícul.

–Quant vols? Cinquanta euros? Cent?

–Però tio, que no ho has entès? Que no sóc una puta...

El que no podia pensar és que, just quan anava a agafar el pot de crema per sortir de la cabina, ell s'incorporaria, d'una revolada, per agafar-li la mà.

–Toca'm una mica.

–Però, què fas?

–Soba'm una mica, per aquí...

Quan ella va voler fugir, no va poder. El Javi la premia fort pel canell i no se'n podia escapar.

–Deixa'm anar ara mateix o fotré un crit...

El Javi, encegat, ja no sentia res i només insistia en el gest perquè ella, amb el puny clos amb totes les seves forces, li passés la mà pel damunt.

–Ei, hòstia, que fotré un crit i vindrà tothom... Deixa'm anar.

Amb l'altra mà, i amb tota la ràbia que va poder, l'Aura li va llançar el pot de crema al damunt de la panxa. Per l'acte reflex, el Cardelús la va deixar anar i ella va aprofitar per obrir la porta de la cabina i sortir esperitada.

–Passa a la dutxa i pela-te-la tu, guarro. Que ets un guarro... –cridava l'Aura des del passadís.

–No li diguis res al Ricardo... T'acomiadarà.

–No poc... –Va dir l'Aura, ja lluny, arribant a la porta que donava a la secció de perruqueria.

Mala sort, va pensar el Javi Cardelús mentre s'ensabonava. No tenia remordiments de consciència. No n'havia tingut mai. Eren dues paraules que mai no havia utilitzat seguides. Va decidir no pensar-hi més. Només volia vestir-se, pagar i sortir d'allà amb la mateixa dignitat amb què hi havia entrat. Mentre es feia el nus de la corbata, l'Anabel va obrir la porta del vestidor per recollir les tovalloles i les xancletes.

–Et penses disculpar?

El Javi Cardelús la va ignorar, com si no hagués entrat ningú. L'Anabel no es va rendir.

–Li penses dir res?

–A qui?

–A l'Aura...

–No sé de què em parles.

–L'Aura està fatal. L'hi ha explicat al Ricardo.

Ella ho va dir serenament, sense aixecar la veu. Ell va copiar-li el to.

–És una desgraciada...

–L'hi ha dit al Ricardo i ha trucat a la policia.

–No m'ho crec. No pot ser tan cabrona... –va dir el senyor Cardelús, amb la corbata a mig nuar i sense sabates.

L'Aura l'esperava a caixa, flanquejada per la Carla i la Sarita. El Ricardo, l'amo, s'havia tancat al despatxet, com cada vegada que s'ensumava un problema amb un client. El Javi Cardelús va deixar dos bitllets de cinquanta damunt del taulell, sense dir res, sense aixecar la vista. L'Aura li va tornar els vint euros del canvi, tampoc no se'l mirava.

–L'Anabel m'ha dit que has trucat a la p... M'esteu collonant, suposo?

L'Aura es va treure el telèfon de la butxaca i li va ensenyar la pantalleta, amb les trucades recents. La darrera, de feia quatre minuts, era al telèfon 112 d'emergències. El Javi Cardelús, de cop i volta, va esclatar. Va estar a punt d'agafar l'Aura pel coll, però la Carla i la Sarita van socórrer-la.

–Deixeu-me anar, no us la creieu...

L'Aura va començar a plorar. El Javi Cardelús, a aquelles alçades, ja s'havia embalat.

–No pots dir res, no pots demostrar res. Aquí no ha passat res. És la teva paraula contra la meva. No et creurà ningú, a tu. T'has fotut en un bon merder, noia. No tens cap prova. Aquesta tia està boja i s'ho inventa tot –va dir mirant les altres noies per un moment, buscant la complicitat que no va trobar–. Això no sortirà enlloc. No trobaràs feina mai més en aquest país. Et tancaré totes les portes. Totes. Ja et pots buscar un advocat que sigui millor que el meu. Estàs acabada.

3

Un glop com Déu mana

–Aquest periodisme groc no fa per tu.

L'Eva Bosch tenia prou confiança en el Santana per dir-li què pensava.

–No sé què hi guanyes gravant-te un vídeo aquí a la clínica, enguixat de dalt a baix, i penjant-ho a la xarxa. Des de quan el periodista ha de ser la notícia?

–Des que m'han intentat matar? Des que m'han estat a punt de deixar en cadira de rodes? Des que m'estaré uns quants mesos sense poder fer la meva feina? Acosta'm el vas...

L'habitació del Dani Santana, buida, era d'una asèpsia definitiva. Quan arribes a un hotel, de seguida tens pressa per fer la teva estesa de coses, perquè vols que s'assembli una mica a casa i desitges estar-hi bé. Fins i tot corres a treure el precinte higiènic del vàter i fas un riu, per marcar territori. A l'habitació d'un hospital, en canvi, hi escampes poques coses perquè, des del moment que hi entres, tens moltes ganes de marxar-ne. Amb prou feines hi poses el cos –a la força– i una mica l'ànima, coaccionada pel dolor i pel diagnòstic dels metges. Cada paraula seva agafa una força i una categoria imponents i, entre aquelles quatre parets, es crea un petit món, místic i viciat. Només hi ha una cosa pitjor que l'ànsia per les paraules del metge. Els seus silencis.

En un hospital, a més a més, com en el cas del Dani Santana, si hi entres per urgències i et duen directament a l'habitació enguixat de pit a maluc, pots bellugar-te ben poc per desendreçar res. A la 208 de l'Institut Stoner, centre de referència per a les lesions medul·lars, el poc que hi tenia el Dani Santana estava tancat a l'armari. A la vista, no res. La Raquel, quan va arribar escopetejada en saber la notícia, s'havia afanyat a desar les poques pertinences que el Dani duia al damunt en el moment de l'atac. A la tauleta de nit només hi havia una capsa de kleenex i un vas de duralex amb dos dits d'aigua i una canya que l'Eva li va posar als llavis. El Santana va xarrupar lleument, tan sols per treure's la sequedat de la boca, de tantes hores sense parlar amb ningú. Després de prendre's el seu temps, més misteriós que juganer, li va respondre:

–Una policia brillant com tu, no ha pensat que el vídeo té un motiu? No has pensat que segurament ho he fet amb un propòsit?

–Quin?

–Per exemple, atreure'l. Fer-lo sortir del cau. Posar nerviós qui tingui al darrere?

–Per què no deixes, Dani, que les investigacions les fem nosaltres?

–Perquè ja no em fio de ningú. Et serveix com a explicació?

–No. I tu saps que junts sempre ens n'hem... Vas sentir si l'home de la barba tenia algun accent?

–Estranger, vols dir?

L'Eva Bosch va alçar les celles, assentint. Esperava un indici, una guspira, un punt de partida per on començar a rastrejar.

–Això és el que li encantaria al teu conseller d'Interior, oi? Que jo sortís ara i digués que l'home que em va intentar matar era romanès, o sudaca... Li faltaria temps per dir que els dolents vénen de fora. L'excusa per a una altra ràtzia perfecta contra la immigració.

–Va dir res? Tenia algun accent, o no?

–Del Clot, jo li vaig notar l'accent del Clot, però més de la banda de Fabra i Puig, per sota de la Meridiana... L'accent, l'accent... Em foteu negre amb els eufemismes... D'on era? Jo què sé, Eva, però crec que era d'aquí. –El Dani, de cop i volta, va somriure per primera vegada en tres dies.– T'has fet alguna cosa? Et veig diferent.

L'Eva Bosch es va sentir enxampada. I va fer com qualsevol dels xoriços als quals, a la vida, per feina, li havia tocat posar les manilles. Mentir.

–Deu ser que vaig de paisà...

Era veritat. Potser sí, va pensar el Dani, que mai no havia vist l'Eva Bosch sense l'uniforme d'intendent dels Mossos d'Esquadra. El blau oficial l'afavoria. En canvi, aquella trenca de color de gos com fuig li entristia les faccions.

–En quin merder t'has ficat, Dani?

–No ho sé.

–Dani...

–Francament, no en tinc ni idea.

Ja feia anys que l'Eva Bosch havia conegut intensament el Dani Santana, quan era director del *Crònica*. Al diari, el Santana hi tenia un cap de secció de Societat que havia començat a publicar primícies d'impacte sobre la presència d'Al-Qaida a Barcelona. El periodista David Cid, conegut com a Senza, cada vegada semblava més ficat en aquella trama i l'Eva Bosch, discreta i professional, va decidir fer la feina des de dins. Encara es recordava del fàstic que li feien les dents grogues del Senza quan cardaven al seu pis de la plaça de la Revolució, a Gràcia. Tots dos s'havien enfangat per un mateix cas i al Dani, fins i tot, li havia costat el càrrec. La policia i el periodista, dos solitaris, dos obsessius per la feina, s'havien tornat a necessitar un temps després. El Dani Santana, capbussat en la investigació periodística de l'incendi del Liceu, va topar de nou amb l'Eva Bosch per la mort aparentment accidental de dos testimonis per al reportatge que preparaven per a televisió. En aquells dies convulsos, l'arribada de Tuzza Talese a Barcelona ho va acabar de complicar tot. L'escriptora siciliana, autora d'un èxit mundial, havia vingut perquè el Dani l'entrevistés al seu programa de TV10. Arribava expressament per promocionar el seu llibre i per parlar de la màfia. L'Eva Bosch i tota la Comissaria General d'Investigació Criminal, sota el seu comandament, van triscar de valent durant setmanes, però no van poder evitar que, al capdavall, tots plegats n'acabessin patint les conseqüències.

Aquelles històries, però, ja eren aigua passada i tant el Dani Santana com l'Eva Bosch compartien la mateixa virtut dels polítics en campanya electoral: el passat no comptava per a res.

Aquell matí a l'Institut Stoner, la intendent temia que l'ambició professional del Santana el tornés a embolicar en una història policial que aniria més enllà de la que semblava una irremissible tendència autodestructiva del presentador. El Dani Santana –ell ja feia temps que s'havia acceptat– tenia molta vida per pantalla i ben poca fora.

–De qui sospites?

–No ho sé.

–Algú t'havia amenaçat?

–Directament, no.

–Directament?

–Sóc periodista...

–I?

–Tothom intenta intimidar. Coaccionar, és la paraula... Una trucada, un comentari... Però allò et mataré, si vols saber això, ningú. Ni un anònim, ni...

–I la vida privada?

–Jo mai faig preguntes d'aquesta mena.

–Jo sí. –L'Eva, intuint el dit gros del peu del Dani sota del llençol, l'hi va prémer, en un gest que va desconcertar el malalt.– Saps quina és la diferència entre tu i jo, Santana? Que als polis no ens interessa la vida privada de la gent, però, per feina, ens passem la vida furgant-hi. I els periodistes feu veure que no us interessa, però us passeu el dia intentant ficar el nas a la casa de tothom...

–També és per feina.

–No t'enganyis, Dani, és per gust.

Per al Santana, convertit en un pacient qualsevol del

final del passadís de la segona planta, ja feia massa estona que l'Eva s'estava a l'habitació, palplantada als peus del llit. Els metges li havien dit que, pel cap baix, aquell guix fins a les aixelles encara l'hauria de dur un parell de setmanes. Estava baldat, encara li feia mal tot, no estava còmode de cap manera i els llençols, al damunt de les cames, l'engavanyaven. Li feien molta nosa, però no arribava a tirar-los avall.

–Vols més aigua?

El Dani va fer que no amb els ulls. Bevia poc. Des que havia ingressat a la clínica es resistia a fer un glop com Déu mana. Per pixar no era autosuficient. I el fotia. Necessitava dues coses: l'orinal de plàstic, el que tenia forma de fetge inflat, i l'ajut d'una infermera. I ell, per vanitat i per vergonya, volia estalviar-se aquell moment. Trobava humiliant que li haguessin d'agafar el penis circumcidat amb dos dits, com qui agafa un insecte de laboratori amb fàstic, i enfocar-lo cap al broc gros d'un bací on vés a saber qui hi havia orinat abans. L'Eva hi va tornar:

–A la teva vida, fora de la tele, tot bé?

–No tinc vida fora de la tele. Ara la tindré. –Es va tustar l'armadura de guix.– Per força.

–Et drogues?

–Eva, sisplau...

–Jugues?

El Santana va rebufar. De tot allò, no en volia fer plat.

–Tens deutes?

–Tampoc, dona. Ho sento.

–Doncs m'hauries de dir en què estaves treballant, ara, a la tele. Potser per aquí hi trobaríem una pista...

Feia estona que el Dani es guardava el trumfo per quan li convingués desviar la conversa.

–Ja ho sé. T'has operat el nas!

No ho va poder dissimular, l'Eva Bosch va enrogir a l'instant. Però va aguantar el tipus.

–Amb els calés que m'ha costat... –Es va posar de perfil.– És el regal que em vaig fer pels quaranta.

–Millor així. Però no sabia que... –va dubtar de dir-ho–, les lesbianes també us feu l'estètica?

–Tan desagradable, tan misogin com sempre, tu...

Va protestar. Li va dir misogin, sí, i homòfob i unes quantes coses més. Però es va guardar per a ella el que pensava de debò. Creia, ras i curt, que en Santana, vist per la tele, podia semblar un seductor, però que, en les distàncies curtes, era un capullo de cap a peus.

–Ho veus, Santana, com t'interessa la vida privada de la gent?

–No em facis riure, Eva... Ai, que em tiba tot.

4

Tothom en volia un

Quan Roberto Manuel Faura arribava a un nou país, sempre feia la mateixa pregunta: «Aquí, amb qui s'ha de parlar?». Les lleis del país on pensava invertir no li interessaven gens. Si les complia, bé. Si no, tal dia farà un any. No hi perdria ni mitja hora de son. Si hi hagués rumiat gaire, si hagués estat pendent de reglaments i normes, estava convençut que no hauria arribat a sortir a La Llista. I ell, des de feia uns mesos, vivia encaparrat per aparèixer-hi. El matí que la Belita, la seva secretària de l'oficina d'un gratacel cèntric de Mèxic DF, va entrar al seu despatx i li va ensenyar la revista, li va canviar la vida. I l'estat d'ànim. El seu nom i la seva foto apareixien, per fi, després de tants esforços, a la llista de la revista *Forbes* com un dels homes més rics del món. El 74 i pujant. Des d'aleshores, amb la vanitat dels qui trepitgen fort, amb l'ambició dels qui han arrencat de molt avall, portava sempre La Llista a la butxaca de l'americana per recordar tothora qui tenia per davant. L'objectiu era –si ho podia aconseguir en dos anys millor que en tres– superar els vint-i-quatre rics del cagar que el precedien i que li impedien complir el seu somni.

Bobby Faura volia que se sabés que ell, el fill d'un taxista de dotze hores al volant durant anys i panys, era un dels cinquanta homes més rics del món. Era el seu objectiu. El què era l'únic que el motivava. El com no es pot afirmar que fos el de menys –seria injust dir-ho així–, però era tan sols un tràmit, ara que s'acostava a la seixantena.

No va ser un cop de sort. Va ser una intuïció. El 1997, Roberto Manuel Faura, que es guanyava la vida fent de gerent d'una empresa de duanes, va pensar que els telèfons mòbils podien arribar a ser la tecnologia més popular de la història. A tot estirar, va pensar, potser arribaria un dia que hi hauria un televisor per casa. De telèfon, per poc que es fessin bé les coses, estava convençut que n'hi acabaria havent un per persona. Per assegurar-se'n, Roberto Faura, home de rampells, va voler fer un experiment. Va comprar vint-i-quatre mòbils de tantes marques diferents com va trobar a la ciutat de Mèxic, va agafar unes estovalles, ho va posar tot dins d'una maleta i se'n va anar, en classe turista, des de l'aeroport de Benito Juárez fins a Lagos, a Nigèria.

No va passar ni per l'hotel a deixar les coses. Va passejar durant dues hores ben bones per la segona ciutat més poblada del continent africà fins que va considerar que, prop de Tinubu Square, havia trobat el lloc ideal per plantar la paradeta. Una cantonada prou tranquil·la, prou discreta dins del batibull habitual, per poder obrir la maleta, desplegar les tovalles al damunt i, l'un al costat de l'altre, posar-hi vuit telèfons a la vista de tothom.

En un tres i no res els hi van treure de les mans. Els havia venut tots vuit a les deu primeres persones que s'hi havien acostat. Tant se val que la connexió, a l'any 97, no estigués garantida. Tampoc no semblava importar-los ni poc ni gaire que aquell telèfon que acabaven de comprar, en alguns casos, no els servís per parlar amb ningú. Tothom en volia un.

Va córrer la brama que aquell home blanc, amb pinta d'americà, venia telèfons mòbils en una cantonada prop de Tinubu. Però abans que s'hi fes una cua cridanera, ell ja havia plegat les estovalles i, amb la maleta a la mà, havia desaparegut entre la multitud amb la intenció de canviar d'illa. A Ikoyi va repetir l'operació. Paradeta, estovalles blaves i l'exposició al damunt de vuit mòbils de totes les marques i colors que van cridar l'atenció de tothom. En mitja hora els havia venut tots i el que més l'esgarrifava era adonar-se que la gent podia arribar a pagar, per un telèfon personal, una mesada sencera. Quan a primera hora de la tarda va arribar a l'hotel, Roberto Manuel Faura sabia que, si actuava ràpid i picava fort, podia fer el negoci de la seva vida.

L'endemà, mentre volava cap a Mèxic, va pensar que la seva empresa es diria Tinubu Corporation. En principi, faria de majorista. Compraria, distribuiria i vendria telèfons mòbils per Mèxic i l'Amèrica Llatina. Però de seguida va veure que podia organitzar una xarxa de punts de venda, de reparació de mòbils i de captació de venedors de les operadores. L'obsessió de Bobby Faura va ser que la seva empresa tingués relació amb tots els fabricants, sense distincions ni exclusives. De Motorola a Samsung. D'Apple a Nokia, que no deixés ningú a fora de la distribució de mòbils. Tinubu Corporation vendria per tot el món (actualment a seixanta-vuit països), però mantindria la seu central a Mèxic DF, tindria el director tecnològic a Europa i el director financer a Chicago. «Cadascú el que sap fer», deia sempre Roberto Manuel Faura als seus col·laboradors. I vendre, això sí, a tot arreu. Havia entès, definitivament, l'economia d'escala.

Havia descobert, també, que s'ha dissenyat una societat per consumir, no per pensar.

La facturació, que es comptava en dòlars, va superar els sis mil milions deu anys després de la fundació de la companyia i, de cop i volta, quan semblava que el mercat de la distribució i venda de mòbils ja estava estancat, va aparèixer una nova necessitat: l'*smartphone*. Aquí, definitivament, Tinubu Corporation va fer el seu agost quan Bobby Faura es va adonar que, de sobte, les persones no pensaven deixar passar l'oportunitat de portar Google al damunt o de rebre i respondre el seu correu electrònic en qualsevol lloc i a qualsevol hora. Al primer món, de nou, tothom en volia un. El desig de tenir-lo ja no depenia dels ingressos de cada ciutadà. No va trigar a passar que el 60 per cent dels telèfons que els nord-americans duien a la butxaca ja eren intel·ligents. A Europa ja superava aquesta xifra i, pel mercat principal de Tinubu, a l'Amèrica Llatina, la població amb *smartphone* havia passat del 25 al 40 per cent en un sol any. Creixien molt, sí, però encara tenien molt camp per córrer i per això en Roberto Manuel Faura creia que tenia temps per pujar, en els anys següents, en La Llista.

A partir de la primera fortuna, tot va ser més fàcil. Invertir i fer negoci. Diversificar per guanyar. Sembrar i recollir, a mans plenes. De Wall Street a on fos. De rei Mides de la telefonia a amo de la principal indústria de l'alimentació a Sud-amèrica, al gran tauró dels parcs temàtics com el que tenia planejat construir, a seixanta quilòmetres de

Barcelona, per convertir-lo en el més gran d'Europa. Si tot sortia com tenia previst, seria una altra màquina de rajar milions. La moneda era el de menys.

Els companys d'escola se'n feien creus quan veien l'imperi que havia amassat aquell noi tímid, silenciós, que, quan el tenien assegut al pupitre, semblava un *muchacho* més, una altra bala perduda amb cara de fàstic i l'autoestima als turmells.

El jove Roberto, quan ningú no hauria dit encara que de gran tindria un índex de massa corporal que bascularia entre el sobrepès i l'obesitat, s'havia inventat un joc per quan caminava sol pels carrers de la capital. Devia tenir onze anys, dotze, a tot estirar catorze o quinze... Quan encara no s'havia agafat de la mà de cap noia, però els pares ja el deixaven anar sol pel carrer, el Robertito s'havia inventat un joc que mai no va explicar a ningú. De cada vianant que s'anava creuant en el seu camí, es preguntava si ell canviaria la seva vida per la d'aquella persona. I sempre solia dir que sí. Era un sí sense enveja, innocent, sense compadir-se d'ell mateix. Senzillament, s'hauria canviat per l'altre perquè li semblava més ric, o perquè fumava amb estil, o perquè caminava amb la pressa del qui sap on va. I ell, encara, en el moment del primer borrissol, tan sols trepitjava incerteses buscant, sempre, la vorera de l'ombra.

De gran, en les poques ocasions que en Bobby caminava sol, sense ningú que li fes la pilota al seu costat, de vegades encara practicava el mateix joc d'adolescència amb els homes i les dones que caminaven en direcció oposada a la seva. I ja feia molts anys que Roberto Manuel Faura no hauria canviat la seva vida per la de ningú.

I menys ara que sortia a la revista *Forbes*, que guanyava en un sol dia el que el seu xòfer guanyaria en tota la vida i que tenia cinc avions sempre a punt. Només li calia triar amb quin li venia més de gust viatjar.

A cadascun dels seus jets, el Bobby s'hi havia fet gravar, sobre fusta, una frase de sant Agustí que havia sentit en un funeral. Havia fet penjar la inscripció al damunt de la porta de la cabina de comandament per anar-la veient, llegint i interpretant entre capcinades en les seves llarguíssimes hores de vol. «Si pensem que sabem què és déu, és que no és Déu». Abans de fer-ho gravar, havia estat pensant, un grapat d'hores, si havia d'escriure déu amb la d majúscula o minúscula. I si calia distingir entre el primer déu, el que et penses que ho és però en realitat no ho és, i el segon, que aquest sí que és ell mateix de totes totes. Per això, finalment, va decidir-se a encarregar-ho el primer en minúscula i el segon amb majúscula, tal com lluïa ara escrit en tots cinc avions. A mesura, però, que viatjava, que s'hi fixava i que ho rellegia, no tenia gens clar d'haver-ho encertat. Ni tan sols tenia la seguretat de saber si interpretava bé aquella frase que havia sentit a l'enterrament d'un polític local i aleshores, segons com, li semblava més un embarbussament, un joc lingüístic per a la quitxalla, que no una filosofada celestial. El mèrit de la frase, a jutjar per la tripulació del Bobby Faura, era que el feia dubtar. La resta de coses, a la vida i als negocis, semblava tenir-ho tot molt clar.

Ell era creient, més per egoisme que per fe. Pensava que, en cas de necessitat, amb una pregària al moment just li podria canviar la sort. Per intentar-ho, doncs, no hi perdria res. I era de franc. Tenia la religió com aquell qui té una mànega a l'escala de casa i, en cas d'incendi, pot trencar el vidre, obrir l'aixeta i fer-la servir. Roberto Manuel Faura creia en Déu, sí, però no era ni de bon tros un devot a cegues com la seva dona, abnegada al sacrifici, lliurada a l'oració i amb més ganes de descobrir la vida eterna que la mateixa herència del seu marit. A casa seva, ja fos a Mèxic, a Miami o a Londres, Doña Elvira Herrero s'hi havia fet construir una capella per poder-hi dir missa diària.

Abans de viatjar a qualsevol lloc, Doña Elvira es feia mirar a quin lloc i a quines hores podria anar a pregar, a celebrar l'Eucaristia i a encendre una espelma a sota d'un crucifix. Per les vegades que havia vingut a Barcelona, s'estimava més la intimitat de l'església del Pi que no el temple de la Sagrada Família, que un dia l'havien obert per ella i li va semblar un bunyol artístic i, per dir-ho fi, una ofensa a l'Altíssim. (Pronunciat amb una A majúscula desproporcionada. Ella, a l'hora de posar mèrits a Déu, ni tenia dubtes ni n'escatimava cap).

En aquesta ocasió, però, Doña Elvira s'havia quedat a París. Dies de museus. Aprofitaria per passejar per Saint-Honoré, per comprar roba refinada i per posar ciris a Saint-Sulpice i a la Madeleine. El seu marit, doncs, viatjava cap a Barcelona com més li agradava. Sol.

Abans que el Javi Cardelús, amb el Jaguar net i cobert de sostre, recollís el magnat mexicà a peu de la seva avioneta a l'aeroport del Prat per dur-lo cap a l'Hotel 1898, Roberto Manuel Faura ja sabia la resposta a la gran pregunta. Aquí, per obrir les portes, s'ha de parlar amb Toni Mazorra. Tothom li havia assegurat que s'entendria, de primera, amb el marit de la vicepresidenta del Govern. Bobby Faura i Toni Mazorra estaven fets l'un per l'altre.

5

Un Pulitzer, saps a quant està?

Recuperació. Rehabilitació. I molta fe. El gimnàs de la Stoner semblava un campament. Gent a totes hores, cadascú amb les seves xacres, mirant de fer el cor fort. Mentre uns reforçaven els braços, els accidentats més novells aprenien a fer la transferència d'una cadira a una altra. A d'altres pacients, estirats de bocaterrosa en alguna de les set lliteres, els fisioterapeutes els feien un massatge a l'esquena que feia mesos que no notaven. A la majoria els semblava, però, que aquelles mans tan ben posades –combinació equilibrada entre saviesa i espiritualitat– els alleujaven el dolor.

La primera vegada que el Dani va entrar al gimnàs de la clínica li va recordar molt, pels aparells, per les olors i per les males estones que hi havia passat, el gimnàs de la seva escola. Hi havia espatlleres, barres paral·leles i uns matalassos prims a terra, de color verd, sobre els quals, ara, ni que volgués, no podria fer una tombarella. La direcció del centre, per apaivagar l'olor d'orina, havia instal·lat, en dos racons de la sala, un parell de vaporitzadors elèctrics per ajudar a respirar millor. De tant en tant, amb una cadència difícil d'endevinar, l'aparell escopia una bafarada de fum perfumat que es barrejava amb la suor concentrada que havia quedat, des de feia anys, impregnada al parquet. Ni tan sols obrint els dos finestrals, a primera hora del matí, es podia renovar l'aire viciat d'aquella sala. El Dani havia calculat que d'una punta a l'altra hi havia, metre amunt metre avall, les mateixes passes que a la terrassa del seu pis a Sant Cugat. La clínica, però, no tenia ni de lluny les vistes sobre el Parc Central. Hi entrava un esqueix de claror natural que s'endinsava fins a mig gimnàs, allà on començaven les set cabines individuals que se separaven per un cortinatge que corria cap aquí i cap allà segons les necessitats. Aquella tela blava, que era el color corporatiu de la clínica, també anava a joc amb la bata dels fisioterapeutes.

A primera hora del matí, quan hi havia menys gent, el Dani Santana i el Gratu coincidien a la sala. Els agradava el tracte de l'Èlia que, a banda de ser la cap de l'equip de fisioterapeutes, tenia coneixements, paciència i un somriure sempre per a tothom. Estava convençuda que el seu tarannà positiu formava part de la teràpia.

–T'agraden les perdius?

Al Dani Santana, enguixat de tors, li tocava massatge. L'havien ajudat a estirar-se al damunt de la llitera, mirant al fluorescent, perquè l'Èlia li pogués treballar les cames per mantenir el to muscular.

–La caça, francament... No em diu res. –Parlava sense pressa, a ritme amb les mans de l'Èlia.– Potser és que n'he vist massa. El meu pare era caçador. De petit, a casa, veia com arribaven, com el pare treia les perdius del sarró i l'àvia les desplomava... Els perdigons, la sang, els ulls, a mi tot allò... Per què m'ho preguntes?

–Res, el meu marit... Ha anat a caçar aquest cap de setmana. I sempre me'n porta tantes que ens surten per les orelles. Que ja no sé què fer-ne, vaja.

L'Èlia agafava una cama del Dani pel turmell i la plegava cap al seu cos fins que el Dani, amb una ganyota, es queixava. Per distreure'l, no parava de xerrar.

–He pensat que si t'agradaven n'hi podia donar alguna a la teva dona... Que te la cuini i te la porti amb un tupper. Millor que el menjar d'aquí...

El Dani va haver de fer memòria. Feia ni sabia quants anys que s'havia separat. De la Bet no en sabia res. Però no li va costar lligar caps.

–Et refereixes a la Raquel?

–La teva dona...

El Dani va riure.

–És la meva ajudant. La meva assistent. –En veu alta, no sabia mai gaire com definir-la.

Aleshores va somriure l'Èlia, per la seva planxa.

–Perdona, hòstia. Doncs, mira que n'estava convençuda, eh...

–Passa res.

–Com que sempre és amb tu a l'habitació i t'està tan a sobre, que no et falti de res... –Va acostar-se a l'orella del Dani.– Precisament per això hauria d'haver endevinat que no era la teva dona. Oi?

Aleshores van riure tots dos.

–Fa molts anys que treballem junts. M'estima molt, sí. –El Dani va trigar a dir el que l'Èlia estava esperant.– I jo a ella també, és clar.

–Ja –la físio ho va saber dir amb gràcia.

–Sí, sí... i tant.

–L'estimes... o la necessites? Perquè ara estàs desvalgut i mira, ja et va bé... Que tots els homes sou iguals...

Al Dani no li agradaven les generalitzacions. I, menys encara, que l'enxampessin i que algú altre li subratllés el seu egoisme adquirit. Per arribar a ser estrella de la tele no podia pensar en ningú més que ell. Però tampoc no li agradava que els altres l'hi notessin. Acabada la sessió, l'Èlia va ajudar el Dani a posar-se el pantaló de xandall, va ajudar el Gratu a pujar a les barres paral·leles i se'n va anar a rentar les mans. Al cap del dia, potser ho feia una trentena de vegades.

–M'han dit que al Santana, al Dani Santana, el trobaria aquí.

Un home dret, sense cadira, amb americana de quadres, va entrar al gimnàs. Tenia les mans fortes i, a primer cop d'ull, s'assemblava a un actor. David Niven. El Dani el va reconèixer per la veu.

–Agus, sóc aquí.

El Dani, ja a la cadira, va sortir de darrere la cortina blava. Molt teatral.

–Dani, collons, no esperava veure't així...

L'Agus i el Dani es van abraçar, amb la incomoditat que ho fan una persona dreta i una d'asseguda.

–Estàvem sopant i el meu fill em va dir, has vist el Santana al Youtube? No sabia si venir-te a veure o...

El Santana va explicar, una vegada més, a una persona més, l'intent d'assassinat. Ho narrava amb detall per no haver de dir no tinc ni idea de qui hi ha al darrere. Ni als amics, com ho podia ser l'Agus, no li venia de gust començar a obrir vies i sospites. Ni en tenia ganes ni era convenient que ho fes. A mesura que anava parlant, amb esforços, s'adonava que el seu visitant no tenia el cap en aquella conversa.

–Què et passa, Agus? Per què has vingut?

–No, no res... a veure't, cony.

El Gratu, de tant en tant, esbufegava intentant que el seu esforç fos audible en tota la sala. L'Èlia començava el tractament amb una dona que havia volat, amb la moto, després que una furgoneta se saltés un stop en una cruïlla dels envitricollats carrers de Gràcia. L'Agus Maldonado, que havia coincidit amb el Dani al diari *Crònica*, es va interessar pel programa de televisió del Santana. Els metges li asseguraven que, durant quatre mesos, s'oblidés de la pantalla. De cop i volta, el Dani va veure com l'Agus, un home corpulent, de muntanya, no podia dissimular una llàgrima.

–M'ho diràs o ho hauré d'endevinar?

–Trenta dies per any treballat. O ho agafes ara o no et garantim res del que pugui passar d'aquí a dos mesos. Ni de condicions ni de feina.

–T'han despatxat?

–Sí, a mi i a dotze més. Ens ho van dir divendres. Tots els que en tenim més de cinquanta-cinc, el diari ens fot al carrer. Redacció, administració i rotativa. Sense excepcions. N'hi ha hagut per a tots. A prendre pel cul. Tots aquests anys, a prendre pel cul.

El Santana va notar com el seu amic feia esforços perquè no es notés que se li negaven els ulls.

–Merda, Agus. –El Dani li va posar la mà sobre el genoll, una forma de condol per als aturats de nou en nou.

–Que consti que no t'ho volia dir, eh? He vingut per veure't a tu...

–Com ho portes?

L'Agus no va poder ni contestar.

–Vaaa coi, tu ets fort. –El Dani era conscient que li deia allò no pas per convicció, sinó perquè no sabia què dir-li.

–Sí, sí. Estaré bé.

Amb dos impulsos, va anar amb la cadira fins a la màquina del costat de la porta de la sala de rehabilitació. Va treure els trenta cèntims de la butxaca, va comprar una aigua i la va portar a l'Agus, que s'havia eixugat els ulls. El Dani li va obrir l'ampolla.

–Pots beure així mateix. No tinc manies –va tornar a mentir. I aleshores va fer un silenci llarg, voluntari, perquè el seu amic es pogués esbravar. Era el mateix estratagema que feia servir en algunes entrevistes quan s'adonava que el convidat ho tenia a la punta de la llengua però no gosava arrencar.

–Són temps de merda. Els mitjans no ho estan resistint. És allò de les fitxes de dòmino. Pim, pam, pum. Massa competència. Competència nova, inesperada. –L'Agus parlava a frases curtes, a batzegades. Més d'un imitador s'hi guanyava la vida fent paròdia de la seva manera d'enraonar.– Els periodistes som ninots. Hem perdut l'exclusiva de la informació. Ara ens ho volen donar tot fet perquè només ho haguem de reescalfar. I després un tuit d'aquí, una foto de mòbil per allà... I per fer això val qualsevol. Ara, allò de currar-te l'exclusiva, de guanyar-te les fonts... Ara un polític penja una collonada al Facebook i tothom cap allà... Un altre li diu no sé què al Twitter, i vinga, tots al darrere... El més ase té un blog i ens vol donar lliçons als que fa trenta anys que piquem pedra. Un gilipolles fa una foto a un polític de merda dinant al Tramonti, la penja a la xarxa i au, això és periodisme. I tant! I la notícia quina és? Que s'està fotent una ampolla de vi de setanta euros? Collons, si n'he vist jo de polítics demanar ampolles de vi... i de més cares. Imagina't si hagués arribat al diari i quan m'haguessin preguntat «Què tens?» hagués dit «No, que el senyor Tal s'ha fotut un Protos. Un reserva del Protos». Aleshores sí que m'haurien hagut de fotre fora del diari, però amb motiu. I ara, què? Això d'ara és periodisme?

–...

–Doncs es pensen que sí. I la gent s'ho creu. I s'ho empassa. I tots perdent el cul amb el puto tending-tropic o com collons es digui que si l'ampolla de vi per aquí, que si la merda per allà...

–Evident, Agus, evident.

–I els confidencials, a escampar merda sense contrastar. Aquests no truquen, no fos cas que se'ls espatlli una notícia per més falsa que sigui. I tothom al darrere, au, vinga, a inflar el gos. I tu preguntes, perdoneu, hola què tal, i la credibilitat? I el rigor? Això qui ho avala? Que això qui ho avala? Hòstia puta, que aquesta porqueria no la firma mai ningú. Això ara ja és igual. És el de menys. I els que estem allà treballant catorze hores com malparits, amunt i avall, fotent equilibris i aguantant pressions de tot arreu... però fotent la feina com s'ha de fotre... i posant-hi el nom i el careto i apetxugant amb les conseqüències... què passa? Doncs que ens foten al carrer! Les empreses estan tancant!

–T'entenc, ei, de debò... Però potser et precipites en el judici. Una mica. No ho sé...

–No, no, Dani! Collons!

–Em fa l'efecte...

–Si fins i tot tu, que ets una vaca sagrada, has acabat sortint pel Youtube amb un vídeo com si fossis un desgraciat!

–Bueno, jo...

–El negoci a prendre pel cul, hòstia, que tu no ho vols veure! La nostra indústria, l'ofici, se n'ha anat a la merda. Sobra gent per totes bandes. I van sortint periodistes de les universitats com xurros... i els que treballen ho fan per quatre duros. No entra un cèntim de publicitat! Això s'enfonsa. Els grans diaris s'han convertit en dinosaures feixucs, pesants, que fan de mal arrossegar, què t'he d'explicar a tu, Dani... Avui s'ha de muntar una start-up sense encomanar-te ni a Déu ni a sa mare. Això és barat. Muntes una web, hi fots quatre becaris, reculls les informacions de l'un i de l'altre, tallar i enganxar, titules amb una mica de gràcia i ja en tens prou. Què cobren? Tant se val. Què pagues? Una merda a final de mes, contractes de tres mesos, que siguin poquets perquè no et muntin un comitè d'empresa que et compliqui la vida... i escolta... els nanos encantats i a sobre agraïts perquè tal com estan les coses tenen feina.

–Agraïts? No tant, potser...

–No en tenen ni puta idea, però tenen un lloc on anar

després d'esmorzar i són PE-RI-O-DIS-TES. No s'han xupat una puta guàrdia en sa vida, no saben què és un *off the record*, amb prou feines se saben el nom d'un ministre... però el tinglado ja està muntat així. I sempre acaben trobant un partit polític que subvencioni la web, en blanc o en negre, a canvi d'escampar la merda que li convingui... Els veterans fotem nosa i cobrem massa. Cap a casa.

–Què vols que et digui, Agus? Estàs apocalíptic i me'n faig el càrrec perquè t'ha tocat a tu, i em sap molt greu, però els bons sempre...

El Santana va treure els peus de la galleda.

–Perdona. Ja m'has entès. No volia dir que... Ja saps que sempre t'he valorat molt.

–No passa res. –La relliscada del Dani va servir perquè l'Agus frenés. Si més no, va abaixar el to.– Ja no es pot viure del periodisme.

–Insisteixo que ho pintes massa... Ei, que és normal.

–Per a tu és molt fàcil, Dani. Tu rai, deixa'm dir-t'ho. La teva tele, els teus negocis. Els que sou a dalt sou quatre. Esteu satisfets, no us falta de re i sempre teniu la claca que us anima.

–Avui ho veus tot negre, Agus. Parla amb l'advocat, agafa la indemnització i, què sé jo, no se sap mai.

–No se sap què? Collons, sí que se sap. Tal com està el pati... Cada dia peta algú. Cada dia. Quan no plega aquest tanca l'altre. ERO de vint-i-quatre tios per aquí, al carrer els de... Vols que te la faci per diaris, per teles o per ràdios? Encara fa deu dies fèiem la llista a la redacció pensant, il·lusos de nosaltres, que a nosaltres no ens tocaria. Burros, hòstia.

–Això passarà, home –ni el Dani es creia el que acabava de dir.

L'Agus tampoc no s'ho va empassar. Ni el Gratu, que no sabia res d'aquest món i que, dret, agafant força de braços a les barres paral·leles, feia com si no hi fos.

–S'ha acabat, Dani, i ja està. Admetem-ho. No way out. Rien ne va plus. A prendre pel cul...

–No et rendeixis. El món digital ha de donar més oportunitats per força.

–El món digital? Te'n fots o què, Dani? Que ja han matat el Fidel Castro tres vegades abans que es morís, collons! I no passa res!

–El periodisme és el que és. Les noves tecnologies no poden haver canviat el periodisme...

–Dani, per favor, no em vinguis amb hòsties. Tu no... Ara amb què em vindràs... que la culpa és nostra? Que potser hem sigut els periodistes els que ens hem resistit a la realitat dels canvis? A quina revista ho has llegit, això?

–No fotis, Agus. Va, quants anys tens?

–Cinquanta-set...

–Cinquanta... Collons, home, si ets a temps de reciclar-te.

El Gratu, que ho sentia sense escoltar, no va poder més. I hi va ficar cullerada.

–Dóna-li una pastilla al teu amic, d'aquestes que ens donen a tots, aquí.

El Dani, amb els ulls, li va fer el gest indefinit de no li facis cas.

–Si té una depressió de cavall, que no ho veus? Dóna-li un Prodemax.

–No t'hi fotis, Gratu, sisplau, gràcies.

–Eh, què passa? Si jo el conec, el teu amic...

–Val Gratu, ja està bé, gràcies.

Al Dani li incomodava que el jove es fiqués on no el demanaven. I, més encara, fent-se el càrrec del tràngol que estava passant un bon amic. I també perquè coneixia bé els rampells de l'Agus i temia que, en qualsevol moment, una guspira pogués encendre un castell de focs. El Gratu, quan va notar que els braços li estaven a punt de fer figa, va deixar caure el cos sobre la cadira encoixinada. Va treure aire per la boca, es va eixugar el front i les mans amb una tovallola rasposa i ho va dir:

–Agustí Maldonado. Agus Maldon. Sí o no? Cronista de bàsquet de tota la vida.

De cop i volta, l'Agus i el Dani es van girar. Fins aleshores havien ignorat el Gratu a consciència. Potser sí que estaven absorts en la seva conversa, però tots dos, sense dir-s'ho, per aquell sobreentès de les bones formes, consideraven que no era qüestió d'anar mirant algú que s'esforça amb els exercicis de recuperació. La mirada sobre qui pateix sovint és ingrata. Sobre un discapacitat és compassió.

A l'Agus Maldon li va encantar que, en aquell moment que s'estimava poc, algú el reconegués. De sobte, ni que fos per uns instants, es va sentir respectat. Valorat. Va notar les mateixes ínfules de la nit que, en un restaurant del Poble-sec on entrava per primera vegada, els amos li van demanar si es podien fer una foto amb ell. Al cap d'unes setmanes, quan hi va tornar fascinat per les croquetes de carn d'olla i agraït pel tracte, es va trobar la seva fotografia, agafant l'amo i la mestressa per l'espatlla, penjada a l'entrada del restaurant, al costat del taulell i de la màquina italiana de cafè. No hi va fer res que no li agradés gaire el marc. Volia semblar de fusta antiga però es veia, de tres hores lluny, que era de plàstic. Se'n va estar de dir res. Prou que havien fet de col·locar un periodista esportiu com ell a la galeria dels famosos. El Maldon al costat d'altres fotos dels mateixos amos abraçats, amb més o menys gosadia, a Woody Allen, Pep Guardiola, Romina Power, Harrison Ford, el Mag Lari, Larry Bird i «la Bomba» Navarro. Es notava que en aquell restaurant del Poble-sec, definitivament, entenien de bàsquet. Ell, en Larry de l'any 92 i «la Bomba», per aquest ordre. L'un al costat de l'altre.

A la vida, quan tens una foto emmarcada i penjada en un restaurant, corres el risc de pensar-te que ets algú. I el Dani Santana, acostumat a la condemna de la fama des de feia anys, havia quedat immortalitzat a les parets de tot Barcelona. Al Cesc de Diputació, al Botafumeiro, a Can Culleretes, al Salamanca del Port Olímpic i, amb dedicatòria inclosa pel Paco, a Can Pineda de Sant Joan de Malta, a tocar del nus de les Glòries, en un colze de la ciutat que encara no ha triat si vol ser col·lecció d'arquitectura colorista o notari de la modèstia del passat. Mentre ho decidia, una autopista de sis carrils el va travessar pel mig.

El Dani va decidir integrar el Gratu a la conversa.

–No sabia que t'agradava el bàsquet.

–No especialment. Però durant tres anys només he pogut fer una cosa. Llegir.

El Dani Santana pensava si arribaria el dia que ell també etzibaria aquells miquels de paraplègic. Es preguntava si, de la cadira estant, també deixaria anar la llengua de colobra, concentrant tot el verí, contra qui tingués al davant. Això s'encomana? L'acidesa ve de sèrie, amb la cadira de rodes? Aquest ressentiment amb el món ha d'escapar-se, tant sí com no, per la boca? Esperava que en les setmanes, qui sap si mesos, que li quedaven de cadira no s'empeltés del sarcasme feridor contra qui menys culpa en tenia. O senzillament era cosa del Gratu, que era així de càustic?

L'Agus, un cop s'havia destapat, necessitava continuar-se lamentant.

–He estat vint-i-cinc anys perseguint esportistes. Vint-i-cinc, ja em poden donar una placa. Total, per a què?

–Els del bàsquet rai, que són prou persones. Encara sort que no eren futbolistes.

–Per què et penses que no vaig voler fer futbol? Jo no estic per bufar polles ni per perseguir gilipolles tot el dia.

El Dani feia estona que s'havia quedat sense arguments. Va intentar convèncer que tornaria el bon moment del periodisme, que això només era un moment de canvi, que aviat, després de la sacsejada general, es recol·locarien les coses. Si no li fotés tan mal l'esquena, si parlar no el cansés, i si hagués vist l'Agus més receptiu li hauria volgut dir que la crisi de la indústria periodística és una cosa i que l'ofici en si és una necessitat social que tornarà a tenir hores importants. Però ni era el moment, ni tenia forces. I l'Agus continuava encaparrat.

–Saps què estava cobrant per cada article els últims mesos? La meitat de fa vuit anys. La meitat. Digue'm: la veu més potent del diari, digues, per a tu qui és? Digue-me'n un.

–La Mirta Martino.

–Molt bé, la Mirta Martino. Unes cròniques collonudes, trenta anys al peu del canó, unes informacions que no dóna ningú més, un Pulitzer, saps a quant està?

–A cinc-cents euros la peça –va respondre el Dani, amb la certesa de clavar-ho.

–No arriba a tres-cents. No arriba a tres-cents! Va tenir una oferta de la competència. Saps què n'hi pagava?

–... –ja no es va atrevir a tornar a pronosticar.

–Dos-cents cinquanta per pàgina sencera, una pàgina a la setmana. Quatre al mes, mil euros. Bruts. Així no hi tornarà a haver periodisme del bo, Dani... Així no s'arriba a final de mes. Si no pots mantenir el nivell de vida, què? És la sardina que es mossega la... Cada vegada et paguen menys, cada vegada estàs més a precari i cada dia estàs més collat. Si tens por de perdre el poc que tens, o et tornes llepa o ets un esclau o estàs agafat pels ous, que és com estem ara mateix. I total, què passa?

–... –el Dani Santana va continuar regalant silenci davant d'esquemes fàcils.

–Que estem traint l'ofici i enganyant els lectors. Aquest és el drama. Escrius, u, per no tenir problemes, i, dos, per continuar escalfant la cadira. I què ha passat? Que pel camí has perdut la independència.

–Ei, que tu només escrius de bàsquet, Maldon... –el Gratu no va poder continuar en segon pla–. Que ara tu, aquí, sembla que descobrissis el Watergate.

I va passar el que el Dani es temia. L'Agus Maldon,

irascible de mena i sensible pel moment, es va encendre contra la persona que el coneixia d'haver-lo llegit.

–Tu estàs així d'una hòstia, oi, perla?

–Com ho saps? Potser sí que ets un bon periodista...

–Quin bord –va esmussar l'Agus en veu baixa.

–Santana, aquest l'has de fitxar per al teu equip. Si tornes a treballar, és clar, perquè no veig que avancis gaire. Quants dies fa que no surts de la gàbia?

El Dani Santana, amb un xandall vermell que li havia comprat la Raquel per anar a recuperació –massa brillant, massa de líder centreamericà per al seu gust–, va intentar posar pau. Va dir-li al Gratu, sense embuts, que no es fotés on no el demanaven i que havia d'aprendre a callar, aguantar i tenir respecte pels altres. A l'Agus, el va amansir amb una mirada. De nou, la compassió malentesa cap a un minusvàlid que tants reportatges socials ha omplert als dominicals i a la televisió.

Arribada la calma, el Santana va fer les presentacions.

–Agustí Maldonado, amic meu i un dels periodistes més íntegres que he conegut mai. Gerard Grau, conegut com a Gratu encara no sé per què i un crack en ordinadors, internets i núvols.

–Un dels que ens fotrà la feina, vaja.

El periodista veterà li va estendre una mà que semblava un peu. Forta, grossa. El Gratu l'hi va encaixar amb la dreta.

–Estàs de sort, Maldon. Ara te la puc donar. Durant tres anys només t'hauria pogut donar el nas. O una orella. Què t'hauries estimat més?

6

Una melé a cinc

Les ciutats només queden buides per un bombardeig o per un partit de futbol. El Gratu, pur esperit de contradicció, va triar el rugbi.

Per portar la contra i perquè, de ben petit, li agradava la forma d'aquella pilota que enganyava les rajoles, sempre amb un bot desconcertant, impossible de predir. Els pares –tant si vols com si no vols– l'havien apuntat, com a la resta de nens de la classe, a jugar a futbol. No volien que el seu fill únic fos el diferent. La tutora els havia recomanat que, si no volien que el Gerard quedés penjat, marginat va ser la paraula concreta que els va doldre, fóra bo que l'inscrivissin a jugar a futbol amb els amics de classe. A més a més, aquell curs, a primer, amb set anys, començarien a competir contra altres escoles i els nanos estaven molt il·lusionats. La mestra –que al cap d'uns mesos van saber que cobrava una petita comissió, irrisòria, per cada nen que s'apuntés a fer una activitat extraescolar– els va convèncer que era bo anar a jugar a d'altres barris, que trepitgés les aigües embassades d'altres vestidors i que veiés d'altres realitats més enllà de la seva bombolla benpensant. I, per damunt de tot, va dir-los que era fonamental, per a la plena formació educativa, inculcar-li els valors de l'esport infantil. Els pares del Gerard no es van creure aquesta fal·làcia. Ell metge, ella advocada, sabien perfectament que la companyonia, la solidaritat i l'esperit d'equip no naixerien espontàniament, com una flor, gràcies a les sortides que els tocaria fer, cada quinze dies, tots junts, quan haguessin de jugar els partits fora de casa. Sabien que, a la graderia, amb aquell grapat de pares baladrers als quals només interessava guanyar el partit i que el seu fill jugués molts minuts –no necessàriament per aquest ordre–, no hi podia néixer gaire res de positiu. Només faltava que es pintessin la cara, aquells energúmens de zona alta. Però el van apuntar igualment per dues paraules concretes que havia dit la mestra. Penjat i marginat. Van caure en el parany emocional que, amb tota la intenció, els havia preparat una tutora que la sabia llarga.

A Gerard Grau, més que els partits del dissabte –en què amb prou feines l'entrenador el feia sortir a jugar els minuts de les escombraries– el posava de mal humor haver-se de quedar a l'escola a entrenar dues tardes a la setmana. Acabades les classes i sense cap ganes, vinga a posar-se la samarreta blanca, el pantaló blau i a perseguir una pilota per un camp de futbol sala que no tenia les mides reglamentàries i que, a sobre, feia baixada cap a una de les porteries. Tot plegat, inútil.

El Gerard envejava l'Oriol Cortès, la bestiota de vuitè que tothora mastegava xiclet, uns quants cursos més gran que ell, que jugava a l'equip infantil de rugbi de la Santboiana. Allò sí que era un esport. L'Oriol Cortès, qui fos com ell, un animal africà.

Durant sis anys, d'esma i sense remugar gaire, el Gerard va jugar a futbol a l'equip de l'escola. En tots aquests cursos, va arribar a marcar una desena de gols dels quals, a l'hora de dinar, ni tan sols es recordava com els havia fet. No li interessava gens. Ho feia, com tantes altres coses a la vida, com qui menja un plat de sopa, amb normalitat.

L'única dèria, per no dir-ne obsessió, eren les maquinetes. Les tenia totes i s'hi dedicava tant que, al final, no sabia si tenia més ràpids els dits o el cervell. Havia matat tants zombis, durant tantes hores, tants anys seguits, que havia deixat els cementiris buits moltes vegades. I el món, sense vida extraterrestre.

De cop i volta, però, el Gerard va tenir una nova distracció. El seu cos va canviar a partir dels dotze anys, a tocar dels tretze. Els pares van intuir que se l'havia començat a pelar. Es va muscular, li va sortir pèl on no n'hi havia i, tot ell, es va anar quadrant. Va créixer. El Gerard havia agafat el costum, quatre o cinc cops a la setmana, de tancar-se al lavabo amb el joc de cartes de dones despullades que havia guanyat, a la fira del barri, fent tir al blanc amb una escopeta de balins. De deu trets, havia aconseguit fer caure sis boles i li tocava triar entre una baralla sencera de ties en pilotes, un Pluto de peluix o un cotxe teledirigit que, només de mirar-lo a l'exposició, ja s'espatllava. I, què coi, ja li havia passat l'època de perseguir cotxes. Va triar les cartes, les va demanar amb vergonya i el firaire, rosegant un escuradents pla, les hi va donar sense ni adonar-se que les estava lliurant a un menor. O potser sí que va pensar, per un instant, que li estava fent un favor a un nen que, en poques sessions, deixaria de ser-ho.

El Gerard agafava el joc de cartes que amagava a la seva habitació, darrere del gran totxo del diccionari enciclopèdic, se n'anava al lavabo petit i passava el baldó. Assegut a la tassa, deixava la capsa buida dins del bidet i feia l'estesa de les cinquanta-quatre cartes a terra, al seu davant, arrenglerades, com si hagués d'iniciar un solitari. Devien ser americanes, aquelles dones, perquè a Barcelona no se'n veien de pentinades amb aquells cargolaments, ni amb els llavis, molsuts, tan pintats.

Cada dia en triava una. Les millors tetes, el vuit de rombes.

El Gerard va saber esperar el moment. Als catorze anys i amb una bona estampa, ja en tenia prou de jugar al futbol i va convèncer els seus pares perquè el deixessin apuntar al rugbi. A l'escola treia bones notes, era un xaval fet i dret i els seus pares –ell metge amb una cigarreta als dits, ella advocada–, no van trobar arguments per dir-li que no. Després de l'Oriol Cortès, el Gerard Grau seria el segon noi de la seva escola que perseguiria la pilota de bot incert. Per primera vegada, es va sentir important. Intuïa que aquell esport li canviaria la vida.

Es va presentar al primer entrenament amb les botes de tacs reglamentàries i la foto de carnet per fer-se la fitxa federativa. Es va inscriure a la Unió de Rugbi Tibidabo

–samarreta de franges horitzontals verdes i grogues i pantaló negre–, un club de barri que fomentava el rugbi i que presidia, gestionava i entrenava, en totes les categories, el mateix senyor amb una cara antiga, amb el bigoti esborrifat, els pòmuls marcats i cara de gana continuada. A Paco Arenal, un jugador de rugbi retirat pels cops i per l'edat, no li queien els anells per pintar les línies del camp, plantar els banderons i dur els nois amunt i avall en una furgoneta els dies de partit. El camp, que inicialment havia tingut gespa i s'havia anat pelant pels anys, els tacs i els entrenaments, el tenien a Vallvidrera, en un racó ventós, sense vistes enlloc. Ni al Vallès ni a la ciutat. El lloguer no era barat, però hi havia una mínima graderia de pedra i s'hi podia aparcar sense dificultats, que era el que més preocupava la mare del Gerard, que l'havia d'anar a acompanyar i recollir cada dimarts i dijous a la tarda.

Al primer entrenament, el Paco Arenal, un home arrugat pel sol que n'aparentava seixanta, ja va adonar-se que el Gratu tenia unes bones espatlles i uns peus prou ràpids. No era una bala, no era el més veloç de la seva categoria, però es movia bé, s'esmunyia amb lleugeresa i tenia una sortida prou explosiva per l'edat. Li va explicar quatre regles i cinc nocions tàctiques del rugbi, que el Gerard ja duia apreses de casa, i el va posar a la línia de tres quarts. Era evident que, per més que s'hagués enrobustit, no tenia prou cos ni prou pes per sacrificar-lo a la davantera a entomar els búfals embalats que li haurien vingut de cara.

A mesura que es va anar fent gran, i encara es va estirar una mica, el Gratu va guanyar en volum, en potència i en massa muscular. No era el més elegant de l'UR Tibidabo però tenia molt coratge, capacitat de penetració i, en els partits de competició, l'Arenal va decidir posar-lo de talonador, a jugar de 2, una posició clau en l'equip.

–El rugbi comença a l'1 i acaba al 3 –repetia sempre l'Arenal.

I al Gratu l'havien posat de 2, a la primera línia, a liderar la melé del seu equip. En la nova situació, s'hi trobava bé. Tant li tocava placar un rival, buscar el xoc, com posar la pilota en joc a la *touche* o talonar la melé. Sempre amb criteri. L'entrenador valorava que el noi no s'arrugués contra la primera línia contrària. El 2 sempre dóna la cara, li cridava sovint l'Arenal des de la banda. I l'entrenador apreciava, encara més, la fidelitat i les ganes que hi posava el Gratu, que en quatre anys no es va perdre ni un entrenament i no va faltar ni a un sol partit, a cap de les categories, fins a arribar a l'equip juvenil. Va ser just en aquell moment que el president-entrenador-gestor el va decidir premiar.

–Pare, mare. Us he de comunicar una cosa. Sóc el nou capità de l'equip.

Tots dos el van abraçar, orgullosos. No l'hi van dir, però es va notar. La mare va córrer a la cuina a posar una ampolla de cava a la nevera. Era la primera vegada que li sentien dir, en veu alta, que una cosa li feia molta il·lusió.

–Debuto diumenge al matí, a casa. M'agradaria que hi vinguéssiu.

A l'hora de sopar, van brindar –sense mirar-se als ulls– per la capitania del Gerard. Durant anys, aquell va ser l'últim moment de felicitat a casa dels Grau.

Semblava de primavera, aquell diumenge de tardor. L'octubre havia vingut suau i a Vallvidrera, a les onze del matí, no s'hi veia cap núvol. L'UR Tibidabo, amb la samarreta groga i verda, va deixar que els dimonis del Ràcing Santfeliu, vermells de dalt a baix, saltessin primer al camp.

Era un costum de l'equip local per mirar d'intimidar. Era, en realitat, una superstició del Paco Arenal que li venia de la seva època de jugador. Quan l'equip visitant, fossin més bons o més dolents, ja s'escalfaven sobre el camp, els titulars de l'equip del Tibidabo es posaven a saltar, tots alhora sobre les rajoles del passadís del vestidor al terreny de joc. Saltaven fent repicar els tacs, amb ganes. Croc, croc, croc, croc. El ressò de les botes, amb els salts cada vegada més ràpids, tenien alguna cosa de desafiament, d'amenaça i, també, de ritu tribal. I, més encara, acompanyats rítmicament per aquells sons guturals tan poc sofisticats.

–Cara o creu? –L'àrbitre havia sortejat el camp mitja hora abans del partit, al vestidor, després de la revisió de tacs.

Tot i que era un partit de juvenils, l'àrbitre semblava de debò. Anava ben planxat, de roba i de pentinat, feia olor de liniment i, amb la mà esquerra, subjectava una pilota Gilbert, blanca, neta, que semblava per estrenar. Els capitans es van donar la mà i també van encaixar amb l'àrbitre, que els va dir unes paraules –«juguin net, disciplina i que tots puguem disfrutar»– a les quals, en aquell moment, no van donar cap importància. Quantes vegades en Gratu havia somiat ser protagonista d'aquell cerimonial privat. Va triar cara. El capità del Ràcing –del Sanfeta, que era com es coneixia popularment l'equip del Baix Llobregat– va tirar la moneda i va sortir creu sense que ningú, en aquell moment, pensés que podia ser un mal averany.

–Pit i collons, nois! –Va ser l'última consigna intelligent que els va donar, des de la banda, un Paco Arenal a qui ja se li havia posat cara de partit.

A la graderia de pedra, s'hi aplegaven una cinquantena de persones, bàsicament familiars dels joves jugadors, que van llançar quatre crits d'ànim així que la bola oval va començar a volar. Els pares del Gerard hi havien anat amb els diaris sota el braç, per si s'avorrien.

El primer xut el va fer l'UR Tibidabo. Els dimonis de Sanfeta van rebre més enllà de la línia de vint-i-dos i van començar l'atac. Eren bons. Semblaven més fets i drets que els jugadors verd-i-grocs del Tibidabo, que mostraven il·lusió i ganes sense que aquestes característiques semblessin, al minut u de partit, dues virtuts. En un tres i no res, els del Ràcing havien passat de mig camp. El seu joc de continuïtat, de passades curtes i penetracions era, gairebé, una coreografia mil vegades assajada. Era la manera de desgastar ràpidament, però metre a metre, l'equip rival. En dues esgarrapades més ja es plantaven massa a prop de la línia de marca del Tibidabo. Paco Arenal, desesperat, veient-se a venir el xàfec, no sabia què dir per frenar aquells búfals que els estaven passant per damunt.

Als quatre minuts de joc, després d'un atac molt ben trenat pels visitants, el número onze del Ràcing Sanfeta, un noi que portava els pantalons vermells tan amunt que només se li veien cames, va iniciar l'ofensiva. Era una locomotora embalada, que corria amb els genolls molt amunt. Sense que ningú no el pogués aturar, va travessar la línia d'assaig, però, un cop allà, subjectat dins la zona de marca, no va poder terrejar i plantar la pilota. L'Arenal va aplaudir aquell placatge del jugador que, amb el seu cos, heroicament, havia impedit que la pilota toqués a terra.

L'àrbitre, a l'instant, va fer sonar el xiulet per aturar la jugada.

–Melé a cinc per als vermells –va cridar mentre, amb molta pràctica, deixava caure el xiulet del llavi i assenyalava, amb la mà dreta, el lloc exacte on s'havia de reiniciar el joc.

Es van preparar per a la melé a cinc metres de la línia d'assaig. El Gratu, esperonant els seus companys com un milhomes: «No ens entraran a marca...». Primer van agafar-se els vuit jugadors de cada equip i van esperar les dues primeres indicacions de l'àrbitre.

–Flexió.

Es van ajupir, lleugerament, a punt per a la topada. El Gratu al mig, al davant, agafat als seus pilars, mirant als ulls el talonador contrari.

–Tocar.

Tots els pilars van agafar la distància reglamentària amb el braç lliure i el van enretirar per preparar-se per al contacte imminent.

–Joc!

A l'instant, van encaixar els cossos d'un equip i de l'altre com un trencaclosques perfecte. La col·lisió es va sentir des de la graderia.

El mitja melé del Ràcing de Sant Feliu es va ajupir per introduir la bola. El Gratu, amb el seu cap acoblat entre el pilar i el 2 del Sanfeta, serrava les dents i mirava d'empènyer amb coll i barres.

–Pels meus collons que no passen –s'esgargamellava el Paco Arenal, amb poca fe i amb menys ganes, encara, de mirar una jugada a cinc metres de la seva línia de marca i amb pilota per als rivals. Quin diumenge m'espera, va pensar. No ho sabia prou.

Sense pressa aparent, el 9 del Ràcing, amb més cos de ciclista que de jugador de rugbi, va introduir l'oval a la melé amb la incertesa de qui posa un suflé al forn sense saber si pujarà o no. El talonador vermell va poder tirar la pilota enrere amb un joc de peus molt estudiat. Amb els tacs clavats a terra, els vuit davanters de cada equip miraven d'avançar amb totes les seves forces mentre de la melé s'aixecava un nuvolet de pols de tant triscar els uns i els altres. Just al moment que el 8 del Ràcing estava a punt de treure la pilota, la melé es va vinclar. L'iglú humà deconstruït. Els sis jugadors de primera línia es van enfonsar i van anar, tots alhora, de cap a terra. L'àrbitre va xiular mentre els jugadors de darrere de la melé continuaven empenyent, com si fos l'enunciat d'un problema de física, amb forces contràries. Els quatre pilars i els dos talonadors, amb el Gratu enmig de tots, van quedar amb el cul enlaire, el cap a terra i el clatell girat. El Gerard, a l'instant, va sentir com una cervical li cruixia més del compte. Es va quedar de genolls i ja no es podia posar dempeus. Al seu voltant, de mica en mica, es van aixecar la resta de jugadors que s'havien enfonsat amb la melé. Els del Sanfeta s'alçaven amb la il·lusió de tornar a intentar una marca que tenien a tocar. Els del Tibidabo, amb l'orgull d'haver sabut defensar el primer intent rival. El Gratu, però, no s'aixecava. Havia quedat sol a terra, estès. Els seus pares es van posar drets, d'una revolada. Els seus companys van pensar que de seguida s'alçaria i que el capità tornaria a liderar la melé amb les urpes. El primer a adonar-se que el Gratu no es movia va ser el Paco Arenal, que va saltar al camp sense el permís de l'àrbitre. El dolor que sentia el jove era esgarrifós. El temps s'havia aturat i semblava que no hi sentia. Tot, al seu voltant, passava amb sordina, tot ho percebia en una nebulosa, com si des que s'havia plegat la melé tot passés molt lluny d'ell...

–On et fa mal?

–A tot arreu... Molt mal... –pràcticament no tenia ni veu, pel dolor.

–On et fa mal?

El Gratu es va adonar, quan va voler dir «aquí», que no podia moure els braços. Li pesaven molt. Com si les extremitats les haguessin posat dins d'un bloc de ciment. En aquell mateix moment, quan l'Arenal es va posar les mans al cap mirant la graderia, el Gratu –no li preguntis per què, potser perquè el seu pare era metge– va intuir què li passava.

Els seus companys van anar a veure què tenia i a dir-li «va Gratu, collons, ja veuràs com no serà res». El massatgista del club també va saltar al camp a veure si podien reanimar-lo. La llitera, tot i que els va semblar que tardava un munt, no va trigar gaire.

El seu pare, metge, tota l'estona al seu costat, no hi va poder fer res. La seva mare, advocada, tampoc. Cap dimoni no li va demanar disculpes perquè la melé s'havia enfonsat i prou. Ningú no va considerar que fos culpa de ningú. Ni en el moment de la jugada ni quan el Gratu feia minuts que era a terra esperant l'ambulància, ni en els mesos, duríssims, que van venir després. L'àrbitre tan sols es va limitar a reflectir-ho a l'acta del partit. Va ser un accident del joc. L'esport té aquestes coses. Mala llet. Molta mala llet. Tothom va estimar-se més deixar-ho així. Ni tan sols l'Arenal, per més nits que hi va donar voltes, no podia tenir la certesa de per què la melé s'havia derruït de cop i volta. I mira que, pel seu cap, la imatge de la jugada li havia passat vegades i més vegades, des que havia conegut l'abast de la lesió després de la primera operació, d'urgències.

El Gratu havia quedat tetraplègic.

Durant més de dos anys només podia moure el cap. I portar la contra, això sí.

7

El lloc perfecte

–Hauries de córrer una mica més.

Toni Mazorra, el secretari del Govern, havia rebut un SMS des del cotxe del darrere. L'hi enviava Javi Cardelús, que ja patia veient com, assegut al seu costat, en Roberto Manuel Faura s'havia mirat el rellotge. La comitiva, rabent, enfilava la C-17 direcció a la plana de Vic, però encara els faltava un quart d'hora llarg per arribar-hi. Hi anaven amb dues furgonetes Mercedes, negres, que, de tan netes i discretes, no passaven desapercebudes. Quatre en un cotxe, cinc a l'altre, a més a més dels dos conductors vestits de pompes fúnebres.

–Canya. Que tiris una mica més –el Mazorra, amb l'imperatiu sempre a punt, va cargolar una mica més el xòfer. Se li'n fotia que haguessin d'avançar camions i tràilers.

–No vull que es maregin. Entre el Figaró i Seva està mal peraltat.

Toni Mazorra, que havia destacat en la política des de la seva militància en les joventuts del partit, no recordava si aquella carretera l'havien fet ells. O s'havia construït quan eren a l'oposició? L'autopista de Manresa tenia clar que havia servit per finançar dues campanyes electorals, però l'autovia cap a Vic... El conductor insistia.

–Si corro gaire més, cueja el cotxe. Està mal fotuda, aquesta carretera. No et recull, t'expulsa.

–Tu corre, calla i no toquis els ous.

Quan Roberto Manuel Faura va posar el peu a terra estava com una sopa. Durant el trajecte, en lloc de mirar el paisatge, havia aprofitat per despatxar correus des de la BlackBerry i va arribar a Malla, el lloc triat, amb una basca que no hauria sabut dir ni el seu cognom. El van ajudar a posar-se l'abric i, xano-xano, va començar a caminar pels camps, en direcció a enlloc. Cinc minuts llarguíssims. Sol. Sense dir res. Necessitava prendre l'aire i anar-se refent, a poc a poc, fins que li passés el cap-rodo. En aquell moment, travessant un camp a Osona, ni tan sols es recordava que sortia a La Llista com un dels homes més rics del món. Més aviat es fotia pena a si mateix d'estar a punt de vomitar al damunt de la terra sobre la qual havia de construir el parc temàtic més gran d'Europa. Precisament, la primera vegada que la trepitjava. Se'ns hi fotrà fosc, pensava el Toni Mazorra. Ves que no baixi la boira, temia, també, el representant del Govern. La comitiva –el Toni Mazorra, el Javi Cardelús, dos directors generals d'Obres Públiques, tres sots-secretaris de no-sé-què i un fotògraf oficial empolainat de casament– seguia en Faura una trentena de passes enrere. Tots preocupats, pendents de qualsevol reacció de l'empresari mexicà. De cop i volta, quan es va sentir amb forces, es va girar.

–Tornaré amb helicòpter.

El Mazorra, llepa, va ser el primer a desenfundar el mòbil per fer entendre a tothom que tots tranquils, que d'aquest tràmit me'n faig càrrec jo.

–No és el cul del món, això?

–És el lloc perfecte. Menys d'una hora des de l'aeroport. Menys d'una hora des de la Terminal del port de creuers. Menys d'una hora des del centre de Barcelona...

El Mazorra li va cantar les dades psicològiques. Era el 9,95 del preu dels supermercats. Era una de les condicions imposades per Tinubu Corporation a l'hora de buscar terreny. L'empresari no estava disposat a jugar-s'hi les pestanyes si no era a prop de tot arreu i amb unes comunicacions de primera. El Govern sabia que se la jugava. Era una inversió clau per a un país amb l'economia fent tentines i, potser, si calia, es maquillaven les xifres i avall que fa baixada. Els temps que havia cantat el Mazorra, sempre per sota dels seixanta minuts, només es podien assolir en condicions òptimes de trànsit: cronometrant el recorregut de matinada, sense ningú a la carretera i anant una mica més enllà del límit de la velocitat, just per no fer disparar els flaixos dels radars.

–I en tren?

El Bobby Faura tenia, a part de nas pels negocis, la virtut de fer sempre la pregunta justa. El Toni Mazorra va mirar-se la punta de les sabates. Ja s'havia enfangat.

–I en tren, quan es triga arribar aquí? –va insistir–. La majoria de gent, a Eurodisney, hi arriba en tren. A Marne-la-Vallé hi ha una estació pròpia per al parc. Pam, directe des de París.

–Aquí... També hi serà.

–No hi ha tren, fins aquí, ara? –el Faura es feia l'orni.

–Sí, sí, i tant. Però n'hi haurà un de molt més ràpid. La infraestructura ja està pressupostada. De fet, ja s'està construint.

Un polític difícilment podia enredar el Bobby Faura. Era un bon lector d'Aldous Huxley i havia après a ensumar les aixecades de camisa d'una hora lluny. «Com més sinistres són els desitjos d'un polític, més pomposa es torna la noblesa del seu llenguatge». S'havia après aquesta frase i, en alguna de les poques ocasions que havia concedit una entrevista, l'havia volgut dir vingués o no a tomb. Aquell lloc, per cert, notava que feia una certa pudor.

Al mig de la plana on s'havia de muntar el negoci del segle, a prop de tres pollancres solitaris que s'havien equivocat de paisatge, hi havia un noi que llançava pedres. Hi tenia traça. I, pel que observava el seguici des de lluny, una punteria extraordinària. En tots els camps no s'hi veia ningú més. Cinc cases esparses, aquí i allà, algun cotxe atrotinat al davant d'un parell de masos, mentre que, de lluny, se sentia el lladruc d'un gos amb gana. A Bobby Faura li va cridar l'atenció que el jove tant llançava les pedres amb el moviment natural de braç, com si les volgués fer botar en un riu imaginari, com, en un gest més forçat, girant el canell i enviant la pedra plana amb efecte com qui juga amb un frisbee. Amb el seu caminar parsimoniós, incòmode per un terra tou, amb fang i males herbes, s'hi va anar acostant. En Cardelús, l'home de confiança del Bobby, va fer el senyal perquè ningú no el seguís amb la mà oberta cap a terra.

–Ei.

El noi ni va alçar el cap ni va deixar de tirar pedres. Els pollancres eren la diana. Cada llançament a una de diferent. No en fallava cap. De prop encara semblava més jove. Quan va considerar que l'home de l'abric se li acostava massa, li va tirar una pedra als peus. El Bobby Faura es va aturar en sec.

–Ei, hola. Ets d'aquí?

–I a tu què se t'hi ha perdut, vestit així...

El Bobby s'estava encara a quinze passes del noi i, a risc que li tirés una altra pedra, va fer tres passes més fins a quedar a tocar d'un rètol d'aigua no potable.

–Ets d'aquí?

–I tu? Busqueu petroli, tots vosaltres amb aquesta pinta...?

Hi havia alguna cosa del desvergonyiment del jove que atreia el Bobby Faura. No estava acostumat que el tractessin amb tan poc respecte. Vist de la vora, el jove tenia edat de ser a l'escola. Els pantalons texans li anaven curts i ensenyava un bon tros de mitjó blanc, de ballador de rock d'una altra època. La jaqueta, també texana però d'un blau marí més viu i menys ratada que els pantalons, li tibava de tot arreu. Les mànigues li arribaven a mig braç i, encara que ho hagués volgut, no s'hauria pogut cordar. Era de pell fosca i amb el serrell tot abocat cap a una banda, amb un pentinat molt pensat per ser un nano de carrer. La sobtada imantació que el Bobby Faura va sentir per aquell noi era perquè li recordava a ell mateix quan era jove. Volia pensar que era això mentre experimentava una sensació estranya. Nova. D'insòlita atracció. Era una excitació inesperada. La força de la gravetat.

–Roberto –li va dir el mexicà atansant-li la mà oberta amb una vergonya desacostumada.

El jove no li va encaixar. Tres segons després d'aguantar-li la mirada, li va llançar una pedra, amb suavitat. Li va tocar els dits i el Bobby, aclaparat per la potència del moment, va enretirar la mà.

–Si vols que te la mami, vine un altre dia sense tots aquests.

I va esclafir a riure. El Bobby, dissimulant el desconcert, li va veure unes dents grosses, blanques, com la samarreta de coll rodó que portava a sota de la jaqueta texana. Al canell, feia estona que li havia vist una cadena amb el seu nom. Òscar.

Roberto M. Faura va girar cua i va tornar al grup, refentse, centrant-se, sense acabar d'entendre què havia passat en aquell minut intens en un indret que continuava notant que feia una olor de pixum reconcentrat. Toni Mazorra –neguitós per la conversa que no havia sentit– es va dedicar a donar, amb ets i uts i convenciment, tota mena de facilitats. Res no seria un problema. El Govern ho tenia tot pensat i planificat. Els veïns era un tema resolt. N'hi havia pocs i es trobaria una solució satisfactòria per a ells. Si calia, cas per cas. Tothom quedaria content perquè no hi hagués contestació. De l'expropiació, se n'ocupava el Govern. Després, totes aquelles hectàrees netes, les cedien

–era el verb que havien triat per comunicar-ho a la premsa– a Roberto M. Faura i a Tinubu Corporation, o a la filial que ell designés, perquè hi poguessin construir el complex de Historyland. L'Ajuntament de Malla, que encara sabia poques coses del projecte, estava encantat. Li sortiria tan a compte que no hi hauria cap pega. Al contrari. Malla passaria de ser la sala d'espera de Vic a sortir al mapa amb lletres grosses, al costat de Barcelona.

–Més o menys on som ara –va calcular el Mazorra assessorat a cau d'orella per un sots-secretari que mirava les planimetries a l'iPad– calculo que hi haurà les rampes del pàrquing i l'entrada principal.

Des d'allà es podria accedir, per uns tubs amb cinta transportadora, a cadascuna de les cinc àrees temàtiques dibuixades en la pila de folis i plànols que el Govern havia fet presentar a Tinubu Corporation abans de dir-li amén. Bobby Faura, sobre el terreny, ho trobava petit. A boines, no veia com en tota aquella plana hi podria muntar, pràcticament, cinc noves ciutats. Per plantar-hi dues piràmides, que havien de ser un dels grans atractius del parc, necessitava perspectiva. La foto s'ha de poder fer de lluny, insistia. Va preguntar on començava i on s'acabava Malla. I quines limitacions li marcava el paisatge i la carretera. L'empresari, que per això havia fet calés, no es rendia.

–I més cap allà?

–Impossible. Allò ja és Vic. Osona. Capital de comarca. Al costat d'un projecte així hi ha d'haver una població important que el sustenti, que doni serveis, un lloc on puguin viure els quatre mil treballadors, amb un hospital amb tota la tecnologia...

–Quatre mil vuit-cents –va precisar l'amo.

Javi Cardelús, coneixent la flaca de la dona del Faura, va saber tocar la tecla.

–Hi ha un seminari molt important, a Vic. Set esglésies. N'hi diuen la ciutat dels sants. A Doña Elvira li encantarà.

No se'n parli més.

8

Una conversa de les que fan mal

L'Aura va posar la clau al pany, amb recança. A casa, per petita que fos, sempre hi feia fred. No sabia si odiava més el silenci, els crits –quan no eren els de casa eren els del celobert– o els roncs del seu marit. A l'Antonio, dotze anys més gran que ella, l'havia conegut, de matinada, en una discoteca del port del Masnou. Al cap de dues hores, s'ho estaven menjant tot dins d'un Renault Clio massa petit per l'embalum de tots dos cossos despullats. En aquell moment, set anys enrere, res no era una pega. Ara, en canvi, ja no li venia gaire de gust estar-se amb ell. No ho havia notat d'un dia per l'altre. Al contrari, com en una cançó de desamor que va repetint la tornada, l'esma, la rutina i la manca d'il·lusió havien derivat en tristesa. I ni se n'havien adonat. Tampoc ni l'Aura ni l'Antonio no feien res per posar-hi remei. Instal·lats en l'anar fent no trobaven a faltar ni les sorpreses ni els castells de foc. S'havien acostumat a viure amb els plats bruts i l'ànima apagada.

—Ja sóc aquí.

Quan l'Aura va tancar la porta i va encendre el llum, l'Antonio va obrir un ull durant dues dècimes de segon. I el va tornar a tancar. Fins i tot un acte reflex s'havia convertit en costum. Tutankamon dormia estirat al sofà. Com cada tarda del món, de dilluns a divendres. L'Antonio, que s'havia llevat a les quatre, arribava rendit de la fàbrica i, sense ni treure's les botes, s'obria una llauna d'Estrella de la nevera, encenia la tele i, abans que pogués canviar de canal, ja s'havia clapat. Una hora, dues, tres... Fins que l'Aura arribava de la perruqueria.

Si la hipoteca només els havia arribat per a aquell piset de Sant Andreu, el sofà, que havia de ser a mida d'aquell cop de puny, els quedava molt esquifit. Només tenia dues places i, quan l'Antonio posava el seu clatell en un braç de la butaca i s'estirava llarg com era, les cames li quedaven penjant per damunt del braç de l'altra punta. No podia estar gaire còmode, amb els genolls més amunt que el cap. Però s'hi estava, i dormia, i roncava, i l'Aura –en un dia enjogassat– li havia tret el sobrenom del Tutankamon perquè immòbil, mirant el sostre i amb els braços plegats sobre el cos, semblava una mòmia.

Aquell dijous, quan l'Aura va arribar a casa a l'hora de sempre, sabia que estava en fals. Per fer-ho com cada dia, però, va passar pel costat de l'Antonio i va descabellar Tutankamon, que continuava rendit al sofà, amb la granota de la fàbrica posada, amb olor de greix industrial. No era un gest d'afecte, feia temps que havia deixat de ser-ho, tan sols mirava de despertar-lo mentre treia el peix del congelador per cuinar-lo al vapor. Era una relació de patata i mongeta tendra, com els seus sopars.

L'Aura, segons com, agraïa una virtut del seu marit. L'Antonio follava millor que estimava. Però fer l'amor, cansats com anaven... Potser algun diumenge si es llevaven tard, si es dutxaven junts.

Ella, fora de casa, encara tenia vitalitat i alguna gràcia, amb unes faccions rodones, fresques, divertides. L'Antonio, en canvi, als quaranta, ja havia dimitit. Sabia que ell, al diari, no hi sortiria mai. Ni tan sols aspirava que hi aparegués el seu nom complet –Antonio Mallenco Grandes– el dia de l'esquela perquè sabia, del cert, que ningú de la seva família tindria prou quartos per fotre'l allà, immortalitzat sota d'una creu, amb una llista de cosins i parents que veia un cop l'any, una hora de matí i l'adreça d'un tanatori on no s'hi convida particularment. Una vegada havia calculat que una esquela de les petites, a *La Vanguardia*, equivalia a tres mesos del seu sou.

Amb el soroll dels fogons, Tutankamon va ressuscitar.

–T'he trucat a la feina.

–Què volies?

–Ja no me'n recordo...

De cop, semblava estranyament despert. Molt desemboirat per una migdiada tan llarga.

–M'han dit que no hi eres.

–Clar que hi era... Devia estar en una cabina, fotent un massatge. –Va intentar que no li tremolés la veu.– Qui t'ho ha dit?

–No ho sé... Una noia.

–Qui?

–Una sudaca.

–Totes ho són.

–M'han dit que no hi eres.

L'Aura va intuir que l'Antonio sabia alguna cosa. Li feia ràbia la manera recargolada d'arribar als llocs.

–Com vols que no hi fos...

D'una revolada, la mòmia es va incorporar, va posar els peus a terra, va apartar la llauna de cervesa i va agafar l'Aura pels dos canells, amb força.

–Digue'm d'on véns?

–Em fas mal... De la perruqueria, d'on vols... Deixa'm estar.

L'Antonio es va adonar que la premia amb força, amb massa ràbia, i, abans que per culpa d'un rampell se n'hagués de penedir, la va deixar anar. Ella va saber, a l'instant, que aquella seria una conversa de les que queden, de les que fan mal.

–M'han dit que fa una setmana que ja no hi treballes...

–Té –li va donar el mòbil–, truca al Ricardo...

L'Antonio, amb una lleganya posada, va llençar l'aparell sobre el sofà.

–Ja hi has parlat, oi? –l'Aura es va ensumar l'estratagema del seu marit.

Amb una mirada –la convivència perfecciona els codis– van ser al cap del carrer. Ella es va deixar caure al sofà, sobre el seu propi mòbil, ensorrada. L'Antonio, com un contrapès, es va aixecar. No estava per consolar ningú.

–Abans de plorar. Exigeixo dues explicacions. Una. D'on véns? Amb qui has estat? I dues. Per què t'han fotut fora de la perruqueria? –S'hi va repensar.– I tres. Per què no m'ho has dit?

–Com vols que t'ho digui. No veus com t'ho prens?

–Com vols que m'ho prengui, Aura? Ara no ens ho podem permetre...

Ella va treure un Camel del paquet que sempre guardaven entre els dos coixins del sofà i se'l va encendre. No sabia per on començar i se sentia descoberta. L'Antonio notava que perdia la paciència. Novament, els maleïts silencis d'aquells envans. Ara, però, era a ell a qui treien de polleguera.

–Amb qui has estat?

–Amb ningú. Burro. Amb ningú. Surto de casa, me'n vaig, sí, me'n vaig perquè no m'hi trobis quan tu has de tornar. I passejo, amunt i avall. Agafo l'autobús aquí al davant i faig tota la volta fins que penso que ja és hora de tornar... Et serveix l'explicació? On collons vols que vagi?

–No me la fots amb ningú?

–Ets un desgraciat...

–Això no és ni un sí ni un no.

–Ets un fill de puta. –I, de tant a punt com ho tenia, va arrencar a plorar.

–Jo no sóc un fill de puta, maca... Jo vaig a treballar, et truco a la feina, em diuen que ja no hi treballes, em quedo flipant de collons, arribo aquí i no hi ets, tu entres com si res, em dius que véns de la feina, et dono l'oportunitat i em dius que sí que hi has anat... Em dius totes les troles seguides i a sobre m'insultes?

–No hi ha ningú més, imbècil.

Els sanglots li tallaven les síl·labes, que ja de per si fan de mal escapçar.

–Ja t'ho he dit que vinc del carrer, de fer temps, de passejar, hòstia, ja...

–Fins quan hauria durat aquesta comèdia? Quan t'hauries dignat a dir-me que, a partir d'ara, hem de passar amb set-cents euros menys?

–I vinga amb els euros, Antonio... Què hi té a veure?

L'Aura no entenia res. No creia que la conversa es pogués tornar tan agra. Pensava que coneixia bé l'home amb qui vivia des de feia set anys, però, de cop i volta, encara la podia sorprendre. Que el gran problema d'aquell vespre fossin els set-cents euros del seu sou, no s'ho acabava. Durant molta estona, la xifra li retrunyia dins del cap. Que què esperava a dir-l'hi? Això sí que ho tenia clar: a trobar el moment i a trobar una altra feina. L'interrogatori, però, no s'havia acabat.

–Estic esperant una resposta... Per què t'han fet fora?

–No t'ho ha dit el Ricardo?

–No...

–No ha volgut?

–M'ha dit que seria millor que m'ho expliquessis tu. Digue'm d'una puta vegada per què t'han fotut al carrer.

L'Aura va saber que, quan l'hi expliqués, es tibaria més la corda. No era el moment. S'estimava més preparar el sopar i, a taula, amb més tranquil·litat, recuperar el fil del que havia passat, a la cabina del massatge, el matí que en Javi Cardelús, en pilota picada, estirat a la llitera, li havia agafat la mà i l'havia obligat, tant si vols com si no, a tocar-lo.

–És una violació! –l'Antonio, amb la sentència a punt.

–No va ser una violació. Em va forçar, sí, però no ho va ser...

–I tu vas donar peu a... D'alguna manera?

L'ofensa va enfonsar l'Aura.

–L'últim que podia pensar és que et posessis del seu costat.

–Jo no...

–Ets un masclista fastigós.

I es va alçar de la taula. L'Antonio es va adonar que s'havia passat i va demanar perdó, una paraula que, quan va sortir de la seva boca, va fer que ell mateix se'n sorprengués. No li sonava haver-la dit mai abans. Si més no, des que tenia ús de raó i controlava el seu llenguatge.

–Només volia saber... Hi ha una cosa que no em quadra. Aquest senyor t'agafa la mà i t'acomiaden a tu, no ho entenc.

–És un molt bon client...

–I?

–És el Javi Cardelús, potser algun dia l'has vist a la tele... Surt amb el projecte aquest de fer... No sé què volen fer, aquí, un parc gegant de no sé què.

–No sé qui és.

–Jo tampoc. Però és molt important i és un bon client i l'amo ja saps com...

–El Ricardo? Un cagat, és. Un merda.

–Diu que em vaig equivocar, que vaig trucar a la policia, que he fotut la perruqueria en un compromís, que el Cardelús ha hagut de...

–Vas trucar a la policia?

–Sí.

–Que què? Que tu vas trucar a la policia?

–Què passa? Sí. Estava molt cabrejada. –No entenia la sorpresa enorme del seu marit.– Tu com estaries?

–No havies d'haver trucat a la policia, Aura, hosti. A la policia, no. M'havies d'haver trucat a mi.

I va clavar un cop de puny a la taula que va fer saltar forquilles i ganivets.

L'Aura mai no havia vist l'Antonio amb aquells ulls ardents, vermells, inflamats d'odi. De cop i volta, l'home de la granota blava i les botes negres que es llevava a les quatre de la matinada per entrar al primer torn de la fàbrica de cargols d'acer inoxidable va fer un crit que es va sentir a tot Sant Andreu i va trobar un motiu per viure. Ell mateix va pensar, abrusat com estava, que potser sí que, algun dia, acabaria sortint al diari.

9

Com els trilers que esquilen els turistes

El Gratu solia passar les tardes a l'ordinador. Així que encenia el portàtil entrava en un món que notava que era el seu. Navegava, entrava i sortia, viatjava a veure com feien surf en directe a les platges de Sydney o badava, al Youtube, buscant les millors jugades de les Cinc Nacions. Considerava –i ho havia escrit en algun xat– que, amb l'entrada d'Itàlia, les Sis Nacions havien perdut autenticitat. Ell, que havia tingut la primera feina en una pizzeria i que sentia fascinació per tot el que sonava a italià, creia, en canvi, que era una heretgia deixar que juguessin al rugbi al costat d'irlandesos, gal·lesos o dels francesos mateix que, només de mirar-los, ja es veu que tenen un clatell modelat especialment per jugar a rugbi. El Gratu s'informava, escrivia, opinava i entrava a llocs prohibits de la xarxa i de la vida. Li agradava no haver de demanar permís, ni haver d'explicar-se. De fet, quan era en aquells indrets perillosos, sentia una coïssor en algun lloc indeterminat del cos. Si no fos perquè sabia que era impossible, ell mateix hauria jurat que notava algun moviment en les seves cames de suro. L'autonomia que trobava a

Internet –la llibertat és la paraula– no la tenia a la seva cadira encara que dugués un motoret i que la pogués conduir, sense esforç, amb una sola mà. Com la seva cadira, només n'hi havia una altra en tot l'hospital. El Gratu –així que tenia una hora per a ell, sense rehabilitacions ni endergues– s'acostava a la tauleta de l'habitació on tenia endollat el Toshiba negre que li havien regalat els pares quan va poder recuperar la mobilitat de les mans. De tetraplègic a paraplègic. Mai mitja paraula havia canviat tantes coses. Mai quatre lletres no havien costat tant. Després de tres anys d'esforços, d'operacions i metges, va ser com tornar a néixer. El Ferran Grau, el pare del Gerard, en una entrevista a la revista del Col·legi d'Advocats, va afirmar que qui gosés dir-ne miracle, de la recuperació del seu fill, cometria una falta de respecte pel patiment, l'abnegació i la perseverança, dia a dia, mil·límetre a mil·límetre per recuperar una mínima mobilitat.

Dins del Toshiba hi era tot. •••••• Posat el password, al Gratu no se li resistia res. Ara que el punter en forma de pinzell lligat al cap ja era un malson més a la seva biografia, el Gratu s'endinsava a la pantalla i no tornava fins que la infermera dels vespres, la que es pintava els llavis, li portava la safata del sopar. El dilluns, sopa i peix. El dimarts, sopa i hamburguesa vegetal. El dimecres, verdura i peix. El dijous... Amb tres anys al centre, se sabia el menú de memòria i l'havia avorrit. Menjava poc i sense gana.

–Què porta el Prodemax?

–Et toca ara?

–Em toca sempre.

–Què passa? No te'l vols prendre?

–Només pregunto què porta?

–No et trobes bé?

La infermera dels llavis pintats el treia de polleguera. No estava renyit anar a preu fet, servir safates durant una hora, de set a vuit, i poder escoltar. El Gratu va agafar el vaset, amb el blíster retallat de la pastilla, el va girar com fan els trilers que esquilen els turistes a la Rambla i se'l va posar a la mà.

–Això, què porta?

–Re. És... un calmant.

–Per calmar què exactament?

–Una mica d'ansiolític. Per dormir millor, suposo...

–Aquí el doneu a tot quisqui...

–No, home... Vinc a recollir-ho d'aquí a mitja hora.

La infermera que es pintava els llavis, que responia al nom d'Immaculada, va dir-li «això ho has de preguntar al metge», mentre canviava els interruptors i li ajustava la porta amb un gest mecànic, que feia cent vint-i-nou vegades al dia. En una ocasió ho havia comptat.

El Gratu ja ho havia preguntat al metge. El Gerard Grau, de fet, abans de preguntar-ho al doctor Robles, ja havia engegat la seva investigació mirant de no aixecar cap sospita.

En l'última setmana havia aprofitat el migdia, havent dinat, per entrar a totes les habitacions de la planta baixa i a les que va poder del primer pis. Tustava a la portava. Si no responia ningú, hi entrava. Moltes habitacions eren buides perquè era l'hora que molts dels ingressats s'estaven al jardí terapèutic, sortien a fer la cigarreta davant de la porta del carrer o se n'anaven a la sala de la televisió a mirar les notícies i la sèrie de la becaina. Per què fan tanta son els hospitals?

El Gratu entrava a les habitacions, dissimulant, i remenava la tauleta de nit per veure si hi trobava algun indici de restes de Prodemax. Si no hi havia ningú, l'escena tenia l'emoció d'estar furgant dins una altra habitació i remenar dins la bossa de plàstic de la paperera per mirar de trobar-hi el blíster buit d'una monodosi. Havia d'actuar ràpid, en silenci i mirant que ningú no el veiés entrar ni sortir, com qui es troba amb l'amant en un hotel. Si picava a la porta amb els nusos dels dits i responia algú, llavors entrava i saludava i, seductor com era, es feia el simpàtic i donava una mica de conversa fins que mirava si, al damunt de la tauleta de nit, o en el calaixet dels medicaments de cada pacient, hi tenia el Prodemax. Al cap d'unes quantes habitacions, va decidir aparcar les tàctiques detectivesques i, fent-se el desmenjat per no aixecar la llebre, en parlava obertament.

–El Prodemax em va de conya. A tu no sé si te'n donen?

Els resultats van confirmar amb escreix la seva hipòtesi. El Ricard, amb la medul·la seccionada per un accident de moto, sí. El Xavi, que havia topat amb la màquina de neu artificial d'una pista d'esquí, sí. La Carrau –no sabia si era nom o cognom, tot i que feia mig any que coincidien a l'hospital–, també. El Sergi, no. El Sergi, que cada cinc minuts tenia dues punxades que el doblegaven, es prenia tot el que li donaven per alleujar el dolor, però Prodemax no. Positiu de mena, però, deia que no descartava provarho. L'Alfredo, que es va tirar a la piscina amb poca aigua, sí. La Dolors, una àvia que havien atropellat a la cantonada de Modolell amb via Augusta i que esperava que el judici li donés la raó i que no hi hagués cap testimoni que l'hagués vist travessar amb el semàfor en vermell, sí. La que sempre cridava a les nits, sí. L'Àngel, el guàrdia de seguretat que va rebre un cop en un atracament, sí. L'escalador que va despenjar-se de Montserrat, sí. La farmacèutica, no.

Per què a la farmacèutica no? Perquè ella podia interpretar què significava aquell antidepressiu d'última generació? Agomelatina 25 mg DCI; al Gratu, li sonava a xinès. Al mateix temps, però, li va semblar altament sospitós que a la farmacèutica no n'hi donessin.

El doctor Robles, quan sortia de guàrdia, no estava per brocs. Cada nit que treballava a urgències era una setmana menys de vida. Pel que li pagaven, no li sortia a compte, però li agradava la feina, tenia vocació i cada vegada que li arribava una llitera amb un paio a trossos s'activava en una cursa contrarellotge per salvar-li la pell.

–Què és l'agomelatina?

–No em toquiz els ouz, Gratu, ara...

–Només és una pregunta.

–Zurto del quiròfan. Zet horez. Et paza alguna coza?

–No. Volia saber per què el Prodemax...

–Gratu, carinyo... Me'n vaig a caza, a clapar finz demà. Okey?

El dia de la trompada, quan els conductors de l'ambulància van baixar el Gratu encara vestit amb les franges verd-i-grogues de la Unió de Rugbi Tibidabo, el primer que el va rebre va ser un tal doctor Robles, uns quants anys més jove, amb menys bosses als ulls i amb una bata blanca a la qual encara cordaven els botons. La mare del Gratu sempre li havia dit que el doctor Robles li havia salvat la vida i el noi li estava agraït però, en el fons, el doctor, la seva bata i el seu parlar papissot, formaven part del repertori de personatges del seu malson, dels dies que potser hauria preferit morir.

–Gratu!

El Fran Lasorda el va cridar des de l'altra cap del passadís.

–Vine –el director Mèdic de l'Institut Stoner li va fer un gest inequívoc, amb la mà, perquè s'hi acostés.

El passadís es va anar il·luminant –el sistema d'estalvi d'energia era sofisticat i sostenible– a mesura que la cadira del Gratu s'acostava cap aquell home d'ordre i amb un secret mal amagat. Al doctor Lasorda se li coneixien dues amants oficials. Una de matins, una psicòloga clínica que redactava informes sobre els pacients i, de set a vuit del vespre, una anestesista que entrava a treballar quan, estranyament, ja no hi havia operacions programades. Fran Lasorda, com a director mèdic que establia torns i horaris, s'ho havia manegat perquè coincidissin una hora al dia i poguessin fer despatxos. Ningú no sabia si la psicòloga coneixia l'existència de l'anestesista, ni si l'anestesista sabia quina relació tenia la psicòloga amb en Fran, ni tan sols sabia ningú si la seva dona –a qui tothom a la clínica es delia per conèixer– s'ensumava per què el seu marit arribava a casa, just a l'hora de sopar, tant de bon humor i amb el dia arreglat.

–Mira, Gratu, t'ensenyo una cosa.

El doctor Lasorda li va girar la cadira cap a la finestra del final del passadís.

–Veus això que sembla un llum? No és cap llum. A dintre hi ha una càmera. Una càmera petita, una càmera fixa que filma tot el que passa en aquest passadís.

–I?

–Que m'han avisat que vas entrant a les habitacions i hem de saber per què.

El Gratu va acotar el cap. Podia negar-ho tot, però sabia que les imatges del circuit tancat de televisió el desmentirien. El Lasorda, amb un gest paternal que va sorprendre el Gratu, li va posar la mà al damunt de l'espatlla.

–Què hi busques?

–Re.

–Mira... De moment, ningú no ha trobat a faltar ni un rellotge, ni un euro ni res. Ningú no s'ha queixat de res...

–Només passejo, què passa?

»... Fa tres anys que visc en aquesta gàbia, em conec cada racó i miro de descobrir espais nous...

–Gratu, ho sento, no cola.

–No ho sé. Ho sento, què vols que et digui?

–No hi tornis, sents? Ja saps que aquí tothom t'estima molt, però no entris a les habitacions. Prohibit, ho entens? No ens fotis en un problema. D'acord?

El Gratu, sense mirar-lo, va assentir. Faltaven cinc minuts per a les set i al Francesc Lasorda, puntual i endreçat, se li girava feina. El Gerard Grau se'n va tornar a l'habitació, a fer un mos del sopar i a continuar navegant amb el Toshiba portàtil.

L'endemà al matí, al gimnàs, el Gratu també li volia a preguntar a l'Èlia, la fisioterapeuta que treballava tant amb els colzes com amb les mans, si sabia per què, a l'Hospital, el Prodemax corria com l'aigua. En aquell moment, però, van cridar la cap de fisioteràpia per l'altaveu de la sala, demanant que es presentés, amb urgència, a la recepció principal.

El Dani Santana i el Gratu es van mirar, sorpresos, sense deixar de fer els seus exercicis de recuperació. A la porta de l'hospital, dues policies uniformades amb cara de no haver trencat mai cap plat esperaven l'Èlia.

10

L'ESTRABISME DELS DIRECTORS

Així que les rodes del darrere van passar per la porta, el grum de les celles perfilades li va fer un senyal.

–L'hi aparco jo mateix, sisplau. Pot deixar-lo aquí, si vol –obrint-li la porta del cotxe.

–M'estimo més fer-ho jo, gràcies –el Javi Cardelús, tornant-la a tancar per explicitar les seves intencions.

Si no era qüestió de vida o mort, no deixava que ningú toqués el seu Jaguar. Ni que fos en un restaurant on el coneixien bé i on fins i tot els aparcacotxes semblen refinats i prudents com els xòfers de pompes fúnebres. A mitja maniobra, li va sonar el telèfon del cotxe. No el va agafar. Els números ocults no els agafava gairebé mai. No en tenia el costum.

Per al dinar amb els directors dels mitjans de comunicació havia triat l'Àbac, al capdavall de tot de l'avinguda del Tibidabo, al davant mateix d'on els turistes fan apostes sobre si el tramvia blau frenarà, o no, quan aquell vagó atrotinat desemboqui al final del seu trajecte. Al Cardelús, li encantava el contrast d'un carrer senyorial, amb casalots modernistes tan ben conservats a banda i banda, i l'arquitectura de l'Àbac, tan quadrada i tan japonesa. El fascinava el minimalisme de la construcció, amb vidre pertot i fusta clara, espais oberts i un bambú, aquí i allà, calculadament posat i cuidat.

Va arribar el primer per assegurar-se que tot estava com ho havia encarregat. El menú de degustació per a set, les carpetes per a sis i, quan convingués, l'ordinador i la pantalla per reflectir-hi el Power Point de la seva presentació.

Juan Dalmau, director del *Crònica* del Grupo Blanco, va ser el primer a arribar al restaurant. L'avantatge d'anar amb xòfer. De seguida hi van fer cap Quique Fornos, el director de *La Tribuna*, el periodista que es vantava de no haver-se posat mai corbata, i Fermí Ardèvol, director fundador del diari nacionalista que havia aconseguit tenir més influència que lectors. A l'hora en punt, hi va arribar Alfred Gordó, Fredy per als redactors de *L'Observador*. Anava suat i amb una barba exageradament llarga i espessa, de compositor rus del XIX, que pretenia amagar la seva infelicitat. El director del *Dies d'avui*, Xavier Homs, va arribar en taxi al mateix moment que la directora de TV10 es presentava davant del Cardelús. A l'Anaïs Motta –parpelles blaves, llavis vermells discrets–, la professió li havia penjat les medalles que li havia pres la vida.

Tots sis junts, en els dos últims anys, havien acomiadat setanta-vuit persones, havien amortitzat trenta-dues places més de treballadors que s'havien jubilat entre rotatives, redacció i personal d'administració i, de mitjana, havien abaixat un 14 per cent el sou dels seus periodistes. També el seu salari de directors s'havia vist reduït, euro amunt euro avall, en la mateixa proporció, però ho havien sabut compensar amb dietes dissimulades i uns bons que cobraven per uns objectius que mai no acabaven de complir. De tot això, durant el dinar, ningú no en va dir res. En aquell migdia assolellat en el reservat del Tibidabo tan sols els interessava treure el màxim d'informació sobre Historyland. L'objectiu del Javi Cardelús era, precisament, posar llum a tantes ombres que llegia cada dia a totes hores.

Els mitjans feia setmanes que, en el seu marcatge de reüll dels uns als altres, s'havien afegit a l'espiral de les crítiques al projecte de Tinubu Corporation. A les palpentes d'informació, ni entenien el secretisme del Govern, ni compartien el perquè d'aquesta operació gegantina, ni en sabien la localització. A més a més, prenia força que el parc temàtic dedicat a la història era l'excusa perfecta per construir un nou complex urbanístic que no tenia cap sentit, ni econòmic ni mediambiental, amb la quantitat de pisos buits que hi havia al país. Corria la brama, per acabar-ho d'adobar, que darrere l'empresari mexicà Roberto Manuel Faura no hi havia un pam de net. I sense saber gaire res i sense tenir amb qui contrastar-ho, els mitjans s'havien entretingut –com en tantes ocasions– a fer el més fàcil i el més popular: safareig i garrotades.

Javi Cardelús, director de comunicació del promotor del projecte, sabia que el dinar seria un tercer grau. Amb cordialitat, això sí, amb el posat cortès que tenen els directors de diari quan hi ha més gent al davant. Per això no els havia volgut tractar per separat. Sabia per experiència que, un a un, l'ego se'ls dispara, el mal geni creix i tothom amenaça, en la mesura de les seves possibilitats, per tenir una primícia que li salvi la portada de l'endemà. Quan els van servir el primer aperitiu, el Dalmau del *Crònica* va obrir el foc.

–Parlem del Faura. Té fama de saltar-se les normes.

El Cardelús va somriure. Estava preparat que l'ataquessin per aquest flanc.

–Això no és així. –Es va empassar el filet d'anxova amb tòfona negra i un toc de parmesà.– Diguem que és un lluitador, un home que no es conforma, que no està mai a la defensiva, que quan fica la banya en un projecte hi va fins al fons... El conec bé i, mireu, sí que us dic que hi ha una cosa que no suporta, que li diguin «això sempre s'ha fet així».

–A Mèxic que faci el que vulgui, però aquí la llei és la llei.

–Estigueu tranquils, que la complirà.

El Cardelús no tenia gaire interès a entrar en aquest jardí. I va deixar que, entre ells, s'anessin enfilant.

–No complirà la llei. Ja s'està veient que li faran les normes a mida, que és diferent.

–Però la culpa no serà seva –*La Tribuna*, d'esquerres–, sinó del Govern que ho permet.

–I serà un escàndol. No se li pot crear una llei a mida a un paio per més que vingui aquí amb la pasta.

–Aquí tothom pica amb la creació dels llocs de treball. Com a esquer està bé, però no tot s'hi val –al Fredy de la barba espessa, ja li havien servit pa dues vegades.

–El problema de tot això és el greuge. És posar-li la catifa vermella a un de fora. Si un empresari d'aquí demanés invertir amb les mateixes condicions, que li regalessin les hectàrees, que expropiessin els veïns, avantatges fiscals, menys impostos, més joc, les places hoteleres que li surti dels collons... Hòstia, així qualsevol.

Tancada la tertúlia de casinet, l'Anaïs Motta va tornar a centrar l'interrogatori.

–S'hi podrà fumar?

El Cardelús va rebre una nova trucada insistent d'un número ocult. El va apagar mentre responia a l'Anaïs Motta, que s'asseia al seu costat.

–Mirarem que en algun lloc molt concret, sí.

–Però... –s'hi anaven a tirar com llops.

–Ja us dic que en algun lloc molt concret, sí. Voleu la veritat o...

–Hi haurà casinos, m'han dit.

–Un casino. També és veritat. Dos, a tot estirar. A l'àrea de Roma, segur. El segon, ho estem negociant... Però encara no tinc la resposta.

–Quin percentatge del negoci vindrà pels casinos?

–Poc, un vuit o un deu per cent del total.

–A mi m'han assegurat que seria al voltant d'un trenta per cent del total de la facturació.

–No. En cap cas. El casino, o els casinos, només seran un tres per cent de la superfície total del cinc àmbits temàtics del conjunt de tot el parc i, segons el pla de negoci, no arribarà al deu per cent del seu volum.

Els sis directors, com si hagués sonat la campana que anunciava que podien començar, es van posar a prendre notes. Tots a l'hora, no fos cas que els passés per alt un percentatge que l'endemà veiessin publicat a la competència.

–Quin sentit té, quina coherència té, lligar turisme familiar, nens i casinos?

–Ni és això ni t'ho has de mirar així. Hi haurà oci per a tots. Oci diferenciat, però per a tots.

–Hi haurà putes.

–Amb vals gratis per als periodistes.

Van riure.

–Només per als directors –va reblar l'Homs, el qui feia més cara de ser-ne un assidu.

Van riure encara més. Menys l'Anaïs Motta, directora de TV10, que va fer com si sentís ploure. El Cardelús tenia previst lliurar les sis carpetes amb el projecte a l'hora de les postres, però, en aquell moment, davant la desorientació dels directors, va decidir revelar les grans àrees del parc temàtic. El Juan Dalmau, abans de llegir el dossier, es va treure unes ulleres petites de l'infern de l'americana. Es va descordar un botó de la camisa, per sota del pit, i es va netejar els vidres fregant-los amb la tela, amb un moviment entrenat entre el dit gros i l'anular.

Egipte seria l'entrada de Historyland. Un passeig impactant cap a un dels grans ganxos del parc: la piràmide. Construïda a escala tan gran com permetés el terreny, a dins hi hauria el laberint més gros d'Europa que hauria de permetre, als visitants més perspicaços, arribar fins a la tomba del faraó. Roma s'havia previst com l'espai més femení. Amb una varietat de SPA i zones d'aigües cobertes que permetria fer qualsevol tipus de tractament a qualsevol època de l'any. Del casino, en la carpeta que lliuraven als directors de diari, no se'n deia ni mitja paraula. El Renaixement era la zona on el projecte volia concentrar els grans espectacles, amb dos auditoris que podien funcionar al mateix temps a ple rendiment. A la Revolució Francesa és on havien previst plantar les atraccions per als més arriscats, amb loopings, caiguda lliure i una muntanya russa on els visitants anirien més estona de cap per avall que no del dret, perquè notessin com els baixava la sang al cap. La Segona Guerra Mundial, com a àrea de sortida, l'havien enfocat com un cant a la pau. Aquesta era la zona preferida de Bobby Faura, que podria exhibir, finalment, tota la seva col·lecció de jeeps i ambulàncies de guerra que, amb el temps, havia anat adquirint i que feia restaurar per un mecànic de prop de Liverpool. A cadascuna de les cinc zones, Historyland pretenia construir-hi un hotel temàtic i tres restaurants: l'econòmic, el familiar i el de luxe.

Després de conèixer les àrees temàtiques de la història que concentraria el parc, més que les ulleres, s'havien de fregar els ulls.

–Qui hi ha al darrere de Tinubu Corporation?

–Ningú.

–Impossible.

–Em podeu creure, ningú –va emfasitzar-ho mentre es posava seriós–. Hi ha, ja ho sabeu, l'empresari mexicà Roberto Manuel Faura, el rei de la telefonia, un dels homes més rics del món. M'encantarà presentar-vos-el en la propera ocasió.

–Val, d'acord, el Faura... Però, qui hi ha al darrere del Faura?

El periodisme, quan no pot investigar, aixeca sospites. Amb dues preguntes es munta un rumor. Amb tres, una teoria conspiradora.

–Darrere del Roberto Manuel Faura hi ha el Roberto Manuel Faura...

–No, però, qui paga tot això? Saps allò del Josep Pla quan va arribar en vaixell de nit a Manhattan i va veure totes aquelles llums enceses... Va dir: «I tot això qui ho paga?». Hi ha algun banc al darrere?

–Treballarem amb algun banc, segur que sí, però ho finança tot ell. Estem parlant del Bobby Faura, senyors. Perdó, i senyora. Ho vol fer. Ho vol fer aquí, està convençut que serà negoci per a tots, quatre mil llocs de treball directes a partir de la inauguració, i li fa molta il·lusió.

–Quan dius que ho vol fer aquí. On, exactament? Perquè en la carpeta no veig que...

–Nosaltres vam publicar que podia ser prop de Vic...

La resta de directors estaven en fals. Els seus mitjans, tots cinc, l'endemà mateix havien corregut a publicar que Historyland podia construir-se als rodals de Vic, sense citar la font de *La Tribuna* que els havia inspirat.

–Hi ha un pacte de confidencialitat amb els ajuntaments amb els quals estem tractant.

–Pot ser a Malla?

–Pot ser. És una opció, no us vull enganyar. Hi ha tres opcions, totes a menys d'una hora de Barcelona.

I vinga tots a apuntar el nom de Malla a la llibreta.

–El Govern us regala els terrenys?

–No. Només els cedeix.

–Per quants anys?

El Cardelús sabia que l'eufemisme no colaria fàcilment. Les instruccions del Mazorra, el secretari del Govern, eren que, digués el que digués la premsa, ells havien de continuar conjugant el verb cedir fins a les últimes conseqüències.

–Ho estem acabant de perfilar. Els anys de la cessió dependran, també, d'on sigui la ubicació final.

–Ens heu fet venir aquí per no dir res? –En Dalmau, del *Crònica*, era el més cantellut de tots, cordant-se el botó de l'americana, com si volgués marxar.– És increïble. A Vic, una piràmide... Esteu sonats.

El Javi Cardelús es va escurar la gola i va desenfundar els dots que l'havien convertit en un relacions públiques de 200.000 euros l'any.

–Ens hem trobat aquí per coneixe'ns, perquè sapigueu com estan les coses, per resoldre dubtes, per esvair pors, perquè sapigueu que el senyor Faura està disposat a fer una inversió que serà fonamental per al país i per al turisme. Fonamental. El Govern s'hi juga molt. Us he donat la carpeta amb els cinc...

No els va convèncer. Els directors sabien que, en les trobades en comú, no en traurien cap exclusiva, però n'esperaven alguna cosa més. Tots s'haurien estimat més una trobada per separat, només amb ells, o que els de Tinubu haguessin tingut la deferència de fer-los arribar un dossier per publicar en primícia i no aquell dinar que sentien, qui més qui menys, que els convertia en còmplices d'un secret.

–Deies, Cardelús, això d'un projecte fonamental, o no sé què has dit, per al turisme... Aquí ha fracassat tothom. Terra Mítica de Benidorm, la Isla Mágica de Sevilla, el parc Warner de Madrid...

–Però ha funcionat Port Aventura. I funciona Disney a

París. I sobretot, els que millor funcionen, sabeu quins són? Els parcs supertematitzats. Heu estat mai al Futuroscope?

Ningú. Zero de sis.

–O un exemple encara millor. Astèrix. El parc d'Astèrix, a Plailly... Hi heu estat? Té un èxit acollonant.

–Però no és el mateix...

–No és el mateix, tens raó. El nostre és molt millor. Astèrix són uns dibuixos. El nostre és de veritat, d'història de veritat; aquí vindran els nens amb els seus pares per aprendre coses. Del Renaixement, d'Egipte, de Roma, de la Segona Guer...

–Com quedem? Un parc d'atraccions per a nens, amb un casino?

–Això és un model de lleure molt americà –va reblar el Fredy.

–Atraccions per als nens, shopping per a les dones, lleure per als grans. Això és un model americà? Això, si vols mirar-t'ho així, és un model global. Vindrà gent d'aquí, gent d'Amèrica, japonesos, àrabs, russos, de tot arreu...

–I la contestació social? Sabeu que hi ha gent que està en contra del projecte? Encara no se sap exactament on s'ubicarà i tots hem publicat fotos de manifestacions.

–Ho sabem perfectament. I seria millor, és veritat, que no hi hagués aquestes reticències d'una minoria que, també us ho dic, és la mar de normal. Pertot arreu, a tot el món, sempre hi ha gent que diu que no per sistema. D'entrada, no. De qualsevol cosa, a qualsevol lloc, ni que sigui una enquesta, si tu preguntes alguna cosa als lectors del teu diari, sigui el que sigui, sempre hi ha un set per cent que hi està en contra. Per sistema. Sí o no?

–Però aquí, Cardelús, la contestació només és d'un set per cent? Vols dir que no t'enganyes?

–Pur esperit de contradicció, això està demostradíssim. No us demano que us ho cregueu, només us dic que ja ho veureu. Només us dic: «Ja ho veureu i feu-nos confiança». I per això és tan important que fem trobades com les d'avui i que els mitjans expliqueu bé el projecte de Historyland, això sí que us ho goso demanar. Expliqueu bé aquest projecte perquè la gent no vegi fantasmes, perquè el Govern no es faci enrere i, sobretot, perquè la gent sàpiga que serà un parc fantàstic, amb totes les lletres, per a la zona, per al territori i per al país.

I aleshores, després del segon cafè, Javi Cardelús, com qui no vol la cosa, alçant-se de la taula i tirant-se els pantalons amunt fins al melic, va deixar anar l'única frase que havia vingut a dir i per la qual havia muntat aquell dinar en un saló privat del restaurant Àbac i hi havia convidat els directors dels sis mitjans de comunicació més influents del país al menú de degustació.

–Si el projecte tira endavant, que confiem que així serà, no cal dir que tenim molts milions per invertir en publicitat als mitjans, en els propers... –va fer veure que s'ho rumiava–, en els propers deu anys.

Els comensals van notar com havia sil·labejat «molts milions». Apel·lava directament a l'estrabisme dels directors de diari. Sempre amb un ull a la portada i l'altre al compte de resultats.

11

UN CABELL ROS ENTRE DOS FULLS

–El cotxe està a nom meu, sí. Però les escopetes...

–Què hi fa el seu cotxe, al pàrquing de l'aeroport, amb tres escopetes al maleter?

–El meu marit és caçador. De fet, aquests tres dies se n'han anat...

–I se'n va a caçar sense les escopetes? Té les claus del cotxe?

–Crec que en tinc una còpia... Però el meu marit està caçant més enllà de la Franja... Hi ha d'haver una confusió.

La policia que duia la veu cantant es va treure el mòbil de la butxaca i va mirar la pantalla.

–La seva matrícula... La sap?

–8256 GSW –l'Èlia, fent un esforç de memòria–. Un Volvo negre.

–Aquest?

Li va ensenyar la foto del seu cotxe, aparcat a l'aeroport. L'Èlia, per primera vegada, va tenir la certesa que no era una confusió. Continuava, però, sense lligar caps.

–És de fa una hora.

–No ho entenc.

–S'ha deixat la safata del maleter oberta i, des de fora, es veuen tres escopetes, capses de cartutxos i dos sarrons. Ens ha avisat seguretat de l'aeroport.

–Acompanyi'ns, sisplau –va dir la policia que, fins aquell moment, no havia obert la boca.

L'Èlia va dir un moment, es va treure la bata, va passar pel vestidor a agafar l'abric i el senatxo i a assegurar-se que, a dintre, hi tenia la seva còpia de la clau del Volvo. De camí cap a l'aeroport, asseguda per primera vegada a la vida al darrere d'un cotxe blau de policia, va preguntar si podia fer una trucada. La policia de la veu cantant li va dir «cap problema» i es va mirar de reüll amb la seva companya. L'Èlia, sí, va trucar al seu marit, mirant que el to fos el de sempre. Si fa no fa.

–Ignasi, sóc jo. Com va? On ets?... Ah, sí? N'heu caçat moltes?

Les policies –reprimint-se les ganes de ficar-se on no les demanaven– no li van voler dir que el seu marit, a la vigília, havia volat cap a Roma. Vueling, classe turista. Tornava diumenge. Ho havien comprovat quan havien vist a qui pertanyia el cotxe, qui era el marit de la propietària del Volvo i si aquest tal Ignasi Sicília havia volat, en els últims dies, des de l'aeroport de Barcelona. A la filmació d'entrada al pàrquing, es veia que no hi anava sol. Conduïa ell, l'acompanyava una dona amb les ulleres de sol posades.

El diumenge al vespre, quan l'Ignasi va anar a recollir el cotxe al pàrquing de l'aeroport, va tenir una gran sorpresa quan va veure que no hi era. Primer va pensar que s'havia equivocat de planta. L'Ignasi i l'acompanyant –que ja no duia ulleres de sol perquè no en feia– van anar amunt i avall, i van tornar on estaven segurs que l'havien aparcat. A la planta 1, plaça 524, no hi havia cap Volvo. Hi havia un Fiat petit, vermell. Va ser llavors quan va pensar que l'hi havien robat i, a l'instant, va fer un petó a l'acompanyant, li va dir que anés a agafar un taxi i ja en parlarem. I, un cop sol, intuint que alguna cosa començava a anar de cantó, va marcar el número de l'Èlia. Ella, amb els trumfos a la mà, ja esperava la trucada.

–No te l'han robat. El cotxe és a casa. Si és per això, no pateixis.

–Èlia, jo...

–T'espero i en parlem.

Va penjar i va deixar el seu marit amb la paraula a la boca i pensant merda, merda i trenta vegades merda.

Va posar, amb recança, la clau al pany de casa. Al taxi que l'havia dut de l'aeroport al pis del carrer Sepúlveda, a tocar d'una bodega que s'havia convertit en restaurant de platillos amb cua sempre per trobar-hi una tauleta, l'Ignasi havia pensat tota una explicació. Sabia, però, que la rebuda seria amb espines i que els seus arguments tindrien massa esquerdes. La veritat, allò que es diu tota la veritat, tampoc no convé dir-la mai, si es vol salvar el matrimoni.

L'Èlia, ofesa, distant i amb cara de tres déus, d'entrada no va acceptar el petó. Amb tota la intenció, havia deixat les escopetes, els cartutxos, els sarrons i la ironia al damunt de la taula del menjador.

–Tres dies a caçar i t'has deixat les armes? Que estrany...

–He estat de viatge...

–Això ja ho sé...

–A Roma.

A Roma, va pensar de seguida l'Èlia. Com a mínim no hi havíem estat mai junts. Li hauria sabut greu que...

–Hi havia un congrés a Roma.

–Amb qui?

–De psiquiatria.

–Vas a un congrés i m'has de dir que te'n vas a caçar? I fas el numeret de demanar-me el cotxe i endur-te les escopetes...? Per enganyar a qui, Ignasi? On pensaves comprar les perdius perquè te les plomés? T'ha fallat el crim perfecte per totes bandes, noi.

–Ho sento.

–I jo més.

Tota la fermesa que havia tingut l'Èlia fins aquell moment, se'n va anar en orris. Li va tremolar el llavi quan li va haver de fer la pregunta de la qual més temia la resposta.

–Com es diu?

L'Ignasi havia pensat què diria quan arribés aquest moment que, indefectiblement, havia d'arribar. Sense cap conclusió clara, va triar la pitjor de les opcions. Dubtar, esbufegar i somriure.

–De què rius, imbècil? Que com es diu?

–No... –Va esborrar el somriure estúpid. Amb la cara pagava.– No la coneixes.

–I un colló. És metge, també? És d'aquí?

–Més o menys. És igual.

–No és igual. És psiquiatre, també?

–Ho sento, Èlia, jo...

–Quants anys fa que dura aquesta broma?

–No, no, què va... Et prometo que és la primera vegada. Però ja està, ja s'ha...

–Com se diu?

–És francesa. Laurence. La vaig conèixer quan van venir aquí a la presentació d'un nou...

L'Èlia va treure la ràbia.

–Saps què penses quan et vénen a buscar dos policies a la feina?

–...

–No et sento.

–Que m'he mort? –va respondre baix, baixet.

–I saps què penso, ara?

–...

L'Èlia no ho va voler dir. Però s'hauria estimat més que l'Ignasi Sicília s'hagués mort, sí, en un accident de cacera. N'hi hauria quedat, almenys, un bon record. El seu marit en pau descansi, pobret. Una bala furtiva i mira... El van confondre amb un senglar. Ara no. Quan arriba la policia i et pregunta què hi fa el teu cotxe a la terminal de l'aeroport amb unes escopetes i munició al maleter, quina cara hi poses? Què penses quan tu, burra de tu, estàs convençuda que està de cacera a l'Aragó, amb els dos amics de sempre? Perdius, llebres i conills, va dir. Conills, sí. De fill de puta en amunt. Un traïdor, un malparit que com m'ha pogut fer això a mi, si sempre em deia que no podia passar sense les meves tetes. Es va retenir, per prudència, per educació, perquè si treia tota la ràbia que havia acumulat en les últimes vint-i-quatre hores, els llamps haurien baixat del revés.

L'Èlia, en el fons, vivia del tacte. En la seva feina era bàsic saber trobar contractures, desfer els nusos i notar, en cada punt de la musculatura del pacient, el mil·límetre precís que tenia adolorit. A l'escola de fisioteràpia de Barcelona, l'Èlia havia aconseguit ser la millor de la classe en un exercici en el qual, el matí que el va explicar el professor, va pensar que mai no se'n sortiria. Mai de la vida. Ni en pintura. S'havien d'arrencar un cabell, com més llarg millor, i posar-lo entre dos folis. Aleshores un company els embenava els ulls i, tan sols amb el tacte de la punta dels dits, havien de trobar el cabell i saber-lo resseguir de punta a punta. Al cap de pocs dies, quan ja gairebé tota la classe en va saber, l'exercici es complicava una mica més. L'Èlia s'havia d'arrencar un altre cabell –llarg, ros, de la seva cua de cavall– i posar-lo enmig de quatre folis, dos per banda. Amb paciència i moltes hores d'entrenament també se'n va sortir. Encabat, més difícil encara, amb tres fulls per banda. I ho va acabar aconseguint. I fins i tot, en un campionat que van muntar al bar de la facultat, va ser l'única que va saber trobar el propi cabell fins i tot amagat enmig de quatre fulls. Aquell dia, mentre els seus companys de promoció la mantejaven, llançant-la més amunt del que hauria desitjat, va intuir que amb la fisioteràpia s'hi podria guanyar la vida. Mesos després, quan va guanyar la beca per fer l'especialitat en paraplegia al Dent Neurological Institute de Buffalo, a Nova York, en va tenir la certesa. Als Estats Units, s'hi havia estat dos anys, que s'escriu molt ràpid però passa molt a poc a poc. I, al cap de quinze anys, de totes les experiències americanes, n'hi quedaven els coneixements mèdics, cinc records i un àlbum de fotos. Dels tres anys de casada amb l'Ignasi Sicília, es preguntava què en quedaria amb el temps. Estava convençuda, com que es deia Èlia Sardà Nueno, que de les banyes, de les escopetes i d'aquella conversa feridora –de les que deixen cicatrius– no se n'oblidaria mai. I ara es moria de ràbia que ell, amb la maleta del viatge encara per desfer, volgués fer-se el xaiet. Un home, en segons quines discussions, acostuma a ser ridícul. Si posa els ulls de jo no volia, frega el patetisme. Si al damunt està en fals, aleshores ja es converteix en una paròdia de si mateix.

–Saps què no suporto? Que em vingui la policia a la feina, que m'expliqui que el cotxe és a l'aeroport, que et truqui, que et pregunti on ets i, amb dos collons, em diguis que estàs caçant als Monegres. La trola del segle...

–Ja t'he dit que ho sento...

–El doctor i la doctora, a Roma, jugant a metges i a infermeres. Que romàntic... Una francesa. –Va crispar el to.– Saps què?

–...

–Ho porto com el cul.

L'Ignasi, amb la cura del qui no gosa, però amb tanta naturalitat com va saber, va posar-li la mà a la cuixa, al damunt dels texans.

–Jo només...

–Mira, deixa'm en pau –l'Èlia, alçant-se del sofà, enrampada–. No sé si em sulfuren més les banyes o la mentida.

Quan va tenir el cap prou desemboirat, després d'hores de llàgrimes en solitari, l'Èlia va saber que la infidelitat la podria arribar a perdonar, però que la mentida, no. En cap cas. Era una traïció, qui sap si una traïció continuada –d'una banda, tenia la necessitat de saber-ho tot, dates i detalls; de l'altra, s'estimava més no furgar–. S'adonava que la confiança se n'havia anat en orris, per sempre. I de la desconfiança a l'infern, en un matrimoni, només hi ha un pas.

Tres dies i dues converses més tard, van decidir separar-se. Temporalment.

12

Que comprés, que gastés, que resés

–Ara?

–Tampoc no és tan tard... –no li calia mirar el rellotge per saber que eren tres quarts de deu.

–Per anar a veure uns terrenys, sí. –I, amb veu maternal, l'hi va voler treure del cap.– No hi veurà res, a aquesta hora.

–En quaranta minuts sóc allà. Hi vull anar, i s'ha acabat.

El Bobby Faura no era home de donar explicacions. I menys encara a la Belita, l'eficient secretària que l'acompanyava des de l'oficina de Mèxic per arreu del món. Estava convençut que si a la vida i als negocis hagués donat gaires explicacions no hauria arribat a sortir a La Llista. Creia que si hagués consultat massa, si s'hagués envoltat de mestretites que li haguessin dit Roberto tira per aquí, o senyor Faura jo això no ho faria, o més aviat ho hauria muntat d'una altra manera, no hauria construït l'imperi Tinubu de telefonia. El seu criteri era el bo. I, si no ho era, com a mínim s'equivocava amb la seva pròpia idea. Res no es perdonava menys que equivocar-se amb el criteri dels altres. Tant per tant, pixar amb la seva. Aquella nit, després de sopar a cremadent, reclòs a la seva suite colonial de l'Hotel 1898, amb una maleta de feina al damunt de la taula, despatxant trucades i gestions amb la Belita, va decidir anar a Malla, per veure-ho de nit, sense llum. L'ambient era dolç, el vespre era suau i donava gust d'escampar la boira.

–Aviso el Cardelús perquè l'acompanyi?

–No.

–Vol que vingui jo?

–No.

–O el Toni Mazorra. Li truco i li dic si...

–Hi vull anar sol. Vull un cotxe i un xòfer de l'hotel. Entesos?

El Bobby es va tancar al lavabo i, cinc minuts després, en va sortir el Roberto Manuel Faura. S'havia fet el nus anglès de la corbata i s'havia posat l'americana. No deixava que ningú el veiés sense. Trobava que, amb el botó de dalt cordat, amagava la papada, se sentia més segur i se li esvaïen els dilemes morals. Es va mirar les dents al mirall. Només hi quedava un trosset de pollastre de l'amanida i se'l va treure amb l'ungla. Es va ruixar les mans de colònia amb el vaporitzador de cortesia de l'hotel i se les va passar per la cara i els cabells.

–D'aquí a cinc minuts té el cotxe a punt.

La Belita havia aprofitat per endreçar els papers i recollir la taula per continuar l'endemà.

–Va bé. –Era la manera més efusiva que tenia el Bobby de dir gràcies.

–L'espero desperta?

–Tornaré tard. No cal. –Li va pessigar la galta, amb un hàbit adquirit de quan estaven sols, de viatge.– Vés a fer un tomb pel carrer aquest d'aquí...

–La Rambla? He llegit que de nit és millor no rondar-hi gaire...

El Roberto M. Faura va somriure.

–Venim del Districte Federal i ara no pots sortir de nit per Barcelona? Fes el que vulguis.

–De camí, truqui a la seva dona...

–Això és cosa meva, Belita, guapa.

Li va fer ràbia que una dona que tenia a sou li recordés les seves obligacions com a marit. Que de tant en tant dormissin junts no li donava dret a ficar-se on no l'havien convidat. I què sabia ella, l'escardalenca Belita, si ja s'havien escrit o parlat durant el dia. I si Doña Elvira era a París, que s'ho passés bé, que passegés, que prengués la fresca, que es fotés un Ricard amb un pseudopintoret de la Place du Tertre abans de vendre-li una aquarel·la dels terrats vistos de Montmartre. Si Doña Elvira era a París –que li encantava–, que comprés, que gastés, que resés, que fes el que li donés la gana. Que ell també ho pensava fer.

A la llarga recta de la plana, quant les llums acarbassades de Vic quedaven en el punt de fuga, el Roberto M. Faura va decidir-se a fer una pregunta al xòfer.

–Malla? És això?

–A l'esquerra, sí.

–Giri per aquí i vagi a poc a poc...

Per ser fosc com era, per tenir un fil de lluna amb gep

a llevant, per haver-hi estat una sola vegada, s'orientava prou. El desig el conduïa. Li va semblar, de seguida, que reconeixia els tres arbres on havia trobat l'Òscar.

–Tiri per aquí.

No. Aquell no era el lloc. Va abaixar la finestreta per veure-ho millor. En un entreforc va llegir Can Pocoli en un rètol de fusta casolà.

–Què és canpocoli?

–... –el xòfer havia après que si no sabia una cosa era millor callar que inventar-se una resposta.

–Què és canpocoli?

–Una casa, suposo... –Però si el client insistia, podia especular. Amb prudència, amb matisos i donant opcions, per no enganxar-se els dits.– O un restaurant, no ho sé.

–Tiri per aquí.

Pel camí de terra, el Mercedes de l'hotel anava empassant-se la pols que ell mateix aixecava. Tan net que el duia, mecagontot. El xòfer va provar si anant més a poc a poc no s'embrutava tant. I aquell home amb la finestreta oberta, amb aquell baf pudent que es tornava a notar... Després d'un revolt a mà dreta, va aparèixer un casalot al fons. El Faura va tenir el pressentiment.

–Aturi's aquí i esperi'm. –Va obrir la porta i va treure un peu a fora.– No apagui els llums, hòstia, que no m'hi veuré...

El Roberto Manuel Faura es va arreglar l'americana i es va posar a caminar, decidit, amb el mateix aire que George Bush, el fill, quan baixava de l'helicòpter. Amb empenta, marcant el pas, el coll dret, la mirada endavant i a bon ritme, caminant amb un braç més rígid que l'altre, que el gronxava compassant-lo marcialment. No és que s'assemblés a George Bush quan baixava de l'avió, és que l'havia calcat a consciència. Li agradava el braó d'aquelles passes que, al seu entendre, demostraven valentia, coratge, fortalesa, mala llet, masculinitat i algunes característiques més que el Bobby Faura vinculava a virtuts imprescindibles que ha de tenir un home de cap a peus.

Quan els llargs del cotxe ja s'havien esvaït i el seu perfil no projectava cap ombra endavant, es va poder començar a guiar pels llums encesos del mas. Semblava, a mesura que la distància anava perfilant cossos i formes, que al porxo hi podia haver una persona asseguda. Els testos a terra, que de poc no fan ensopegar el Bobby, marcaven la fita de Can Pocoli. Però va fer com si res i va continuar, pim pam, com hauria fet el George davant d'un entrebanc. L'Òscar, en un balancí, aprofitava una cigarreta mirant el no-res. Feia estona que havia vist com s'aturava el cotxe, com baixava una persona i com, amb pressa, s'acostava algú que no passejava, feia el canvi de guàrdia.

–Ciao. –Al Faura, pels nervis, li va sortir així.

–T'has corregut només de pensar-hi, eh?

El Faura va mirar al voltant, amb por que algú els pogués sentir.

–És casa teva?

–Fins que un fill de puta ho expropiï, sí. Del meu pare.

El Bobby, potser perquè ja havia sortit cremat de l'hotel de la Rambla de Barcelona, encara el va trobar més guapo. L'Òscar anava ben pentinat, com si esperés algú. Amb el serrell simpàtic tirat cap un cantó. Duia la mateixa jaqueta texana del primer dia, sense cordar, i uns pantalons que semblaven vermellosos. És clar que la llum del porxo, que semblava un pedaç maldestre per aparcar les motos i que esguerrava la fesomia del mas, en podia distorsionar la realitat.

–Porta'm a Barcelona.

–Aquí no podem...

–A casa hi ha el meu germà tirant-se la fornera dels melons –va fer el gest del volum, amb les dues mans–. Si s'hi vol afegir...

Desfent el camí, del mas al cotxe, l'Òscar va continuar posant-hi pa i formatge. La realitat era una altra. A casa només hi havia el pare, rebentat, pesant figues davant la tele. L'home havia quedat vidu als cinquanta i, sense miraments i sense cap sentiment d'heroïcitat edulcorada, havia pujat els tres fills amb menys compassió del que hauria fet qualsevol pare. El gran, l'hereu, sabia que s'ho quedaria tot, però, a canvi, havia hagut d'aprendre a segar, a fer trescar els matxos per l'era, a posar-los el braç al cul quan calia i, pitjor que tot això, dir amén a totes les ordres el pare. A obeir molt i remugar poc. El del mig, vol i dol, com passa a tantes famílies. I ell era el petit. El pinta. Disposat a tot. I més encara pels sis mil de l'ala que li havien promès si tot sortia com havia de sortir.

El xòfer va baixar a obrir la porta al senyor Faura. L'Òscar –«ciao», li va dir al conductor, fotent-se'n–, se la va obrir tot sol.

De seguida van retrobar l'asfalt i, en un tres i no res, deixaven enrere Can Pocoli, Malla i la immensa recta de la plana d'Osona.

L'Òscar, al quilòmetre quatre i sense deixar de mirar carretera endavant, va posar-li la mà sobre el paquet. Prou estona per adonar-se que el mexicà no li enretirava i per notar que, allà sota, al cap de no res s'hi movia alguna cosa.

El Roberto M. Faura tampoc no va deixar de mirar en el sentit de la marxa, atònit. Més il·lusionat que espantat.

El xaval, amb traça, va mirar de passar els dits per dintre el pantaló, però entre la panxa i la sivella grossa del cinturó del Faura –tan mexicana–, tot plegat anava massa comprimit i els seus quatre dits no van arribar enlloc.

–Qui creu que vindrà, fins aquí, per un parc d'atraccions?

–No és un parc d'atraccions. –Va sospirar.– És un temàtic...

El xòfer, que no havia obert la boca en tot el viatge d'anada, encara menys ho pensava fer de tornada. Sentia el que deien el senyor Faura i l'Òscar, però no lligava caps. Pel retrovisor era impossible que veiés res que no hagués de veure. La carretera era massa virada per distreure's a mirar on no tocava. I Déu n'hi do la circulació que hi havia per ser l'hora que era. Veia els cotxes que l'enlluernaven pel vidre del darrere i, si mirava al mirallet, veia les siluetes de les cares, la del jove, que s'asseia al seu darrere, i l'orella del seu client. Tan sols si s'hagués girat de cop i volta...

–Hi haurà casinos, m'han dit?

L'Òscar va canviar de tàctica. Va intentar una altra drecera.

–Algun.

A poc a poc, per no fer gens de fer soroll, va abaixar-li

la bragueta. El Faura va amagar la panxa perquè li fos més fàcil.

–M'hauré d'esperar als divuit, per entrar-hi...

I hi va posar la mà.

–Estic segur que vostè em donarà una invitació especial.

Va deixar que els dits entressin per sota dels calçotets. Va notar molt pèl, estufat.

–No... Aquí tot serà... –buf–, legal.

Primer, com va poder, li va passar tres dits pels ous.

–Jo, d'història, a l'escola recordo poca cosa...

De seguida, mirant de fer-se espai dins dels calçotets, com qui cava un petit forat a la sorra, li va agafar el penis. A l'instant, agraït, va presentar armes.

–El Tigris i l'Eufrates: dos germans, em sembla...

I l'Òscar, amb la mateixa cara de pòquer, l'hi va començar a remenar. I a remenar. I no parava de parlar.

–Que sempre els dibuixaven sota d'una lloba amb moltes mamelles.

El Faura va mirar per la finestreta del costat, com si la conversa no anés amb ells.

–Aquests surten al parc?

–Ròmul...

–Ròmul i Rem. Sí, senyor, és un crack.

Els vidres eren tintats. De fora estant, es va assegurar que tampoc ningú no els podia veure. Cap dels camioners que anaven avançant, per més que s'hi haguessin fixat, no haurien pogut veure res de res de res. No hi havia prou angle de visió. I el joc de mans de l'Òscar era autèntica màgia.

–Aquests no hi surten...

A Roberto M. Faura li sortia la veu aspirada.

–Hi haurà... una d'allò... d'Egipte.

De por, de nervis, d'esglai, d'excitació.

–Una piràmide. T'encantarà...

Tirava la panxa endins, una vegada i una altra, perquè la mà dreta de l'Òscar pogués campar amb més comoditat. Suaument. Amb tacte, passant els dits amunt i avall.

–A mi m'agraden més les coses com de guerra.

O, de tant en tant, prement-l'hi rítmicament, com qui bomba un aparell de farmàcia per mesurar la pressió arterial.

–Has de venir a la primera pedra.

A vegades tancava els ulls, uns segons. Per notar tota l'excitació que no podia expressar ni amb gestos ni amb paraules. Va haver d'escanyar algun panteix, algun gemec que, en una altra situació, no hauria ofegat. El gust que li donava la mà calenta de l'Òscar era molt més del que havia pogut imaginar mentre anava cap a Malla i pensava si el trobaria i si tal vegada...

En entrar a Barcelona, i en aturar-se al primer semàfor, el Faura va agafar el canell de l'Òscar perquè entengués que havia d'enretirar la mà. El noi la va treure i, marrà a més no poder, es va ensumar la punta dels dits.

–Ha estat bé aquest viatge. Se m'ha fet curt...

El cor del Bobby encara anava a cent. Va simular un atac de tos per cordar-se la bragueta i assegurar-se que el xòfer no s'havia assabentat de res.

–Hem baixat ràpid, sí.

Si el trajecte hagués durat tres minuts més, s'hauria tacat de dalt a baix.

–A l'hotel, senyor? –va dir el mut.

–Jo sí... Ell...

–Per mi no pateixin. Tinc amics a tot arreu. Això què és? Balmes?

El Mercedes de l'hotel es va aturar a la cantonada amb Consell de Cent, a tocar del nou reixat del seminari. El noi i l'empresari van baixar del cotxe, cadascú pel seu costat. A fora, a peu dret, van mantenir les distàncies. El mexicà estava sufocat. Ara que el veia bé, i de prop, encara el trobava més irresistible. Es moria de ganes de pujar-lo a l'habitació, però la Belita, el xòfer... Els podia veure massa gent.

–Òscar, ens veurem. D'acord?

–Amb la cara de fàstic que posava, pensava que no li agradava...

–Ens veurem. Però discreció, sobretot, entesos?

El nano, amb naturalitat, es va treure el mòbil de dins del mitjó. Un bon lloc per subjectar-lo.

–Canti'm el número i li faig una perduda.

El rei de la telefonia de Llatinoamèrica i de mig món, entre avergonyit i excitat, va recitar el seu número.

–Vostè es diu...

–No saps qui sóc?

–El del parc d'atraccions. N'hauria de saber el nom?

–Suposo que no. Roberto –i li va parar la mà per encaixar. L'Òscar es va tornar a ensumar els dits, mirant-lo als ulls. Fixament.

Roberto M. Faura, i tant si ho sabia. L'encàrrec havia

estat molt precís. Del nom, només li ballava la M del mig. No tenia clar si era M punt de Miguel o de Manuel... O de Melchor. Segur que l'hi havien dit, però no se'n recordava. Va decidir que seria la M de marica.

13

De zero a cent en set segons

–Amb el carret de la compra no hi penso anar...

–Doncs, no l'agafis i ja està. No passa re.

–Com podies pensar que... –el Dani, amb el xandall de líder bolivarià, es va posar dret a poc a poc, com li havia dit el doctor–. Do'm les crosses.

–Amb els caminadors no hi anaves bé. Què vols que et digui? He pensat que amb aquest carro amb rodetes, agafat així amb les dues mans, t'aniria millor, noi...

–Que no, hòstia. Les crosses.

A la Raquel encara li sabia greu segons com el Dani li deia les coses. Ben poques vegades l'havia enviat a pastar. Tres de sonades. Tots dos ho recordaven bé. El Santana no intuïa, però, la quantitat de vegades que la seva ajudant, la seva confident i la seva amant d'alguns divendres sense un pla millor, en comptes d'engegar-lo s'havia estimat més callar i continuar al seu costat. La Raquel va saber que en aquella ocasió, amb l'estrella vulnerable, no era el moment de muntar-li un gori. Sol·lícita, li va allargar els dos bastons i li va fer notar, això sí, el disgust amb una ganyota.

–Així et costarà més.

–Saps què em va dir l'Èlia? –El Dani va posar la mà sobre l'espatlla de la Raquel, paternal.– Que es pensava que tu eres la meva dona. Tu, la meva dona. I vols que et digui una cosa? A vegades ho sembles.

Quan la Raquel encara no havia tingut temps de decidir si allò era bo o dolent, el Dani la va fer sortir de dubtes.

–O sigui que no em toquis els collons, vols?

–Així m'agrada, que no perdis el sentit de l'humor.

La Raquel, dolguda, li va treure la mà del damunt i, alçant-lo per sota les aixelles, el va ajudar a incorporar-se. No sabia si el Dani estava de més mal geni quan li van treure el guix o quan va passar de la cadira de rodes a intentar caminar. Per més que se l'estimés, aquells mocs no entraven en el sou. Paraules que coïen.

–Fins a la sala d'espera i tornem, vinga.

–De zero a cent en set segons. Ara ho veuràs...

El Dani tornava a aprendre a caminar, com aquell qui diu. Li feia vergonya que algú el veiés, desvalgut, aprenent a clavar les virolles de plàstic a terra i, compassadament, fregant les passes com un ancià que arrossega els peus per un passadís que va pensar que no s'acabava mai.

–Per fer aquest tros amb la cadira trigava què? Res. I ara...

La Raquel caminava al seu costat, amb la cura d'una mare que ajuda el seu fill a aprendre a anar en bicicleta i té por que se'n vagi de trompis per un costat o per l'altre. La crossa de debò –el Santana ho sabia però mai no ho reconeixeria en públic– era la Raquel. Sempre a mà, a la feina i a la vida. En arribar a la finestra que donava a la pista de bàsquet, el Dani, amb la sensació d'haver-se esforçat com mai, va fer mitja volta. Va estirar l'esquena forçant el cos enrere i va descansar uns segons, abans de tornar a arrencar.

–Has vist el Gratu?

–Jo? –la Raquel, sense deixar de mirar-li els peus–. No...

–Fa dos dies que no baixa ni al gimnàs.

–No pot ser gaire lluny...

–És estrany.

–L'has anat a veure?

–A la seva habitació? Potser m'hi arribaré...

–Si surts avui, hi arribaràs demà.

La Raquel va somriure, sense ganes. Tots dos estaven de mal humor. Massa dies de llit de clínica, de metges, d'ambient viciat, de poques alegries, d'enyorar els focus i el neguit del directe i de tenir la sensació de no tirar endavant. Tampoc la investigació no avançava. L'Eva Bosch, la intendent de la policia, s'havia presentat a l'Institut, a primera hora del matí, a ensenyar-li unes imatges de possibles sospitosos i el Santana no n'havia reconegut cap. Cap dels tres. Els tres paios duien barba, sí. Tots tres rondaven els quaranta, segurament. Els tres homes havien estat caçats per les càmeres de seguretat d'establiments de prop del pàrquing de la Gardunya d'aquell mateix diumenge després de l'hora de dinar, però ni per la vestimenta ni per la fesomia podia reconèixer un home que el va atacar per darrere fins que el va estabornir. I per les imatges no podia ensumar quin d'aquells homes havia menjat cogombre.

–Has pensat, Santana, qui et vol fora de la circulació?

–Ja fa anys que no condueixo –havia volgut vacil·lar a l'Eva Bosch–. Qui em va voler matar, vols dir?

La intendent s'ensumava que el Dani li amagava alguna cosa. Mai havia volgut donar-li el que feia setmanes que li demanava. Una llista de qui podia venjar-se d'ell. Li deia que pensés si hi havia algun afectat per alguna notícia que hagués donat, algú que se sentís investigat per l'equip del programa del Santana, un marit cornut, un deute no retornat, algun tema de drogues, de joc... L'Eva Bosch sabia, per estadística i per anys de professió, quines són les motivacions que duen a voler matar una persona. I rarament cap cas se li escapava del patró.

–Ja et vaig dir que ni jugo ni em drogo ni trafico amb res d'això.

–Però ningú no et matarà perquè no li agradi el teu programa... Hi ha d'haver una explicació.

–Saps què és una notícia?

La policia va alçar les celles dient quina una me'n dirà ara aquest.

–Una notícia és allò que algú vol que no es publiqui.

I d'aquí no passava. I la policia sospitava d'aquest hermetisme del Santana. Semblava que sabia més coses que es guardava per a ell o, pitjor encara, havia decidit que no volia col·laborar en la investigació. Per què hi pot haver algú que no estigui interessat a saber qui l'ha volgut treure de la circulació, vull dir, assassinar? A no ser que ho vulgui descobrir ell pel seu compte, pensava l'Eva Bosch arrufant el nas, quan va tornar a pujar al cotxe camí de la comissaria amb la sensació de batre l'empedrat.

La discreta Raquel, present a la conversa sense obrir la boca, creia, segons com, que la seva obligació seria agafar l'Eva Bosch per banda i explicar-li el favor que li havia demanat el Dani Santana. Per fidelitat, però, no ho va fer. I no ho faria mai. Fet i fet, la Raquel tampoc no tenia la certesa que allò tingués a veure amb el cas.

Un vespre, a última hora, el Dani havia tornat trasbalsat a la redacció i li havia demanat que l'endemà, sens falta, s'encarregués de fer una cosa. El periodista es va treure un llapis de memòria, que era com un petit robot verd de Lego, i el va deixar sobre la taula. Mentre el mirava fixament, pensava l'estratègia. Aquella nit el deixaria al despatx enmig de cintes de vídeo, devedés i paperassa, i l'endemà, sense mirar-lo (això el Dani ja ho donava per descomptat), l'havia d'agafar i anar-lo a dipositar en una caixa de seguretat d'una entitat bancària que ella obriria al seu nom, Raquel Ruiz Coders.

–I no me'n diguis mai més res, sents? Ni a quin banc, ni a quin lloc, ni amb quin codi. Res de res, entens?

–Ahà...

El Dani no podia haver estat més taxatiu. La Raquel, professional, en el seu lloc, tampoc va semblar esverar-se per l'anvers de les instruccions.

–Jo no en sé res. I no n'has de fer res. I promete'm que només ho obriràs si mai... si mai em maten, ok? Només si em maten.

–Dani, per favor...

El Santana es va aixecar i li va fer un petó als llavis, segur de si mateix.

–És molt important, Raquel. Si la dinyo així, de mort natural, deixes que el llapis es podreixi allà dins. Només si em maten. Ho has entès, oi?

L'endemà, la Raquel, amb el seu vestit jaqueta més

elegant, se'n va anar a les torres negres. Sabia que a sota de tot de la torre petita, en una sala bunqueritzada, s'hi llogaven caixes de seguretat. Va triar la mida petita, com de capsa de sabates. De botes, més aviat. Li van fer firmar un document on deia que no hi guardaria ni drogues ni diners en metàl·lic i li van donar una claueta que només tindria ella, única al món, sense còpia. La van avisar que, si la perdia o se li trencava, la caixa forta de seguretat només la podria obrir un serraller i ella n'hauria de pagar el cost.

–Qui més podrà obrir la caixa?

–Només vostè.

–I què passarà si jo em moro? –la Raquel havia tingut en compte que, tant a trigar com pogués ser, ella se n'anés a l'altre barri abans que el Dani Santana.

–Que haurà de venir aquí el seu hereu amb el testament, amb un notari i un serraller obrirà la caixa forta.

–Aquí, pel que veig, el negoci el fa el serraller.

L'home del banc, que semblava a punt de jubilar-se, no li va riure la gràcia.

–Vingui, que l'acompanyarem al soterrani.

L'ascensor, estret i sense cap luxe, va baixar durant molts segons. Molt avall. L'acompanyaven el senyor que li havia fet el tràmit a punt de retirar-se i un vigilant de seguretat que feia de poc fiar. Quan es va obrir l'ascensor, la Raquel va tenir, al seu davant, un escenari que només havia vist a les pel·lícules. Semblava d'attrezzo, però era de debò. Una porta enorme, blindadíssima, d'acer inoxidable, lluent, amb una mena de timó que feia de pany. Si la Raquel hagués tingut prou ulls, hauria comptat que hi havia cinc càmeres, a diferents alçades, enfocant cap a la porta blindada.

–Aquí, penso, no ho sé...

–Si és prou segur?

–Excavant des del carrer, un forat des del metro, no es poden rebentar les caixes per sota o per darrere?

–Estem suspesos en el no-res. És una estructura agafada a l'edifici només per dalt... a l'edifici. Són les caixes més segures de Barcelona.

El prejubilat va posar el seu dit al costat de la porta perquè li reconegués l'empremta dactilar. Després d'uns sons, com qui obre la porta d'un submarí cuirassat, l'home va girar el timó i va obrir una porta que en feia tres com ell, d'ample. El vigilant de seguretat es va quedar a fora, al costat de l'ascensor. Millor. A la Raquel, aquell home no...

A dins, hi havia dues sales enormes, amb uns grans llums que ja estaven encesos i, de tant en tant, algunes escultures al damunt dels seus pedestals respectius, per ferho més agradable. La vista de la Raquel, però, se n'anava a aquells milers i milers de petites caixes fortes que hi havia a les quatre parets de cada sala.

–La 2321, aquesta és la seva. Li explico com funciona?

La Raquel feia com si tot allò no la impressionés, però el cor li anava a mil, com si estigués fent alguna cosa prohibida. La seva caixa els quedava a l'altura dels ulls.

–Veurà que al pany hi ha dues clauetes. La meva i la seva. I només s'obre si s'hi posen totes dues. Primer la meva –la va introduir i la va girar– i ara m'enretiraré. Me n'aniré a l'altra sala dos minuts i vostè posa la seva clau i té aquest temps per posar i treure el que convingui. I quan està m'avisa, vinc i tanquem, d'acord?

Ho va entendre bé i va actuar ràpid. Va posar la claueta del 2321 i es va obrir la porteta de la caixa de seguretat. De dintre, en va treure una capsa vermella, de material ignífug. D'una revolada, com si l'empaitessin, amb la sensació de fer alguna cosa que portaria cua, va treure's el llapis de memòria de la butxaca de la jaqueta, el va posar dins la capsa vermella i va tancar la caixa amb la seva clau...

–Escolti! Senyor? Ja estic.

L'home del banc, que s'havia enretirat discretament, va tornar, va posar la seva clau i es va assegurar que la 2321 quedava ben tancada. La Raquel esperava que fos per sempre.

Per fidelitat al Dani no ho va dir a ningú. I no ho diria mai ni a l'Eva Bosch ni a ningú, a no ser que el pelessin. I aquell diumenge a la Gardunya, amb l'home de la barba, havia anat de poc, però el Dani era viu i tot just començava a caminar xino-xano, amb crosses, fent tentines, amb la sensació que fins i tot l'avançaven les aranyes. Així i tot, cansat de l'esforç i amb les mans adolorides d'agafar les crosses, havia arribat fins a l'habitació del Gratu.

Dormia. No l'havia sentit entrar. De fet, tenia un son molt profund a una hora que no tocava. Va enretirar com va poder la cadira de rodes del Gratu, que havia quedat aparcada massa lluny del llit, se li va acostar i li va tustar l'espatlla que quedava al descobert per damunt del llençol. Ni així.

–Eh, Gratu. –Hi va tornar.– Gratu, què passa?

El Dani, estranyat, li va agafar la mandíbula amb la mà i el va sacsejar lleument. El jove va fer com si obrís els ulls, per un acte reflex, i els va tornar a tancar de tant que li pesaven. Tenia els llavis molt secs. Va tornar a obrir mig ull...

–Gratu, hola. Em sents?

–Santana, ei...

–Em sents?

–Mmmhh... –Semblava com si volés, però no podia.

El Dani va deixar les crosses aparcades al llit i es va aguantar falcant els genolls en el llit del jove que, de tan emboirat, semblava a l'última pregunta. Va mullar un mocador de paper en els dos dits d'aigua que quedaven al vas de la tauleta de nit i l'hi va passar pels llavis. Després, lentament, l'hi va passar pel front repetint-li el seu nom, una vegada i una altra, fins que es va despertar.

–Què tens, Gratu?

–Quin dia som?

–Dijous...

Estava molt espès. Confús.

–Què vol dir dijous?

–Fa dos dies que no et veiem el pèl.

–Dos dies? M'han sedat, Dani... No ho entenc.

–Què vols dir?

–Que algú m'ha donat alguna cosa. Em van injectar...

–No devies estar fi...

–I no han avisat els meus pares?

Bona deducció, va pensar el Dani, però acostumat a entrevistar polítics, va dir just el contrari.

–No home, no, Gratu.

–El que jo et digui, Santana. Aquí ha passat alguna cosa...

Una crossa va caure a terra. La Raquel, que s'esperava a la porta, va reconèixer el soroll, va pensar que el Dani no podria acotar-se i va entrar per recollir-la.

14

UN ALTRE BITLLET IDÈNTIC

–I ara què vol que fem, senyor Cardelús?

S'ho va rumiar un moment.

–Res.

–Res, però...

–Tens el seu nom?

–Antonio Mallenco. L'ha deixat ell. –La Carmen va mirar el post-it on ho havia anotat–. Mallenco Grandes. O Grande, ha dit.

–Us diu res, aquest nom?

Cap de les quatre noies va dir res.

–I a vostè?

–Tampoc.

Les oficines del Javi Cardelús tenien un bon rebedor, ampli, amb moqueta granatosa i un enfilall d'ulls de bou que escampaven molta llum. En un gabinet de comunicació, l'aparador és molt important. El primer cop d'ull. O sedueixes o no captes un client. D'entrada, façana, imatge, res de nou en el sector. A la recepció, a tocar del rètol de Cardelús Comunicació Integral, al voltant del taulell principal, davant de la porta automàtica de vidre que donava als dos ascensors, s'hi havien aplegat l'agent de seguretat de l'edifici, que semblava superat pel cas, les tres noies de l'empresa d'assessoria en comunicació que Javi Cardelús havia fundat quinze anys enrere i la Carmen, la recepcionista de tota la vida que quan va veure entrar aquell home que feia unes mans i uns peus enormes, com un déu de pantocràtor, estava confrontant factures i atenent al telèfon.

Des dels seus despatxos, totes les noies –dues periodistes i una llicenciada en màrqueting– havien sentit, de cop i volta, una veuassa que cridava et cagaràs a sobre, Cardelús, et cagaràs a sobre... La paraula gruixuda, però, només l'havia sentit la Carmen. Violador no era un insult dit a la babalà. No era un perquè sí. De fet, no era un insult. Era una definició que l'Antonio Mallenco Grandes (o Grande) havia dit amb tota la intenció, però amb un to molt més baix. Però cap de les tres noies no sabia aquesta part de l'incident. La *paraula* –per dir-ho en cursiva– tan sols l'havia pogut sentir la Carmen i havia decidit guardar-se-la per a ella. Al Cardelús, res. Menys problemes. Com si no hagués existit aquell episodi ni hagués sentit mai la *paraula*. Ni n'hi faria cap comentari, ni ho utilitzaria mai en contra seva. Ja en tenia prou de saber que ell sí que ho devia haver sentit, perquè la Carmen, seguint unes instruccions de seguretat molt clares que li van donar el primer dia, havia punxat l'intercomunicador del despatx de l'amo així que el visitant es va posar a cridar. Per protocol, sempre que hi hagués un problema a recepció, havia de prémer el botó de l'intercomunicador del despatx del Cardelús perquè ell pogués assabentar-se del que s'hi estava coent.

Aquella tarda de dijous, que semblava prou normal, havia acabat de la pitjor manera. Un pesat s'havia presentat a Cardelús Comunicació Integral i havia demanat de parlar amb l'amo, sense avisar ni cita prèvia, i havia derivat tot plegat en unes amenaces i una acusació terrible per part d'un tal Mallenco que ningú no sabia d'on sortia. Després de dues hores llargues d'esperar-se, després d'haver demanat de veure el senyor Cardelús per un tema personal, després que li diguessin que era impossible, després que ell respongués se me'n fot, jo l'esperaré aquí fins que surti, després que insistissin que no el podria veure en tot el dia, després de dir tant se val jo l'esperaré aquí assegut, després que perdés la paciència, que marxés i que al cap de cinc minuts tornés a aparèixer per la porta de l'ascensor amb un paquet de bolquers a la mà, Antonio Mallenco va perdre els estreps.

–Et cagaràs a sobre, Cardelús, et cagaràs a sobre.

I aleshores, més baixet, va dir allò del violador que a la Carmen li va sonar molt gruixut però que al Cardelús, arrecerat al seu búnquer, li va servir per lligar caps. En aquell moment precís va intuir el motiu de la visita.

–Javier Cardelús? És vostè? Ens han trucat d'un saló de bellesa masculina. Ha estat en una perruqueria de Sarrià, aquest matí? Sap de què es tracta? Hi ha anat avui a fer un massatge? Coneix la senyora –el policia més veterà va mirar el paper– Barrera? Sap qui és Aura Barrera? Ha intentat abusar-ne? Quina versió dóna dels fets? Ens hauria d'acompanyar.

–No aniré enlloc. I no sé de què em parlen –va obrir la cartera i en va treure un bitllet de cinc-cents euros.

–No ho espatlli més, senyor Cardelús.

–Si no els agafeu vosaltres, els agafarà el jutge –va repetir el gest i va treure un altre bitllet idèntic. Un per a cadascú–. Ni m'heu trobat, ni us ha trucat ningú.

–Al cotxe... –el policia, convençut que el Cardelús caçaria el sobreentès–, hi ha un altre company.

El Javi va tornar a obrir la cartera. I quan se la va guardar a l'americana no es va recordar més d'aquell episodi amb l'Aura, que no li va voler fer una palla després d'un massatge. I ara, un grapat de dies més tard, a la recepció de la seva empresa hi tenia un home cridant i llançant bolquers com si fos confeti.

L'Antonio havia estripat el paquet amb dues esgarrapades i, amb el plàstic esparracat, havia començat a treure bolquers a grapats i a llançar-los enlaire, com un boig.

–Et cagaràs a sobre, Cardelús, et cagaràs a sobre...

Cridava fort per assegurar-se que, s'hagués reclòs en el despatx que s'hagués refugiat, el Javi Cardelús el sentiria. La telefonista va intentar trucar a seguretat de la porta principal del carrer perquè pugés a auxiliar-la i a treure aquell energumen. Però l'Antonio, amb les seves mans d'arrencar claus, li va prendre l'auricular de les mans, va penjar el telèfon i va picar un cop a sobre el taulell mentre llançava la seva última amenaça. I va ser aleshores quan la Carmen va sentir la *paraula.*

–Digueu-li al violador del senyor Cardelús que el trobaré. Pels meus ous.

15

Amb lletra de metge

La Sílvia Molina, amb el seu millor vestit, va desembolicar el paquet amb cura per no estripar el paper. Va calcular, a cop d'ull, que al damunt de les dues llarguíssimes taules que tenia al seu davant, parades com per a un casament, potser hi havia un centenar d'embalums idèntics al seu. Un per a cada convidat. Aquell estoig rectangular –potser un bolígraf; a tot estirar, un rellotge– l'havien col·locat simètricament, a mig camí entre els plats i les copes, embolicat amb paper negre, setinat, de botiga cara.

–Mira que bé, quin detallet.

No només hi havia un bolígraf.

–Caram.

Era el joc complet, amb ploma estilogràfica i un llapis portamines.

–Hi hem fet gravar el nom de cadascú...

–Ta bé... Perquè no ens el manguin –va alliberar el boli de la goma que el subjectava–. A la consulta vola tot.

Va provar-lo, escrivint a l'anvers del paper del regal, l'únic paper que va trobar a mà. Prodemax, una al dia, amb el sopar. La Sílvia Molina ho va escriure amb lletra de metge. Era el seu ofici, des de feia disset anys, com a psiquiatra clínica.

–Blau. Perfecte. Els Montblanc guixen de cine...

–Hem fet el joc granatós per a les dones i el negre per als homes.

L'Hugo Serra Calcavecchia, prim pels nervis de venedor, tenia cura de tots els detalls, des de la copa de xampany de benvinguda per rebre el centenar llarg de psiquiatres i neuròlegs de Barcelona que ell mateix, en persona, havia aconseguit dur fins a París. S'havia entretingut a anar-los a trobar un per un, i a perseguir-los, i a fixar la data, i a comprar i repartir els bitllets i tota la mandanga, però no li havia costat gaire de convence'ls. Qui més qui menys, ja coneixien l'Hugo Serra Calcavecchia com a insistent visitador de XAK Farma, una de les deu multinacionals farmacèutiques amb més facturació.

–Vols venir a París? Farem un sopar de gala per presentar els avenços científics d'un antidepressiu d'última generació.

París els obria els ulls. Fer-ho en nom de la ciència era l'excusa perfecta.

–Hi haurà una conferència del doctor Palau del Pozo, ja saps... L'eminència. El catedràtic que acaba de tornar del Massachusetts Merda Seca Institut.

Tothom li reia l'acudit. En cas de titubeig, de no arrencar el sí de seguida, l'Hugo Serra desembeinava les paraules màgiques.

–Et convidem a tot.

A XAK Farma estaven encantats amb l'Hugo Serra. Era un dels quaranta delegats comercials que, en els últims dos anys, s'encarregava dels antidepressius. Espavilat com era, amb trenta-tres anys havia aconseguit fer-se amb l'àrea de la gran Barcelona –quatre milions i mig de guillats potencials– i havia convençut l'empresa de muntar-ne una de sonada, «que els metges se'n recordaran per sempre més», els havia assegurat. Per a aquella expedició, tenia pressupost per convidar dos-cents metges, n'havia aconseguit convocar més de cent cinquanta i, a l'hora de la veritat, cent quaranta pocs van agafar l'avió de divendres a la tarda per tornar diumenge a Barcelona, amb l'últim vol de nit. D'entrada, un èxit. Calia que no li passés com quan, a la seva feina anterior, en una altra empresa de la indústria farmacèutica, havia convidat una dotzena de metges a *tutti pleni* a Amsterdam per a un congrés europeu d'hipertensió i, un cop allà, cap dels metges no va aparèixer ni un sol dia pel pavelló de la reunió. El darrer matí, això sí, els va recollir amb pinces al hall de l'hotel per facturar-los dins de l'avió i, follats i desfogats, tornar-los cap a casa. L'Hugo Serra es va assegurar que, aquesta vegada, no li passaria el mateix.

Els bons hotels, a París, fan una olor pròpia. Barreja imprecisa de perfum de vestíbul, moqueta i croque-monsieur. Al Cafè de la Paix, als baixos de l'hotel Intercontinental, a més a més, s'hi ensuma crema de llet, tòfona i tendresa. L'Hugo Serra havia llogat –en nom de XAK Farma– el saló privat més gran del restaurant, al primer pis, amb unes finestres petites, d'arc rodó, molt franceses, que donaven sobre el teatre d'òpera més ben col·locat per a les fotos, al capdamunt de l'avinguda que neix al Palais Royal i que mor al Palais Garnier. A mesura que els doctors i les doctores, tant de la sanitat pública com de consulta privada, de totes les edats i nacionalitats, anaven entrant al menjador del banquet, tres cambrers els oferien, a cullerades de plata, un tastet de caviar iranià. Després, cadascú trobava el seu lloc a taula i desembolicava el joc de llapis, boli i ploma amb el seu nom abans de seure a menjar un foie poelée i d'altres pecats.

L'Hugo Serra, amb un gep lleu, d'asmàtic, no era la primera vegada que muntava un festival a París. Sabia que a una hora i mitja d'avió, amb els encants de la ciutat i la seva gastronomia, els doctors hi tenien una especial tirada. París sempre fa il·lusió. Tres o quatre vegades l'any, hi acompanyava metges, en petits grups, d'un hospital o d'una clínica concreta, però mai no havia muntat una presentació tan a l'engròs com la de Prodemax.

La depressió és la malaltia mental més freqüent al planeta i, a Espanya, XAK Farma calculava que hi havia uns quatre milions de depressions diagnosticades. El director de la companyia, un suís que mastegava molts idiomes però que no en parlava cap de bé, havia advertit a tots els treballadors que XAK s'hi jugava molt amb un nou medicament ètic, que tenien la patent per a deu anys i que ho havien d'aprofitar. Durant aquest temps viurien sense la competència d'un equivalent genèric més barat i hauria de servir per amortitzar tot el que portaven invertit en recerca, desenvolupament, màrqueting i, sobretot, per fer-hi negoci, que d'això es tractava. Parlava malament, però les idees les tenia clares.

El doctor Palau Merda Seca del Pozo sí que parlava bé. Era un comunicador crònic. Ningú no li discutia els èxits acadèmics. I, tan rellevant com això, tothom es rendia a la seva capacitat –entrenada– de transmetre coneixements. Quan ell parlava, l'escoltava tothom. De la Sílvia Molina a l'Ignasi Sicília i tots els altres psiquiatres i neuròlegs que, al cap de tres hores de ser a París, se sentien tractats a cos de rei. L'Hugo Serra, que sabia el nom de cadascun i el centre on treballaven, fos a la pública o a la privada, fossin nacionals, estrangers o argentins com la seva mare, havia demanat al ponent que l'exposició no passés de vint minuts. Tips i beguts, intuïa que l'atenció dels seus convidats, a aquella hora, no donava per a gaire més. La jugada era clara. El doctor Palau del Pozo feia el discurs bonic i ell passava el rasclet. No era difícil. Amb elegància, xerrameca, una mica de literatura mèdica i un talonari a punt, era fàcil convèncer els metges perquè receptessin el seu medicament a pacients, és clar, que ho necessitessin.

L'Hugo Serra sabia que el seu pare, venedor d'enciclopèdies a domicili durant tota la vida, ho havia tingut més complicat. Infinitament més. Replà per replà, a porta freda, era molt difícil d'encolomar l'Encyclopædia Britannica a tot de gent que, a meitat dels vuitanta, ni tan sols sabia anglès. Era d'un mèrit enorme, només a l'altura de xarlatans amb una capacitat de seducció remarcable. I el pare, el Pedro Serra, n'era un, que a finals de mes es treia molt més en comissions per cada enciclopèdia venuda que en el sou en si mateix. El pare Serra era molt viu i l'Hugo havia après a ser un llenguerut com ell, proveït d'un desvergonyiment gairebé infantil. Net i polit, trucava al timbre i sabia que, si aconseguia passar de l'estora i posar un peu al rebedor, tenia la venda feta. Trigaria més o menys, però no se li escaparia. Tenia un truc, entrenat amb els anys d'ofici, que no fallava gairebé mai. Cada vegada que l'atenia una dona que era sola a casa i li acabava dient «em sembla molt bé, m'interessa molt però ho he de consultar amb el meu marit», ell tenia l'artilleria a punt: «De debò que vostè, a finals del segle XX, encara ha de demanar el permís al seu marit per poder comprar uns llibres?». Moltes dones s'havien alçat d'una revolada, havien obert un calaixet del secreter, en treien el talonari i li firmaven el xec allà mateix. Patapam. Als homes que estaven sols, el Pedro Serra també sabia com arraconar-los. Així que el marit, després de sentir tota l'explicació, no s'acabava de decidir si comprar o no l'enciclopèdia i, pensant que es trauria aquell pesat del damunt, posava l'excusa de sempre («ho vull consultar a la meva dona i en tot cas ja li trucarem»), el pare de l'Hugo ensumava la sang i es llançava a la jugular. Tancava la maleta de venedor i, fent com per marxar, li etzibava despectivament: «Així vostè també és un calçasses, un d'aquests que no pot prendre decisions sense el permís de la seva dona. No ho hauria dit mai». L'orgull de mascle quedava tan ferit que aquell home, a l'instant, feia un gest resolut amb la cartera i, allà mateix, vist i no vist, comprava els trenta-dos volums d'una enciclopèdia que no obriria mai i que ni tan sols sabria on collons entaforar.

L'Hugo Serra Calcavecchia, que s'havia matriculat a farmàcia però que no havia acabat la carrera, com tampoc mai no havia acabat mai cap llibre però en tenia prou d'espigolar d'aquí i d'allà per saber de què anaven, n'havia après molt, del seu pare. Però, certament, en les converses de sobretaula amb la família, admetia que ell ho tenia molt més senzill. No havia de vendre res. El metge tampoc no li havia de comprar res, ni desemborsar un sol euro. Al contrari, tots en podien guanyar uns quants. Un win-win, en deia. Tan sols es tracta de donar a cada pacient el que necessita i, per a segons quin tipus de depressió, els investigadors de XAK Farma havien descobert que res com el Prodemax, vint-i-cinc mil·ligrams cada nit, durant sis o vuit setmanes de forma continuada. Així ho havia assegurat a l'hora del cafè, des del faristol estant, l'eminent doctor Palau del Pozo, el psiquiatre mediàtic que, per sis mil euros (meitat en blanc, meitat en negre), va presentar el medicament com si l'hagués tastat. El seu Power Point científic ho deixava molt clar. El Prodemax és un antidepressiu d'última generació, el més evolucionat entre la seva gamma de medicaments perquè és més eficaç i genera menys efectes secundaris. L'agomelatina 25 mg DCI és agonista dels receptors de melatonina i antagonista dels receptors serotoninèrgics. Afavoreix l'alliberament de dopamina i noradrenalina i, a diferència dels inhibidors selectius de la recaptació de serotonina, no afecta la concentració de serotonina extracel·lular. El que fa també, i això és molt important, és resintonitzar o regular els cicles circadiaris, com ara els de la son. En resum –l'última pantalla del Power Point ho deixava molt clar–, té una toxicitat baixa, no crea addicció, no provoca somnolència, no resseca la boca. «I per entendre'ns –els va dir en Merda Seca–, el que tots us esteu preguntant: Prodemax no fa disminuir el desig sexual». Aquí es va produir el primer aplaudiment ebri per part del centenar llarg de comensals que l'escoltaven després de degustar xampanys, bordeus i conyacs de qualitat.

Acabat el sopar, començava la feinada de valent per a l'Hugo Serra Calcavecchia. S'havia de multiplicar –o dividir, segons com es miri– per arribar a tot arreu en la seva tasca de relacions públiques amb els qui volien continuar la festa. Els negocis, els deixava per Barcelona. A París només s'ho havien de passar molt rebé. S'emportava de copes els que encara volien anar de copes, i tornava a l'Intercontinental a recollir un altre grup amb necessitats sexuals més evidents i els menava a un local, al bulevard dels Caputxins, on per cinquanta euros per barba s'asseguraven un gintònic i un clau. Ell, amb la Visa de XAK Farma, pagava per a tots. A última hora, encara va acompanyar tres psiquiatres homosexuals a un lloc singular que va pensar que els podia agradar. Era un bar amb una dutxa al bell mig del local on, a qualsevol hora del dia, sempre hi havia algun client que es despullava, es dutxava, s'ensabonava i s'esbaldia davant la mirada, febril o insulsa, de la resta de parroquians.

16

Si no et puc guanyar, et compro

Per no temptar la sort, va demanar a Javi Cardelús que sortís de l'habitació i que el deixés sol amb Bobby Faura. El Toni Mazorra, secretari del Govern i l'home encarregat que tot el projecte de Historyland tirés endavant, s'ensumava que el magnat mexicà començava a tenir la mosca al nas i que, en qualsevol moment, es podia aixecar del sofà de la seva suite de l'Hotel 1898, paret per paret amb l'església de Betlem, i dir que s'havia acabat la reunió, que estava tip de tant negociar i no avançar en res i que el parc temàtic se'l pintessin a l'oli; que en lloc d'Osona, al cor de Catalunya, el macrocomplex, el casino i tota la martingala s'ho emportava a l'Algarve, que segur que el tractarien millor i podria jugar a golf cada dia en un camp diferent. Mazorra, que negociava amb més traça que cargolava espagueti (tots tenim una habilitat o una altra, i el secretari del Govern tenia aquesta), va decidir aplicar un dels seus principis polítics. Si no et puc guanyar, et compro. Si no ho arreglava ell sol, en un *tête-à-tête* amb el Bobby Faura, adéu a les termes romanes, a l'aire del Renaixement, a l'atracció de la guillotina gegant de la Bastilla i a tots els hotels que havien de dur tants milions de visitants i de turistes a una zona que, ara per ara, de guiris ben pocs. Per això va convidar el Javi Cardelús, director de comunicació de Tinubu, que baixés a fumar un cigarret a la Rambla.

–Però...

El Javi Cardelús, ofès, volia replicar. Havia entès que el Mazorra se'l treia de sobre, que li feia nosa per poder parlar clar i ensenyar totes les cartes. El Cardelús creia –tampoc direm que de bona fe– que, com a bon director que es dóna importància, ell havia de ser a la reunió perquè, fins aquell moment, estava al cap del carrer de tot. I, per la seva feina, considerava que convenia que ho continués estant. En va tenir prou, però, amb una mirada del Roberto M. Faura per entendre que sí, que havia d'agafar el tabac, el zippo i el fred de peus i tocar el dos. Fins aquell moment, havia estat testimoni silent de l'enuig progressiu de l'amo de Tinubu Corporation. L'ambient a la suite de luxe del Bobby Faura s'havia anat carregant.

–Construiré el macrocomplex temàtic més gran d'Europa. Donaré feina a constructores, a paletes, a lampistes, a enginyers i a tot déu... Els cinc parcs temàtics, tots els hotels, el museu de la pau de la Segona Guerra Mundial, tot es construirà amb gent d'aquí. Què més volen? En menys de dos anys hi haurà quatre mil vuit-centes persones, d'aquí, que cobraran cada final de mes. Què més volen? Tres milions de turistes. Què més? En garanteixo tres cada any. Tot això, m'he compromès a fer-ho. I no demano que m'aplaudeixin amb els peus, però tampoc em mereixo això. –Li va tirar un plec de retalls de fotocòpies de notícies de diari.– Garrotades per totes bandes.

–La premsa el va tractant cada vegada millor –va dir el Cardelús, sense arrugar-se pel to de l'amo de la telefonia.

–La premsa m'està tractant com un delinqüent. I jo no he donat mai ni un motiu, ni aquí ni enlloc. Miri, miri –regirava les fotocòpies del dossier de premsa que li havien grapat al despatx del Cardelús, com si se'l sabés de memòria. Odiava les grapes, com en Churchill–. Al carrer, manifestacions. I a la premsa, hòsties. Que no controlen res, vostès? Em pensava que negociava amb un Govern seriós.

–Ho som. Li garanteixo que...

–Si no poden ni amb els ecologistes! Per l'amor de Déu. On s'és vist, que quatre penjats tinguin tant poder?

–Deixi que s'esbravin. No pinten res.

El Mazorra ho sabia bé. En els seus inicis polítics, tan remots que ni apareixien a la seva entrada a la Viquipèdia, s'havia encadenat a la central d'Ascó per demanar el tancament de la planta nuclear. Tot i que s'havien fet fotografies, amb les grenyes, la barba, la pancarta i les samarretes per a l'ocasió, cap diari no va publicar res de res. De res. Va ser la manera cruel d'adonar-se que la premsa està massa pendent de les institucions i massa poc dels ciutadans. De cop i volta, havia obert els ulls de la inutilitat d'alguns gestos i de la força dels mitjans. Per allò que publiquen, però, sobretot, per allò que callen. Una lliçó que havia après per sempre més.

–I parlant dels *ecolós* –va continuar el Bobby Faura, a la francesa–. Com pensen solucionar la pudor de merda que fa aquell lloc?

–Quina pudor? –el Mazorra, l'orni.

–A qui volen enganyar? La pudor dels purins.

–No n'hi ha per tant...

–Segons com bufa el vent... Segons el dia... –el Cardelús, des que li havien nascut les bessones, sempre tenia el nas tapat. A casa s'anaven passant els mocs dels uns als altres. A falta d'amor, constipats. Sempre hi ha alguna cosa per compartir.

–Escoltin, siguem seriosos. Fem una valoració real. Jo he encarregat aquest estudi.

De la cartera grossa, de pell, amb les inicials gravades que tenia als peus del sofà, el Bobby Faura en va treure un dossier. Uns cent fulls, tapa tova, relligat amb l'espiral de cuc que costa tant de posar si no ets un professional. Va agafar l'estudi i el va obrir pel full de conclusions, que la Belita sabia que sempre li havien de posar al davant de tot per estalviar-li, al senyor Faura, que s'hagués d'empassar tota la documentació.

–Els purins dels porcs contaminen el vuitanta per cent de les aigües subterrànies de la zona d'Osona. Cada any hi ha un excedent de vuit-cents mil metres cúbics de residus dels quals no saben què fer-ne. –Va alçar la vista per damunt de les ulleres de triar espines.– Bé, sí, en fan adob per als camps i per això tot plegat fot aquesta catipén. I a les zones de menys altitud, com puguin ser Gurb o Malla, com és la plana on està previst construir Historyland, la contaminació és major i la ferum és més gran. Vostès creuen que puc muntar una piràmide de mida natural i que les mòmies em ressuscitin, al primer dia, quan ensumin aquells aires de pixum de porc? Jo ho sé tot. Jo sóc

Déu. Ho he mirat i ens ho hem estudiat. Digui'm vostè què pensa fer el Govern. Quina solució tenen?

–Bobby, em satisfà poder-li dir que el Departament de Medi Ambient del nostre Govern té un Pla integral de gestió de residus que tot això ja ho contempla.

–Un pla integral de nananà? –El Bobby somreia poques vegades al dia, però, quan ho aconseguia, se li relaxaven les faccions dures.– A Mèxic diem: si vols llençar els pesos, encarrega una enquesta; si vols tapar un merder, munta una comissió d'investigació; si vols guanyar temps, redacta un Pla Integral.

El Mazorra va riure per cortesia. El Cardelús, per llepaculs.

–Aquí, els plans integrals s'executen –el secretari del Govern remava amb els arguments que podia–. Ja hi ha tres plantes de tractament de purins a la comarca. I li puc avançar que en construirem dos més, expressament pel parc. Si ara tingués el pla aquí l'hi ensenyaria, em sap greu... Però li asseguro que morta la cuca, mort el verí. Ningú no sentirà cap pudor i ningú no es queixarà de res.

El Roberto M. Faura es va mirar el rellotge. Va agafar una poma encerada del centre de fruita que l'hotel, per cortesia, cada dia li deixava al damunt de la tauleta. La queixalada que hi va clavar no presagiava res de bo.

–Miri, Mazorra –va acabar de mastegar, esmicolant la poma–, m'han convençut que Tinubu desembarqui aquí per muntar el macrocomplex que els ha de solucionar l'economia. I em proposen un lloc on l'aigua no és potable? Posarem el parc en un lloc on hi ha més porcs que persones? Però, on m'he ficat, senyors meus? Ho tinc per aquí –es va tornar a posar les ulleretes de guipar-s'hi de la vora–. Osona, cent cinquanta mil persones, un milió de porcs. –I va continuar llegint.– Un milió de porcs, però només saben fer llonganisses, no fan pernils.

–Però, quines llonganisses? –el Cardelús va intentar rebaixar l'enuig del Bobby Faura.

El Mazorra va mirar al Cardelús, commogut per una realitat que el va sorprendre. No fem pernils? No ho havia pensat mai. Havia anat a la reunió preparat per fer els ulls grossos amb la llei antitabac i que a les sales de joc de Historyland s'hi pogués fumar, tenia el roc a la faixa per concedir-li, si calia, el permís per obrir un segon casino dins del parc, però el que no es pensava mai de la vida era que la salvació econòmica del país passés per negociar sobre els purins, els pernils i les llonganisses de Vic.

–Matin tots els porcs.

–Què?

El Toni Mazorra, per primera vegada, es va esverar. El Cardelús, que coneixia les decisions dràstiques de Roberto M. Faura, va ofegar el somriure. Aquesta sortida no se l'esperava ni ell. El mexicà va insistir.

–Matin tots els porcs.

–No matarem els porcs. És la força econòmica de la zona.

–Triïn. Porcs o turistes.

–Això, permeti'm que l'hi digui, no té solta ni volta.

El Cardelús, pentinant-se les celles amb els dits, es començava a divertir.

–Matin els porcs. O portin-los tots cent quilòmetres més al nord o més al sud, se me'n fot. Però l'única manera de treure aquesta pudor de merda en descomposició és que no quedin ni porcs ni adobs.

El Toni Mazorra va pensar què faria la seva dona davant d'aquella invectiva. La vicepresidenta, la Maria Romero, com se'n sortiria? Havia fet la carrera de dret acumulant matrícules d'honor i, amb la inèrcia, s'havia polit els estudis de ciències polítiques i d'econòmiques mentre redactava la tesi doctoral sobre el cens emfitèutic: meritació i càlcul. Amb el Mazorra s'havien conegut a les joventuts del partit i en circumstàncies que, en principi, no abocaven a l'enamorament. Tots dos s'havien presentat, l'un contra l'altre, com a candidats a secretari general de les joventuts. I havia guanyat ella, sense color, perquè presentava una proposta més econòmicament liberal, socialment ambiciosa i ideològicament treballada. La proposta de la Maria Romero, com tot el que mirava de fer a la vida, era endreçada, rumiada i clara. El programa del Toni Mazorra –agafant d'aquí, tallant d'allà, autèntic rampinyaire d'idees al vol– no tenia la solidesa que calia per liderar les joventuts d'un partit conservador amb vocació de govern. La mateixa nit de la derrota, al bar Mediterráneo del carrer Balmes, després d'hores de copes per celebrar que havien tret més vots que no es pensaven, el Mazorra va fer una juguesca amb els tres amics de candidatura que encara sucaven el dit a la sal del cul del bol de les crispetes.

–Què us hi jugueu que jo amb aquesta m'hi caso?

–Amb la Romero? Amb aquest cul?

–Un bon paner, què passa? Quien a buen árbol se arrima, buena... Quien se arrima al buen árbol...

Anava tan mamat de cerveses que no va saber acabar el

refrany. Fos com fos, la jugada li havia sortit clavada. Va guanyar l'aposta i, arrecerat a l'ombra de la Maria Romero, sempre li havia anat bé, políticament. Amunt, sempre amunt. A la vida de partit només hi ha dues opcions, grimpar o desaparèixer.

El Roberto M. Faura s'havia acabat la poma i s'havia eixugat els dits amb un tovallonet de fil. Sense dissimular, se'l va passar per les genives i va continuar desfent la madeixa.

–Si no els agraden els casinos, un i gràcies, si no saben ni expropiar els terrenys al damunt dels quals ja hi hauríem d'estar construint, si tot són pegues, si no em pot ni rebre el president...

–És un tema de discreció. Jo sóc el secretari del Govern i s'estimen més que jo ho coordini tot. Tinc tots els poders per negociar amb vostè. Tots.

–I el sant Cristo gros –va reblar el Cardelús– només el trauran per fer l'acte de la primera pedra. Comunicativament és una bona...

–A aquest pas, no hi haurà primera pedra.

El Toni Mazorra sabia que era una fanfarronada. Ningú no trenca una negociació si no s'aixeca i se'n va.

–Belita! –el mexicà va cridar la secretària, que era a la sala del costat–. Belita, sisplau. Que em preparin l'avió, que d'aquí a dues hores marxem.

–El pilot em preguntarà cap a on, senyor Faura.

S'ho va rumiar un moment.

–Cap a París, a recollir la meva dona.

Qui menys ganes tenia de veure Bobby Faura era Doña

Elvira. Qui més ganes tenia de trobar era l'Òscar. S'havien escrit per SMS i havien quedat per l'endemà. No havia entès, però, per què el jove li havia dit que ja tenia la gilette i el gel d'afaitar a punt si, en les dues ocasions que l'havia vist, sempre anava ben rasurat. Es moria de ganes de veure'l i què collons havia de marxar de Barcelona en aquell moment si només desitjava que arribés demà.

Va ser just quan el campanar de l'església de Betlem va avisar que eren les set del vespre que el Mazorra, encaparrat, pensant que tot se li n'anava en orris si el Faura s'aixecava i marxava a París, va convidar el Javi Cardelús a sortir a fumar al carrer. Si no et puc guanyar, et compro. Sabia, però, que aquesta màxima política, una aposta segura, s'ha d'aplicar sempre a soles, sense testimonis. El Toni Mazorra, secretari del Govern, marit de la vicepresidenta Romero –ara separats però mentre no ho descobrissin els mitjans mantindrien públicament les aparences–, sabia com trobar la manera perquè li donessin el vistiplau a totes les necessitats que Tinubu Corporation tenia per tirar endavant el macrocomplex de Historyland. Sabia que, al seu partit, sempre hi havia una manera perquè es desencallessin les coses. La manera.

Però matar un milió de porcs... No, ni en pintura. A Osona no haurien guanyat mai més unes eleccions, en dos segles.

17

És normal separar-se i pintar-se les ungles?

–Em penedeixo d'haver-li rentat els calçotets tot aquest temps. I de planxar-li la roba i plegar-l'hi i desar-l'hi al calaix com si visqués en un hotel, el tio. Millor que en un hotel. Vaja, no he vist cap hotel que... Pagant sí, t'ho renten i t'ho planxen, però tampoc t'ho trobes al calaix ben posadet, com a tu t'agrada. Agafem aire, molt bé, i tot fora... Planxar és el que més em fot. De tot el de casa, planxar i tocar el piano és el que porto pitjor. No saps què és, oi, tocar el piano? Ho deia la meva àvia... Rentar plats. Vol dir rentar plats, rentar-los a mà. «Em passo el dia cuinant i tocant el piano», deia. «Quan tinc nets els del dinar, au, comença a fer el sopar». Sembla que la senti. Això ara et farà una mica de mal, però ho hem d'anar estirant. A poc a poc. A mi planxar, encara m'agrada menys que rentar plats. Agafa aire i l'anem traient... Ja em passo tot el dia, aquí, dreta, dale que te pego, per després arribar a casa, posar la post i vinga... En aquests anys, quants cops creus que he vist planxar l'Ignasi? La cicatriu sembla que no fa queloide. Encara et quedarà prou bé. Em penedeixo d'haver fet obres al pis. Ens podíem haver estalviat tanta pasta, total, per a què? Em penedeixo d'haver fet un àlbum de fotos cada any. Això sí que em fa ràbia, mira. Quan et separes, què fas amb les fotos? No ho havia pensat mai, però, què coi fas? Les retalles? Agafem aire i l'anem traient... Les reparteixes? Aquestes per a tu, aquestes per a mi? O se les queda totes un i l'altre no les veu mai més? O les llences? Total, per què vols el record, si ja no et val per a res? Inspirem, i tot fora... T'has fixat que només ens fem fotos en els moments feliços? Agafes un àlbum, un de qualsevol, i veus una foto somrients al Ponte Vecchio, el casament de la Patrícia a València, oh que guapos i que morenets que estàvem, una foto de cap d'any... Tothom riu, tothom és feliç, tothom diu Lluís. No et fas la foto quan et separes, o quan baixes a llençar les escombraries, o quan tens el dia xungo, o quan surts del tanatori de donar el condol a qui sigui... No ho havies pensat mai?

–Francament?

El Dani Santana ho escoltava tot, de bocaterrosa, estirat a la llitera i amb la cara embotida en un orifici, de les celles a la barbeta, que només li permetia veure tres rajoles del terra –mal fregat– i, de tant en tant, la punta dels dits del peu de l'Èlia quan li treballava les cervicals. Portava les ungles dels peus pintades d'un vermell endimoniat.

–Que burra. Em penedeixo, ara, de tantes coses...

–És normal separar-se i pintar-se les ungles?

–És normal separar-se i cagar. Dani, home, què hi té a veure?

Van riure.

El Dani parlava poc perquè el dolor era intens, perquè s'adonava que l'Èlia necessitava vomitar tot el mal que li havia fet l'Ignasi Sicília sense que l'interrompessin, i perquè –no era un motiu menor–, estirat com estava, notava que els mocs li baixaven cap al cap, se li anaven acumulant al front i al nas, i patia perquè de cop i volta una candela li pogués rajar sobre les rajoles. O pitjor encara, sobre els peus de l'Èlia Sardà, la cap de fisioteràpia de l'Institut Stoner. El Dani es tenia tan estudiat que, quan se li tapava el nas, considerava que li quedava una beu d'ànec, sorda, nasal, i no s'agradava gens. S'estimava més callar i resistir la teràpia conjugal i, tant com pogués, la força dels dits i els colzes de la seva recuperadora.

–Mira, doncs, una mica de raó sí que la tens, Dani. M'he pintat les ungles per donar alegria, perquè no sembli que estic de dol i, què collons, perquè l'Ignasi no suportava que me les pintés. T'agraden?

Li va posar el peu just a sota de la mica de carona que sortia pel forat rodó de la llitera i va bellugar els dits, graciosament.

–Encara no sóc el teu marit.

–Què vol dir, encara?

–No parlaré de les teves ungles sense la presència del meu advocat.

–Entesos. Tampoc t'agraden. Ole. Doncs, a mi sí. I em penedeixo d'això. D'haver fet sempre el que ell volia. Em penedeixo d'haver hagut de demanar permís, sempre, per tot. Treu l'aire, Dani. No te'l quedis, respira. Tota la vida havent de demanar permís per tot. N'estava tipa. Permís per comprar un vestit. Permís per canviar de canal. Permís per anar a sopar amb les amigues. «No, Ignasi, si avui no et va bé, ja ho canvio de dia». Com si fos la minyona que un dia demanava festa. I, a sobre, «a quina hora tornaràs?». Em preguntava a quina hora tornaràs. A mi. Als trenta-vuit, i havent de donar explicacions com si fos adolescent. No ho sé a quina hora tornaré, surto a sopar amb les amigues, faré el que em roti, no et fot. Tot això, li havia d'haver dit. I ell a Roma, amb una francesa. Hòstia, que burra. Permís per pintar-me les ungles? Què va. No calia. Ja no ho feia perquè sabia que no li agradava. Ni em pintava les ungles, ni sortia tant com em venia de gust... Viatges. Saps la de viatges que hem deixat de fer perquè a ell li fotia mandra? M'agradaria anar a l'Índia. No. A Austràlia. Massa lluny. Al Senegal, a la Costa d'Ivori. Massa pobres. És que ni a Marràqueix no hem anat. Doncs, no senyor, me n'he quedat amb les ganes. El senyor Sicília era així, si no era primer món, si no podia saber què menjava, no es movia de casa. I saps quantes vegades hem anat a París, a Londres, a Nova York?

–A Roma?

–Dani! T'agrada burxar, eh, Santana? Mira que estàs a les meves mans.

–Ai. No em pessiguis.

–No fos cas que em denunciessis, oi? Penja un vídeo al Youtube, també, per explicar-ho.

–Com et passes amb mi. –Tots dos van notar que hi començava a haver almívar, en la conversa.– Era psiquiatre, oi?

–A la placa de la consulta ho posava, sí. Ignasi Sicília, el psiquiatre amb menys mà esquerra del món.

–Per què t'hi vas casar?

–Per què m'hi vaig casar? Bona aquesta. –Per una vegada, qui va agafar l'aire i el va treure va ser l'Èlia.– Tu saps què és l'amor, o els de la tele això no ho toqueu?

–És veritat. Nosaltres ens la pelem pensant en nosaltres mateixos. Per això necessito que aquests braços funcionin aviat...

–Em vaig casar pel mateix que tothom. –Va eixugar-se les mans amb la tovallola.– Perquè ens han fet creure que la felicitat és viure en parella. Però buscant la felicitat, perds la llibertat. És el peix que es mossega la cua.

–O sigui que tinc raó. Millor sol que mal acompanyat.

–O no. –L'Èlia va eixugar l'esquena del Santana amb la mateixa tovallola rasposa.– Saps què va fer el meu pare quan va quedar vidu? Es va morir la mare quan l'home estava a punt de fer els seixanta. I al cap de quatre anys va conèixer una gallega de la seva edat, que encara no he aclarit com la va conèixer, i no van trigar a casar-se. Res a dir. Es fa estrany, si vols, veure el teu pare amb una altra dona, però res a dir, és la seva vida. Al cap d'un temps, la meva germana i jo vèiem el pare conformat, tranquil, sense il·lusions, no gaire enamorat, però tampoc no estava malament. S'havia instal·lat en una rutina, per entendre'ns, que ja li estava bé. Sense il·lusions però sense daltabaixos. I vam agafar-lo amb la meva germana, un dia que ens el vam emportar a dinar en un restaurant del port olímpic, i li vam dir: «Pare, per què t'has casat?». I recordo com si fos ara la seva resposta. «Perquè no m'agradava arribar a casa i haver d'encendre el llum».

–Sensacional.

–Sensacional, no ho sé. Però sincer, sí. I summament pràctic.

–Tothom s'ho munta com vol.

–Com vol, no. Com pot. –L'Èlia, amb dos dits, va tustar la cuixa del Dani, com qui espolsa la cendra d'un cigarret.– Ara t'aniràs girant, molt a poquet a poquet, i, sense esforç, t'estires panxa enlaire. Jo t'ajudo.

La carcanada del Dani, després de tants dies anquilosada, crepitava encara a cada moviment.

–Vingui, que m'ajudarà.

L'Èlia, amb el pam d'obertura de la cortina que tenia el costum de deixar per controlar els moviments del gimnàs, havia vist entrar-hi la bata blanca del doctor Lasorda, la més ben planxada de la clínica. El director mèdic de l'Stoner –cada cana al seu lloc– va acostar-se a la llitera com si fos una urgència. L'Èlia va agafar el Santana per sota d'una aixella, el Fran Lasorda la va copiar per sota de l'altre braç i, en un tres i no res, van aconseguir alçar el Santana sense que es queixés. De mica en mica, el van estirar de nou a la llitera, de cara als fluorescents.

–Com va la campanya?

–Perdent batalles per guanyar la guerra, espero.

El doctor Lasorda havia respost amb la prudència dels savis. El Santana, en fora de joc, no sabia de què anava la conversa entre l'Èlia i el doctor. De mica en mica, va anar lligant caps i va decidir que el tema no li interessava gens. El Dani va entendre que s'acostaven eleccions a l'Institut Stoner i que el doctor Lasorda es presentava com a candidat per repetir en el càrrec. No sabia qui era l'altre candidat, o si n'hi havia més d'un, però segurament, si ell hagués tingut vot, hauria agafat la papereta amb el nom del seu contrincant. Trobava que el doctor Fran Lasorda era un camàndules, un hipòcrita de tres cares. Una d'afable amb els pacients, una de més esquerpa amb els metges i una de tanoca llepaculs amb els poderosos. Al Dani, el treia de polleguera que li hagués tocat la versió més babaua del Lasorda.

–Només venia a veure si el nostre pacient més famós estava bé.

–Doncs, miri, doctor, diria que estic –va agafar la mà de l'Èlia com no ho havia fet mai– en bones mans.

L'Èlia no va comentar-ne res a ningú, però li va agradar la seguretat amb què la manassa del Dani Santana, l'home a qui acabava de confiar les seves ràbies i els seus sentiments, li premia els dits. Les ungles de les mans no se les havia pintades. Per higiene professional.

18

GUANYAR ANGLATERRA ÉS UN DEURE

La idea va ser del Gratu. Havien acabat de menjar una sopa avorrida, un peix i una poma del menú que se sabien de memòria quan el Gratu va sorprendre el Dani Santana amb la dèria de muntar, junts, un diari digital. El menjador de l'Institut Stoner era molt sorollós, no tenia personalitat i podia haver estat el restaurant de qualsevol altre hospital si no fos perquè allà pràcticament no hi havia cadires.

–Un diari? Estàs boig. Un diari per fer-hi què?

–Per publicar el que ningú més no publica.

–Ties en pilotes?

–Investigació de debò.

–Saps quanta gent cal, Gratu, per fer un diari?

–No pensis en el que s'ha fet sempre, Dani. Oblida els patrons d'abans. Oblida el que s'ha fet tota la vida, és un model antiquat. Jo et parlo d'un diari per investigar i publicar el que ningú no gosa dir.

–Bravo. Una gran idea, Gratu. Un paraplègic i un presentador de tele esguerrat a qui han intentat pelar i que no sap per quant de temps en té. La foto és maca per a un reportatge, però per sortir d'aquí a fer de detectius ho tenim cru.

El Gratu, amb aire decebut, va apartar la safata del dinar i es va enretirar lleugerament de la taula. Va agafar la piloteta d'espuma que tenia sobre les cames, una petita pilota de rugbi, i la va començar a prémer amb la mà esquerra. Prémer i deixar-la. Li havien recomanat que ho fes cent cops al dia, per guanyar força a la musculatura flexora i poder fer millor la pinça per agafar les coses amb la mà. El Santana no es va deixar estovar pel gest rebec del Gratu.

–Sincerament, noi, jo ja tinc prou maldecaps. Fes-te un blog. Tu t'ho escrius i penges el que et vingui de gust.

–Jo no sóc ningú. Tu tens un nom i credibilitat. La força la tens tu.

–I per investigar què?

–El que he anat descobrint.

Al Dani li feia molta mandra, havent dinat, haver d'escoltar les perquisicions de pa sucat amb oli del Gratu. I encara el fotia més haver-li de dir que no per treure-se'l de sobre.

–Entre els plats, la tele, el xivarri... Aquí hi ha molt soroll.

–En això tens raó. –Va deixar de prémer la piloteta.– Sortim a estirar les cames?

Tots dos van esmussar un somrís.

–Algun dia m'explicaràs això de l'humor negre dels handicapats?

–Si jo fos l'Stevie Wonder, et diria que aquesta pregunta ja la veia a venir –el Gratu li va fer l'ullet–. Et repto a una cursa, va...

El Gratu conduïa la seva cadira de rodes amb motoret amb una sola mà i, en un tres i no res, va deixar molt enrere el Santana, que encara anava rinco-ranco, ajudant-se amb les crosses i cagant-se de dolor a cada passa.

Quan van ser al jardí terapèutic, el Dani Santana li va tornar a fer la pregunta:

–Investigar què?

–La pastilla de l'eufòria. Prodemax. L'estan receptant a tort i a dret.

–I què? Deixa-ho córrer, Gratu. La gent està molt malament.

–El tinglado és molt important, Dani, el que jo et digui. Si encara fessis el programa de reportatges, aquest no se t'escaparia. Estic segur que el faries.

–No estic ara per Watergates, precisament.

–Aquesta pallissa te l'han fotut perquè estaves posant el nas en algun lloc on no volien que el fiquessis. A mi no m'enganyes. Tu sempre estàs a punt per destapar un pollastre.

–Però ara, aquí? Tu i jo, sols? Què vols que fem?

–Tens el teu amic del bàsquet a l'atur. L'Agus Maldon.

–Coneixes l'Agus?

–Jo era el gimnàs el dia que va venir a dir-te que l'havien despatxat. No sé si ho recordes, que ell i jo no...

–Sí home, i tant. El dia que us vau dir de tot. I ell va destrossar el periodisme digital. No en vol ni sentir a parlar. Això ho recordes, també, suposo?

–També va dir que tenia cinquanta-set anys i que es quedava sense feina. Està penjat, Dani. No has pensat que és hora que ajudis algun amic, no has pensat que alguna vegada estaria bé que fessis una cosa pels altres i et deixessis de mirar el melic de presentador de televisió ple de cotó fluix?

–No et passis, Gratu, ni un pèl més...

El Dani Santana notava que s'estava emmerdant. El Gratu, amb l'empenta de l'edat, no es rendia.

–Has comptat quants amics tens a la vida? A més de l'Agus i la Raquel, quanta gent t'ha vingut a veure?

La pregunta li va fer mal. Va estimar-se més respondre ràpid que posar-se a comptar. Aviat hauria enllestit.

–Tinc dos-cents vint mil followers al Twitter.

–Oh, sí, que fort... Jo parlo d'amics. Quants en tens? Amics de debò.

L'Agustí Maldonado va baixar del taxi a cuita-corrents i va entrar a l'Institut Stoner sense saber per què carats la Raquel l'havia cridat amb tanta pressa. Temia que... De seguida va adonar-se que podia ser, fins i tot, una bona notícia. El Dani Santana i el Gratu l'esperaven al jardí terapèutic, a l'ombra d'un til·ler que els donava el ressol i la mica de fresca que molts pacients del centre buscaven a l'hora de la migdiada.

A la pregunta del Dani Santana de si estava disposat a treballar, l'Agus Maldon va dir que sí. A la pregunta de si estava disposat a investigar sobre la indústria farmacèutica, l'Agus va dir que sí, tot i que admetia que era un món que desconeixia per complet. A la pregunta de si es veia capaç de treballar en un suport digital, d'abast limitat, que crearia i finançaria el mateix Santana, l'Agus va arrufar el nas. Als cinquanta-set anys, ancorat en el paper i aferrat als mitjans tradicionals, no li feia cap gràcia haver-se de reinventar. Encara li feia més ràbia menjar-se els seus principis. Davant del dubte de l'Agus Maldon de si això significava rebaixar-se, el Gratu ho va tenir clar.

–No t'enganyis. Els periodistes sereu, cada vegada més, els clics que teniu. Quanta gent entra a mirar la teva informació o la teva columna? Com més gent hi entra, més vals. S'han acabat les redaccions on tothom cobra el mateix a final de mes, publiqui una notícia breu d'agència o dues exclusives currades. Això ha passat a la història i us heu de posar al dia. Fins ara l'editor anava venut, anava a cegues. Venia un diari, sí, però no sabia quines pàgines interessaven més als lectors. Podia intuir quines llegien més i quines passaven per alt, però es podia equivocar. Ara l'editor, o el director o com n'hi digueu, sap quins són els seus periodistes més llegits i els que no. I què voldrà? Gent que li porti volum, periodistes que li portin lectors, que pugui dir «aquest el llegeixen mil, aquest el llegeixen quatre, fora». Si jo sóc un anunciant, on posaré el bàner, on el llegeixen mil o on el llegeixen quatre? Per tant, des de fora ho veig molt clar: s'han acabat les redaccions. Bona nit. Com es va acabar fumar a les redaccions i les tertúlies de bar a la matinada. Agradi o no. Ho entengueu o no. És així. Heu de sortir de la nostàlgia, això és per a les pel·lícules. O els diaris pugen al tren i els periodistes us poseu al dia, o teniu els dies comptats.

L'Agus Maldon es posava de mala gaita en escoltar un jove donant-li lliçons. Les profecies d'un setciències sense ofici ni benefici el treien de polleguera. El Dani estava sorprès pel magnetisme del Gratu. Ell estava a punt de posar uns diners, a contracor, per muntar un projecte en què no creia gens. I veia que l'Agus, un home cent per cent de paper, semblava disposat a fer un salt cap a l'altra banda de l'esquerda digital. La Raquel, que fins en aquell moment havia estat en silenci pentinant i despentinant els pèls del braç del Dani amb el dits i que notava massa neguitosos els dos veterans, va decidir canviar el rumb abans que explotés ningú.

–No ens has explicat mai per què et diuen Gratu, a tu. Ve de Grau, suposo.

No era per portar-li la contra, però el seu sobrenom no tenia res a veure amb dir-se Gerard Grau, i de Grau a Gratu era un joc de paraules fàcil que hauria tingut algun sentit. L'estiu anterior al seu accident de rugbi –deixem-ho en accident–, el Gerard havia volgut guanyar uns diners per comprar-se un ordinador nou. Després de repartir currículums com qui llença pètals de rosa als nuvis, havia trobat feina al Maremagnum. El Bella Napoli era una pizzeria regentada per uns sicilians de moltes generacions, els Fenoglio, que, fugint d'una extorsió mai no explicada, es van instal·lar a Barcelona. Els germans Giancarlo i Bruno Fenoglio –maradonians fins al moll de l'os– van llogar un local al primer pis d'un centre comercial i d'oci que cada nit s'omplia de gom a gom. Al migdia, en canvi, son i badalls. Per a la feina que hi havia entre la cuina, la sala i les vuit taules de la terrassa, en tenien prou amb els dos germans, les seves dones i una tieta rabassuda, la *zia* Guglielma, que havia vingut a viure amb ells i que tenia cura que la pasta que sortia de la cuina estigués sempre al dente i amb la salsa justa. A la nit, i a l'estiu, com que acabaven fent dos i tres torns de sopars per taula, havien decidit agafar un jove aprenent que faria de cambrer i que cobraria, a l'hora de plegar, amb els diners de la caixa. El Gerard Grau va començar parant i desparant taules. A cada torn, havia de posar unes estovalles netes al damunt de les que s'acabaven d'utilitzar. Així, a la nit, sabien quants torns havien fet per cada taula. Al cap d'una setmana, espavilat com era, el Gerard ja servia els plats i va demanar que li deixessin ratllar el formatge al damunt de la pasta. A la que requeria parmesà, és clar. Al Bella Napoli, ratllar el formatge era un ritual. Tenien el costum de portar un platet, amb un ratllador i un tros de parmesà perquè cadascú s'hi posés, al moment, tant reggiano o grana padano com volgués. Primmirats com eren, els Fenoglio creien que el formatge no es podia servir ja ratllat des de la cuina, ni tampoc es podia dur a taula en una sucrera i una cullereta, perquè era poc higiènic, perdia qualitats, s'assecava i n'acabaven llençant massa. Per tots aquests motius gens banals en una nissaga italiana, ells mateixos, més el Bruno que el Giancarlo, que s'estava al forn posant i traient pizzes, s'encarregaven de *grattugiare* el parmesà al gust del client i a conveniència de cada tipus de pasta. Perquè no totes en portaven i, aquest detall cabdal, el Gerard no el sabia. Fins que ho va aprendre el dia que la *zia* Guglielma va veure que el jove estava a punt de ratllar el parmesà sobre uns spaghetti alle vongole. La dona, bramant, va sortir de la cuina com una bala –*sacrilegio, sacrilegio*– i li va prendre l'estri i el formatge de les mans. A partir d'aquella nit i durant tot l'estiu, els germans Fenoglio van batejar el Gerard Grau com a Grattugiatore. I de Grattugiatore a Gratu només hi va haver un pas ràpid. Qüestió de comoditat. D'economia del llenguatge. I a ell, li va agradar.

L'Agus Maldon, que s'havia tret l'americana granatosa que s'havia comprat a Bloomingdale's quan havia anat a cobrir un All Stars de la NBA al Madison Square Garden, havia tingut temps per pensar la resposta. I li va sortir un míting.

–L'alcohol i el fum i les tertúlies que et fan tanta gràcia no eren perquè sí. No eren, només, per fer una mica d'ambient creatiu i per semblar més caòtics. Aquella atmosfera ens recordava, als periodistes, la nostra condició de marginals. El periodista és un obrer i se n'oblida. Se n'oblida massa sovint. Cada vegada té menys consciència d'obrer. Freqüentes el poder, dines amb el poder, prens copes amb el poder, et fregues amb el poder; hi parles, sí, però no ets el poder. I aquesta ha estat la nostra perdició. Aquest frec a frec se'ns ha girat en contra, perquè el poder se n'ha adonat, ens ha perdut el respecte i ens tenen, als periodistes, com si fóssim els seus escribes de torn. Ens manipulen, ens utilitzen i nosaltres, burros, ens limitem a reproduir la versió oficial del poder, els diaris perden interès i el poble continua enganyat.

–En això, l'Agus té raó –va saltar la Raquel, arrossegada per la indignació–. A la tele, els que fan preguntes incòmodes i toquen temes perillosos, si veuen que no els poden portar cap on els interessa, els aparquen o els acomiaden o els neutralitzen. Ara no em sortirà i tinc el nom a la punta de la... Com es deia aquella de les nits que els burxava tant?

–O mira l'Oprah Winfrey, que ha hagut de tenir el seu propi canal per poder dir el que volia. –El Dani Santana va posar la mà sobre l'espatlla de la Raquel.– Potser sí que haurem de crear la nostra pròpia cadena.

–No. Jo deia d'aquí, de la tele d'aquí... –la Raquel, a la seva, rumiant encara.

–Per això dic –va reprendre el Gratu– que el periodisme, si no és incòmode, mal senyal. I nosaltres tenim ara una oportunitat d'or en el món digital.

–Però, tu, xato, amb qui has empatat?

El Gratu, com a bon 2 que hauria estat en el rugbi, aguantava les envestides sense recular.

–Diguem que he tingut molt temps per llegir, Agus.

–I que t'agrada tocar els collons, també és evident –el Santana no se'n va poder estar–. Escolteu. No ho veig gaire clar. Però si vosaltres voleu, per ajudar-vos, jo estic disposat a jugar-me-la. Muntarem una petita unitat, nosaltres quatre. Si us sembla, només nosaltres quatre. Sense dir-ho a ningú, i sense fer-ne cap publicitat. No serà un diari digital, no sé com n'hem de dir, començarem a treure el nas quan estiguem preparats. Furgarem i tocarem la pera a qui sigui, però només si esteu segurs que el Gratu i l'Agus us podeu entendre. Si no, altra feina tenim la Raquel i jo.

–Per mi no quedarà –el Gratu va estendre la mà a l'Agus Maldon. Encara de mal humor, el veterà periodista l'hi va encaixar.

–Però que consti que passar-te hores a Google a veure què trobes, i una mica d'aquí i una mica d'allà, tallo i enganxo i ja tinc un article, això, perquè ho sàpigues, no és investigar.

–He entrat a llocs més interessants. A llocs que potser no hauria d'haver entrat. Des del Toshiba de l'habitació i amb paciència, no hi ha cap servidor que se'm resisteixi. Ho tinc tot guardat i ordenat. –I, en aquell precís moment, al jardí terapèutic, assegut al seu inseparable motoret i envoltat del Santana, l'Agus Maldon i la Raquel, el Gratu s'ho va permetre.– Deixeu-me dir que estic molt content. Per primera vegada en no sé quants anys noto que puc ser feliç. Avui comença la meva nova vida.

La Raquel li va fer un petó a la galta. Cap dels tres homes no va emocionar-se. Mai ningú no els havia donat permís per fer aflorar els sentiments. En això, pel cap baix, coincidien tots tres. El Gratu, que buscava complicitats i maldava per treure transcendència al moment, va tirar la minipilota de rugbi al Santana.

–Sabeu què es diuen entre gal·lesos i escocesos?

–...

–Guanyar Anglaterra és un deure. Guanyar França és un plaer.

El Dani va entomar-la al vol.

–Serà un deure i un plaer, i tant que sí. Però entre un que no ha fet mai de llebrer, un que s'ha de reciclar i jo que estic fora de joc, tu Raquel t'hauràs de multiplicar.

–Com sempre. Serem un bon equip i l'objectiu s'ho val. Jo també estic contenta. En temps de crisi, la gent vol denúncies.

–O contes de fades, per evadir-se –el Santana, per més que s'hi esforçava, no aconseguia notar el cuquet engrescador d'un nou projecte.

–Això nosaltres no ho toquem, però tot és començar. –L'Agus Maldon, amb feina per endavant, havia rebaixat el to.– I ara haurem de buscar un nom, suposo...

–Jo...

El Gratu no sabia gaire com dir-ho.

–Jo... Si no en teniu un de millor, jo he reservat un domini. «Només els fets». Nomeselsfets.com

19

Et tatuaré el silenci

Un dels homes més rics del món, despullat, és com qualsevol altre home a punt de fer els seixanta. La diferència, la marca el vestit. L'americana dissimula la panxa. La corbata, la papada. Un noi de setze anys, sense roba, és com qualsevol noi de la seva edat: un regal del cel per a un home a punt de fer els seixanta. Abraçar el cos de l'Òscar, musculat i bru, era una il·lusió irreprimible, una sensació nova i un desig que havia esdevingut obsessiu per a Roberto M. Faura. I havia arribat el dia, a l'hora de la migdiada, que es trobessin. Dos animals.

La Gran Via –set carrils cap a una banda, només dos a l'inrevés– era una avinguda més per desembussar la ciutat que per passejar-hi. L'Avenida Palace, situat en un dels llocs més cèntrics i sorollosos de Barcelona, era un hotel de quatre estrelles que si quinze anys enrere hagués redecorat la recepció i les sales principals potser n'hauria tingut cinc. L'armilla del personal, les columnes fredes i un excés d'or en les baranes gastades del vestíbul li donaven una aparença de luxe antic. D'una altra època, menys democràtica. L'habitació on s'esperava el Bobby a primera hora de la tarda, en canvi, era més moderna. L'empresari mexicà, impacient, amb més dubtes sobre si el jove de Malla es presentaria a la cita que sobre el que anava a fer, s'esperava assegut al llit, de vint-i-un botó, amb una ampolla de xampany a la glaçonera i dues copes gelades.

Quan va sentir que tustaven a la porta, es va encendre. L'Òscar, amb jaqueta i pantalons texans de talla curta i el seu serrell negre tot cap a una banda, estava irresistible. Tenia el mateix somriure temptador del primer dia, quan el va veure llançant pedres contra l'arbre.

La rebuda, el Roberto M. Faura, la tenia molt pensada.

–Tenim un motiu per brindar.

Al primer morreig, el Bobby va notar que l'Òscar tenia una boca fresca, agraïda.

–Per aquesta trobada?

–Per Historyland. Ja tenim data per a la primera pedra per al gran parc temàtic. El 19 de maig. Ja ho tenim!

El Bobby Faura va alçar la copa. Mirant-lo als ulls, l'Òscar li va descordar l'enorme sivella de cap d'àliga del cinturó amb una sola mà, es va agenollar al seu davant, li va descordar la bragueta, li va sucar el penis –encara ganxut– dins la copa i, d'un glop llarg, se la va beure tota. Encabat, va entretenir-se amb la seva erecció. El Bobby –ho volia veure tot però no podia més que tancar els ulls i agafar el cap de l'Òscar amb les dues mans– no va trigar ni quaranta segons a contraure's espasmòdicament. A la tercera sacsejada, va arribar al paradís. Gustosament. Llargament.

Tenia la rebuda molt pensada, sí, però l'Òscar li havia

millorat i accelerat el guió. Fetes les presentacions, es van despullar amb dues esgarrapades. El seu cos blanquinós, amb pèls estufats al davant i al darrere, abraçat al tors ferm, torrat i encara perfecte del jove, li semblava una ofrena dels déus.

En Bobby Faura encara no havia recuperat l'alè quan l'Òscar, decidit, com tots els seus gestos, es va alçar del llit. Havia deixat la jaqueta texana penjant d'un llum de peu apagat que hi havia als peus del somier.

–Tenim una cosa pendent.

El Faura no va entendre què feia ni per què ho deia. I, de cop i volta, s'hi va trobar. D'una butxaca de la seva jaqueta Levi's, l'Òscar en va treure un pot petit d'escuma d'afaitar; de l'altra, una maquineta d'usar i llençar encara per estrenar. El mexicà no entenia de què serviria tot allò si tots dos anaven ben repelats. Veient l'Òscar dret, al seu davant, es va adonar que, a part dels dos petits tatuatges al braç, el jove duia una senyora serp a l'espatlla i un altre gravat, de mostra, a tocar de les lumbars. Mai no se n'hauria fet un, però li agradaven en els cossos dels altres. Segur que cada tatuatge amagava una història.

–Posa't de genolls –l'Òscar va ser imperatiu–. De quatre grapes, vinga.

Un dels homes més rics del món va obeir, sense pensar. L'Òscar ja s'havia posat crema d'afaitar en una mà. I, abans que el Faura pogués pensar si déu s'escrivia amb d majúscula o amb minúscula, ja li havien embetumat el cul. Ben bé fins a l'anus.

–Però...

–Xxxt.

La dominació era absoluta. Amb la gilette el va començar a rasurar. Tan sols de pensar en l'acte següent, el Roberto M. Faura es va sorprendre amb una altra erecció. L'Òscar, sense pressa, i pillet com era, es va entretenir a dibuixar-li dos cercles. Entre l'un i l'altre li va deixar una rodona de pèl, perquè si mai la dona del Faura li tornava a mirar el cul, el rei de la telefonia mòbil, el factòtum de Historyland i la Bíblia en vers, hagués de donar explicacions d'aquella diana concèntrica tan ben perfilada.

D'entrada, la sensació de tenir un home a dins no li va semblar gaire agradable. Després, deixat anar i amb el vaivé reiterat, cadenciós, es va intentar relaxar, però, lluny de descobrir un pessigolleig nou, a cada batzegada li fotia més mal. De tant dolor, hi va acabar trobant plaer.

Quan es va despertar de la migdiada, l'Òscar l'esperava amb una pregunta.

–Qui són aquests?

L'Òscar va assenyalar el grapat de fotos que hi havia sobre el capçal del llit.

–De debò que no ho saps?

–Sé llegir, sí. –L'Òscar va assenyalar el tambor de la bateria d'una de les fotos.– Els Beatles.

–Tu no saps qui són els Beatles?

–Em sona que al meu germà li agraden. Al gran.

–Molt bons. «Yellow submarine», «Help», segur que les ha sentit mil...

El Bobby Faura va agafar el telèfon de la tauleta de nit amb la intenció de fer-li sentir una cançó.

–Però què hi fotem en aquesta habitació amb fotos dels paios aquests pertot arreu? I aquesta guitarra, penjada aquí? Fa com una mica de...

–És un baix, crec. Mira, un baix elèctric que va tocar el Paul McCartney. –El Bobby, alliberat, sense vergonya d'ensenyar el cul i la panxota, es va alçar del llit i va anar a llegir l'explicació.– Ara ho entenc. Posa que els Beatles van venir a tocar aquí, a Barcelona. Una sola vegada. El juliol del 65. Van tocar en una plaça de toros i van venir a dormir aquí, en aquest hotel.

–Hem vingut a follar o al museu del rock?

–Vas ser tu, per SMS, que em vas dir quin hotel t'anava bé.

–Perquè tinc el tren aquí mateix, a passeig de Gràcia, però no sabia que hi hauria aquest festival...

–Només quedava aquesta habitació. No em van dir que fos temàtica.

El Bobby Faura es va tornar a estirar el llit, una mica espantat. No sabia per on el tornaria a sorprendre el jove Òscar. Havia anat al llit amb molta gent, però mai havia tingut aquella sensació de dominació, de no controlar el moment ni la circumstància. L'impressionava la seguretat del noi.

La Beatles Suite, l'havien decorat en blancs i negres. Del cortinatge a les vànoves, a l'entapissat de les butaques, tot responia a aquest joc elegant, fàcil però efectiu. Llevat dels llums de les tauletes de nit, d'un recargolament modernista que no s'esqueia, l'habitació anava algunes dècades per davant de l'hotel. De quan hi van ser els Beatles, però, no en quedava res de res. Per compensar, i perquè els fans i els turistes en sortissin satisfets, al capçal del llit hi havien emmarcat quinze fotografies petites, també en blanc i negre, del seu concert a les Arenes i dels dos dies que van ser a Barcelona. A la paret oposada a les dues finestres que donaven a la Gran Via, hi havien penjat les notícies de la premsa d'aquell dia i el baix del Paul McCartney; que deien, allà, que havia estat del Paul.

–Eren quatre i van dormir tots en una sola habitació?

Va assenyalar el grapat de fotos de la paret.

–Suposo que no...

–I llavors, per què només hi ha una Beatles Suite?

Les preguntes d'adolescent, sense resposta, neguitejaven el Faura. El feien tocar de peus a terra i que s'adonés amb qui se n'havia anat al llit. S'estimava més no pensar-hi.

–T'agrada la música, o no?

–La música és el llenguatge que fem servir per parlar amb la nostra gent quan ja no és aquí.

Aquesta frase, en canvi, va commoure el Bobby Faura. Per la manera com l'Òscar l'havia dit d'una tirada, sense titubejos, semblava apresa.

–L'ha dinyat algú proper?

–La meva mare.

–Em sap greu.

–A mi més. –Li va pessigar un mugró amb força.– Et sembla prou proper?

–És llei de vida enterrar els pares.

–Als quaranta-dos? Imagina't com eres tu als quaranta-dos. I ara imagina que et vas morir llavors. Què, t'impressiona?

Va deixar de prémer, veient la cara de dolor del Faura.

–No hi ha més collons. A agüantar i endavant. Tots arrosseguem les nostres pèrdues.

–Oh, sí –se'n va fotre i es va posar teatral–. La vida ens tatua amb una tinta invisible.

–Em desconcertes, Òscar. –Li hauria resseguit el tatuatge de la serp sobre l'espatlla amb un dit, però va reprimir qualsevol gest sensible.– No saps qui són els Beatles, l'altre dia al cotxe no sabies qui eren Ròmul i Rem i, de cop i volta, em deixes anar sentències d'aquestes de merda que no volen dir res. La vida ens tatua amb una tinta invisible. La música és... no sé què. Tu qui ets? La teva seguretat, la teva manera de dir les coses. Em fas pensar molt en mi quan era jove.

–També menjaves polles?

–No. –El Faura, sorprès, es va justificar.– Ja es nota que tu ho fas millor.

–Quan vas descobrir que eres marica?

–No en sóc. –Va deixar el dit quiet, per pensar la resposta.– Però no hem vingut aquí a parlar...

–Ja. Em diràs ara que no havies menjat cap piruleta i has flipat. Per la cara que fotien els Beatles, aquí dalt mirant-te, has flipat.

–No cal que et digui que això no ho ha de saber mai ningú. Ho entens, oi, guapet? Això t'ho graves a la pell, que és un secret... O et tatuaré jo. Et tatuaré el silenci.

En aquell moment va sonar a broma. A l'Òscar, aquell «guapet», condescendent, li havia dringat pitjor que l'amenaça, però no hi va donar importància. De bocaterrosa, es va limitar a emetre un so gutural que el Bobby Faura va entendre com un assentiment però que, en realitat, tampoc no era ni una cosa ni una altra.

–I tu, per què ho fas? –li va preguntar el Faura, que continuava als llimbs amb el seu peu entre els panxells calents del jove.

–Jo? –l'Òscar va somriure–. A tu què et sembla?

Va alçar el cap, va girar el tors per mirar a la cara del mexicà i li va ensenyar les dents, blanquíssimes. Amb els seus ulls picants va decidir espantar el Roberto Manuel Faura, un dels cinquanta homes més rics del món, a qui s'acabava de donar el gust de dibuixar-li una diana al cul amb la gilette, i l'home que a tocar dels seixanta no s'havia pogut escapar d'una feblesa de la carn.

–Jo, com tu, ho faig tot per diners. Només per diners.

20

Els desnivells de l'est de Utah

De: Palau
A: Hugo Serra
Tema: Big Boy

Senyor Serra,

Li comuniquem que hem localitzat, en un establiment de Bremen, una locomotora Märklin 37911 «Big boy» com la que ens va demanar.

Tal com el vam informar a la botiga, aquesta és una peça de col·leccionista, feta tota de metall. Ens asseguren que està en perfecte estat. Amb l'estoig de fusta inclòs, el preu són 750 euros, més despeses d'enviament. Digui'ns, al més aviat possible, si encara li interessa.

Gràcies.

Palau, al carrer Pelai, havia estat, durant uns anys, la seva botiga favorita. Hi anava amb els pares, als vuit o nou anys, quan baixaven de Rubí a Barcelona per anar al metge de l'asma. El doctor Forns, al·lergòleg amb tres generacions a l'esquena, tenia la consulta a la ronda Sant Antoni, al damunt d'un basar de transistors i calculadores on havien venut, deien ells sense tenir-ne cap prova fefaent, el primer ordinador personal de la ciutat. Abans de tornar a agafar el tren cap a casa, si el doctor Forns no havia donat bones notícies –i amb l'asma del nen no en solia donar–, se n'anaven tots tres cap a Palau a mirar joguines. L'Hugo es delia per l'Scalextric. En tenia un a casa, que li havien regalat per la primera comunió, i frisava perquè fos Setmana Santa. Només en aquells deu dies de vacances escolars era quan li deixaven muntar la pista a terra, al mig del passadís, des de la porta de la seva habitació fins al lavabo petit. De cotxes, però, només en tenia dos. El blau i el vermell, dos models molt simples que venien de sèrie, amb la capsa. El vespre que el doctor Forns, amb la veu greu, va dir a l'Hugo Serra Calcavecchia que sempre més hauria de dur el Ventolin a la butxaca, als seus pares els va saber més greu que al nen. Els va fer tanta pena el petit Hugo que van decidir que anirien a Palau, la botiga que el fascinava, i comprarien el cotxe de Scalextric que volgués. L'Hugo havia d'entendre, però, que, a partir d'aquell dia, així que notés que s'ofegava, ell mateix havia d'inhalar tres manxades de Ventolin. Feia dies que l'Hugo ja tenia pensat quin triaria. El Tyrrell Ford, blau, amb el número 3. El que conduïa Jody Scheckter. El que anunciaven per la tele. El de l'adhesiu d'Elf al damunt de l'aleró, igual que en el cotxe de la Fórmula 1.

L'Hugo Serra, sempre amb visió comercial, pensava que si ell fos alcalde faria que el carrer Pelai fos una zona de vianants i en prohibiria totalment la circulació de cotxes. La càrrega i descàrrega per al gènere, com havia vist a les botigues d'Oxford Street a Londres, s'hauria de fer només de matinada. Per deformació professional, l'Hugo Serra classificava els carrers i les voreres en funció del potencial comercial que ell hi preveia. Amb les farmàcies ho tenia molt estudiat. Aquesta, al costat d'un Centre d'Atenció Primària, un nou. Aquesta altra, amb la boca d'un metro al davant, un vuit. Aquesta farmàcia de barri, en un passatge al qual s'ha d'anar expressament, un quatre. El venedor, el comercial de debò i que ho porta a la sang, ho és tot el dia i no se'n pot desempallegar mai. El carrer Pelai, que comença a la plaça Universitat i que desemboca a la plaça Catalunya i al naixement de la Rambla, li semblava una via d'una potencialitat gegantina, però no se n'hi acabava de treure partit. L'Hugo Serra considerava que la vorera de banda de mar era un deu. Però, en canvi, havia observat que ben poca gent –ni turistes ni autòctons– travessava el carrer per veure els aparadors de banda de muntanya. El costat de dalt no passava d'un set. I estava convençut que podia ser un deu. Un nou, pel cap baix. Considerava que, si s'eliminava la calçada per als cotxes, el carrer Pelai seria una zona per a vianants millor, fins i tot, que el Portal de l'Àngel. I quan deia millor es referia, sempre, a volum de negoci. Havia llegit que la cruïlla entre plaça Catalunya i el Portal de l'Àngel és el semàfor, de tot Europa, per on passen més persones al cap del dia. Un dissabte a la tarda, pocs dies abans de Nadal, l'Hugo Serra Calcavecchia hi va anar, a aixecar acta, amb un cronòmetre i un bloc.

Potser des d'aquell vespre que el Ventolin va quedar incorporat a la seva vida per sempre, no havia tornat més a can Palau. No ho recordava, si més no, amb la precisió d'aquella nit amb els seus pares. Però allà, en uns baixos d'un carrer prou gris i prou lleig, hi continuava havent la botiga Palau. Pelai, 34. Des de 1935. Si ell fos l'amo de can Palau segurament s'hauria inventat aquest eslògan: Pelai 34, des del 35.

–Això que vostè demana, n'hem sentit a parlar, però no ho hem tingut mai. Pensi que n'hi ha molt pocs. No vol un altre trenet? De locomotores de la Märklin li puc ensenyar tot això.

El dependent ja li volia baixar mitja dotzena de capses. L'Hugo Serra recordava l'amabilitat desacostumada dels venedors d'aquella botiga. De petit, el tractaven a cos de rei. Veia, per sorpresa seva, que tantíssims anys després el continuaven atenent amb una cura que ja no és habitual. Quan et trobes un dependent amable, l'abraçaries.

–No tregui res més, sisplau. No és per a mi. He de fer un regal a una persona que ja té trens i vies i estacions i em sembla que l'única cosa que li falta és el «Big boy».

–Bona tria. Però no és fàcil de trobar.

Tècnica perfecta de venedor. L'Hugo Serra ho va detectar a l'instant. Cal posar dificultats d'entrada perquè, encabat, el client doni més valor a haver pogut trobar allò que buscava.

–El «Big boy» aquest, què té d'especial?

–No ho sé gaire. Sé que era una locomotora americana, de la Union Pacific Railroad. I em sembla que la van fabricar durant la Segona Guerra Mundial.

El dependent, amb una bata blava com si s'hagués de tacar de greix, va teclejar l'ordinador. Mirava fixament la pantalla tancant lleugerament els ulls, per enfocar. Com el James Dean.

–Aquí ho tinc. Només en van construir vint-i-cinc, entre el 1941 i el 1945. Els va fabricar l'American Locomotive Company, per a la Union Pacific.

–Només n'hi ha vint-i-cinc a tot el món.

–De trenets, no. De rèpliques, no, no sé quantes n'hi ha. Van fabricar vint-i-cinc locomotores originals, aquí ho posa, bàsicament perquè necessitaven una locomotora de major potència de força de tracció sostinguda per salvar els desnivells de l'est de Utah, a les muntanyes de Wasatch. Per això hi van posar una caldera més llarga i quatre rodes motrius més petites, alimentades amb carbó.

–En podem trobar alguna?

–Ho provarem. Märklin diu que el seu model és igual, però a escala, amb les rodes petites, tot de metall, tot igual... És un gran model. Vol veure la foto?

El James Dean de somrís perenne va girar lleugerament la pantalla perquè l'Hugo Serra pogués mirar la locomotora anhelada.

–A l'ordinador em diu que Märklin ja no serveix aquest model. Però si em deixa uns dies, podem mirar si el podem trobar en alguna banda.

L'Hugo Serra va deixar la seva adreça de correu electrònic, va donar la mà al James Dean, va mirar el mostrador dels cotxes de Scalextric (quina passada el Ferrari del Fernando Alonso) i va perdre's en el brogit de Pelai pensant –ell tan vital, ella tan resignada– en els seus pares que al cel siguin. L'enyor, com les ones gegants, torna a batzegades. Quan menys t'ho esperes et rebolca i se t'endú, una estona, pena enllà.

De: Hugo Serra
A: Palau
Tema: Big boy

Responent al seu mail, els confirmo que sí, que m'agradaria comprar la locomotora «Big boy» de Märklin al més aviat possible.

Ja em diran quan la puc passar a recollir.

Gràcies.

No saps mai quina és la flaca d'un metge, però l'Hugo Serra Calcavecchia estava convençut que també ell, com tothom, tenia un preu. Per la seva experiència en els anys que duia en la indústria farmacèutica, el seu índex de persuasió rondava el cinquanta per cent. De cada dos metges, un pirata. Com a delegat bregat en el cos a cos des de feia anys, sabia que podia trigar dues visites, tres, quatre a tot estirar i, aleshores, en un determinat moment, el metge, com qui no vol la cosa, agafava el xec al portador de sobre la taula, el doblegava i, sense escarafalls, se'l ficava a la butxaca. En aquell instant, d'excitació dissimulada, l'Hugo Serra sabia que s'havia assegurat trenta tractaments. Mil euros a canvi de receptar trenta tractaments de Prodemax. Era el pacte.

L'Hugo Serra no se'n sortia amb el doctor Fran Lasorda. El director mèdic de l'Institut Stoner, psiquiatre clínic, l'havia escoltat, li havia agafat la literatura mèdica sobre el nou medicament, se l'havia estudiat, però no semblava disposat a demanar res a canvi. Si calia receptar el Prodemax, el receptaria. Si no, recomanaria al seu pacient que seguís un altre tractament, sempre el més acurat possible per llevar-li les angoixes o treure'l de l'atzucac. L'Hugo Serra, però, intuïa que l'honestedat del doctor Lasorda no era de pedra picada. S'ensumava que rere aquella aparença d'honestedat, hi veia els ulls de la temptació. A part de dues amants, la de matins i la de tarda, amagava alguna cosa. Calia tocar la tecla i, de moment, l'Hugo Serra no la trobava.

Una capsa de bombons a una infermera li va donar la pista.

–Saps si té alguna afició, el Lasorda. Saps si caça o juga a golf o...

L'Hugo Serra havia regalat un munt de putts i drives a metges que estaven enganxats al golf.

–El Lasorda? És un boig dels trenets elèctrics. Un dia ens va convidar a tot l'equip a casa seva perquè veiéssim el muntatge. Ho hauries de veure. Com un museu.

Col·leccionava trens. Els feia funcionar en una pista que s'havia muntat a les golfes de casa i, quan tenia deu minuts, es tancava a dalt, s'engegava la música de jazz per no sentir la salmòdia de la dona, i posava en marxa els trens que giraven, sense descarrilar mai, per tot un giny de passos a nivell, ponts i túnels que havia anat comprant i construint amb les seves mans.

L'Hugo Serra es va documentar mínimament i un dia, al bar de l'hospital, li va entrar per aquí. Parlava de trenets i locomotores com si en sabés. El Fran Lasorda, que fins aleshores semblava un sobre lacrat, va començar a agafar confiança amb l'Hugo Serra, no parava de xerrar d'amples de via, de catenàries i no va trigar a explicitar el seu somni. De sempre, hauria volgut tenir un «Big boy», la locomotora de vapor que el 21 de juliol de 1959 va arrossegar el seu últim tren. Era, precisament, el dia del seu naixement i per això li feia tanta il·lusió. Com si ell hagués de ser la reencarnació del «Big boy».

De: Hugo Serra
A: Dr. Fran Lasorda
Tema: Un tren que només passa una vegada

Benvolgut doctor Lasorda,

Em fa molt content poder-li dir que tinc una sorpresa per a vostè.

M'agradaria que em digués quin dia puc passar per la seva consulta de l'Institut Stoner i parlem, sense cap compromís, naturalment.

Ja em dirà. Quedo a la seva disposició. Gràcies.

—Aquests mails, d'on els has tret? –va preguntar la Raquel, amb ingenuïtat.

–Els has piratejat?

El Gratu pensava que a l'Agus i la Raquel els agradaria llegir aquells tres correus electrònics. I va trobar-se que s'esveraven.

–Creus que al Santana li agradarà saber que espies les converses privades de la gent?

–Espiar? Jo? En absolut.

–I això... –El Gratu va brandar els tres papers.

–Sempre podré dir que algú m'ho ha deixat en un sobre a la porta de la meva habitació.

–Però això no és veritat.

–Per què no? Algú podrà demostrar el contrari?

L'Agus –personatge sempre en mitja penombra– se'n feia creus. El seu llibre d'estil era tot un altre. Què carai, el nano aquest no n'era, de periodista, i a un paio bregat com ell li recaven les lliçons, les extravagàncies i les temeritats. La Raquel, una dona de formes calmades, pensava més en el que diria el Santana quan se n'assabentés que no en els seus propis dubtes ètics. Després de desfer-se la cua dels cabells i tornar-se-la a nuar amb la traça que només tenen les dones, es va posar en la pell del Dani.

–Però, què ens importa el que digui aquesta gent, i si compra un trenet o no sé què, si no sabem qui és l'Hugo Serra? Qui és, per cert?

No era l'alcalde de Barcelona. Ni tampoc l'amo de Palau.

–És un pervertidor mèdic.

–Un prescriptor mèdic, vol dir –va apuntar l'Agus.

El Gratu va tancar el Toshiba que tenia al damunt de les cames.

–I aviat serà el nostre ham.

21

Rebentaràs totes les audiències

L'Eva Bosch, quan trobava una pista, no s'estava per brocs. Es va presentar a l'Institut Stoner vestida d'uniforme, amb l'iPad a sota el braç, i va buscar el Dani Santana fins que el va trobar, al jardí terapèutic, llegint l'última novel·la de John Verdon.

– *Sé el que estàs pensant*?

–Molt bona.

–Me la vaig cruspir en un cap de setmana.

–La policia llegeix llibres de policies? No ho sabia.

–Com a criminòloga, sí. Aquest és interessant. Pensa un número de l'u al mil?

–...

–Digue-me'l.

–Quatre-cents quaranta-set.

–És el teu pin del Barclays Bank?

–És la data de naixement de la meva tieta. Ho sento. L'abril del 47.

El Santana va posar el punt al llibre i el va tancar. No li agradava que la policia sabés on tenia el compte corrent i que la intendent en fes aquesta demostració tan a la valenta.

–What's up?

–Hem estat mirant qualsevol rastre dels quinze dies abans de la teva agressió.

–De l'intent d'assassinat. Sí. –El matís no era fútil per al Santana.– I?

–Vull que miris això.

L'Eva Bosch va treure l'iPad de la funda de pell i el va obrir. Al Dani, sempre li havien cridat l'atenció les mans cuidades de l'Eva Bosch. A l'instant, van aparèixer les imatges que la intendent de la policia duia preparades.

–És un caixer de Barclays, de la Diagonal. Tretze dies abans que t'ataquessin al pàrquing.

–Ja ho veig.

–No és la teva oficina.

–Ja sé on és, gràcies. Ja em sé reconèixer.

–Sí, ja ho entenc. La pregunta és qui és aquest noi que t'acompanya?

–El meu nebot.

–Dani... Ho hem comprovat. Ets fill únic, no estàs casat. Tu no tens nebots. Per què treus diners i els hi dónes? T'estava atracant? Anava amb tu? De què coneixes aquest noi?

–Si vols que et sigui franc: no el conec de res.

–I li dónes mil euros? A la cadena del braç hi posa Òscar. Òscar què més?

–No ho sé. Et juro que no ho sé.

El Santana no sabia com sortir-se'n. L'havien intentat pelar a ell i era ell qui, amb aquell interrogatori, se sentia culpable. El Dani va prémer l'stop de les imatges i la pantalla va tornar al negre. Va decidir jugar fort.

–Mira, Eva, de la meva vida sexual no n'has de fer res, d'acord?

L'Eva, en el camí de la comissaria a l'Institut Stoner, s'ensumava que havia de ser una cosa així.

–Però t'asseguro, Eva –va continuar el Santana aguantant la mirada a la policia–, que no té res a veure amb aquest cas.

–De la teva vida sexual no n'he de fer res, tens raó. Ni que una tarda et costi aquesta morterada. –Va empassar saliva.– No n'he de fer res, a no ser que sigui amb un menor d'edat.

El Santana, de ferro colat, va preferir embolicar encara més la troca abans que dir la veritat.

–I si et dic que té més de setze anys? I que va ser consentit?

–Estimat Dani, a la meva feina he vist de tot. Ja no m'esgarrifa res, però, pels anys que fa que ens coneixem, deixa'm dir-te una cosa: de tu, no m'ho esperava. De tu, no.

La policia no va poder dissimular la seva tristesa. El periodista va alçar les espatlles, resignat.

–Esborra aquestes imatges, Eva. No m'agradaria veure-les al telenotícies.

La seva trobada amb l'Òscar, que ni volia ni podia explicar, havia començat de la manera més normal. Passa tres mil vegades al dia arreu del món: un desconegut assetja un famós pel carrer.

–Perdona, em pots firmar un autògraf?

El Dani Santana no tenia un no per a ningú. Li recava

haver-se d'entretenir, a peu dret, a buscar un bolígraf per alguna butxaca i escriure «Sort», amb un signe d'admiració, i firmar. Aquell jove que semblava que l'esperés a la sortida del gimnàs, a sobre, venia amb exigències.

–Posa-hi «Per a l'Òscar».

–Sisplau –va dir baix baixet el Santana.

Al Dani no li costava res fer feliç un marrec que ni tan sols havia mirat de reüll. El fotia, però, la mala educació. Mentre ell destapava el boli, el noi el va agafar a contrapeu.

–Vols informació boníssima sobre Historyland?

L'instint periodístic del Santana es va activar a l'instant. Aleshores sí que va mirar el jove que l'havia aturat. Serrell negre cap a una banda, prim, torrat. Un altre friqui, va pensar, i se'l va prendre de broma.

–Tens informació, tu?

–Boníssima, ja t'ho he dit. Saps què significa la M de Roberto M. Faura?

«Per a l'Òscar. Sort! Dani Santana».

–Té. –I va tapar el bolígraf.– Roberto Maria suposo.

–És la M de marica.

–Ja. I tu ho saps del cert.

–Jo me l'he tirat.

–Al Faura? Tu? No desbarris.

L'Òscar es va treure un llapis de memòria de la butxaca, en forma de robotet de Lego, i l'hi va posar a la mà.

–I això?

–Les proves.

–Les proves de què?

–Que me l'he tirat del dret i del revés.

–Va nano, va.

–Tinc cara d'inventar-m'ho?

El Dani el va tornar a repassar, severament. De cop i volta, li va començar a donar credibilitat.

–Són fotos?

–Gravat en vídeo –l'Òscar, molt segur de si mateix, semblava que no tingués dubtes.

–Tu has vist moltes pel·lícules, noi.

–Amb això rebentaràs totes les audiències.

–Depèn de què hi hagi...

–Et va bé el cul en pompa d'un dels homes més rics del món, a punt de ser sodomitzat?

–Per favor... –Li feia angúnia que algun passavolant de carrer sentís aquella conversa.– Si és el que dius, no es pot emetre.

–Hi ha moltes maneres de fer-ho córrer.

–Saps què és la intimitat, tu? La privacitat? L'ètica? Et sona la paraula ètica?

–I tu saps què és poder destruir l'home que es vol carregar el país?

–A costa de què, d'ensenyar un vídeo on surts tu, un menor d'edat despullat? Encara me les carregaria jo...

–Qui t'ha dit que hi surto? Et penses que sóc...

–No arribaràs gaire lluny fent xantatges. –El Santana el va interrompre sense embuts.– Has pensat que aquest home et pot matxacar?

–Tu només fas bones preguntes quan vas maquillat, Santana?

El nano sabia ferir. Allà, a peu dret, sense focus, sense guió i sense saber per què, el Dani va començar a fer una entrevista a l'enigmàtic marrec.

–Qui t'envia? És evident que això no ho fas sol...

–Per què no?

–Quants anys tens?

–No prous. Podem empurar el manito per sempre més.

–I tu què hi guanyes?

–Què hi va guanyar la gorda que es va tirar l'Strauss-Khan?

–Allò va ser un muntatge per fer caure el director del Fons Monetari, un home que anava directe a ser president de França.

–Un muntatge? Potser sí. Però se la va tirar. Amb set minuts es va tirar la dona de la neteja del Novotel i fora...

–I a tu, què et va caldre?

–Dues hores llargues i amagar les dents. –L'Òscar va veure el Santana esblaimat. El moment requeria una precisió tècnica.– Per no encetar-lo.

–Mira, noi, tot això em fa molt fàstic. Començant per tu.

–Un periodista a qui donen la notícia de l'any i no la vol? Felicitats, Santana, m'esperava més de tu.

L'Òscar va fer per marxar, arrencant el llapis de memòria de la mà del Dani. El Santana, instintivament, va cloure el puny. Tots dos van intuir, amb aquell gest reflex, que hi podia haver un punt d'interès mutu.

–Com puc saber que no m'estàs aixecant la camisa?

–Vols saber quin dia és col·locarà la primera pedra de Historyland?

–No et passis de llest. –La mà nerviüda del Dani havia retingut el petit robot de verd de Lego.– Tothom sap que encara no hi ha data.

–El 19 de maig. He brindat amb el Faura per això. Què més vols saber?

El Santana buscava contradiccions, algun titubeig en el jove misteriós.

–I digue'm, per què jo? Per què m'ho passes a mi?

–Perquè li he preguntat al meu pare quin era el periodista menys imbècil de tots.

El Dani Santana no suportava que el raspallessin. Res no el treia més de polleguera que el fals elogi. Va fer un silenci llarg. Sabia que, com qualsevol entrevistat, el noi tard o d'hora continuaria xerrant. I l'Òscar, per més murri, per més fatxenda, per més altiu que fos, que ho era, no en va ser una excepció.

–M'han dit que tu fas programes atrevits. Alguna vegada t'he vist al *Crònica 10*. Quin dia ho fas?

–Els diumenges. Cada diumenge a la nit.

–Per això el veig poc. Normalment estic follant.

El Santana va fer com si no hagués sentit la fantasmada. Certament, el to i la desimboltura del noi estaven fora de qualsevol paràmetre.

–Ho veig tot molt estrany. Què en vols treure tu, de tot això?

–Si m'ho compres i m'ho pagues ja en tinc prou.

El Dani, aleshores sí, va deixar anar el robot de memòria.

–Amb mi t'has confós, guapet. Encara has de menjar moltes sopes per entendre com va això.

Quina ràbia li va fer a l'Òscar que un altre home més gran que ell, per perdonar-li la vida, li tornés a dir «guapet». Quina malícia.

–Per dos mil euros és teu.

–Va home, va... Dos mil euros.

–Per la meitat.

–Ell sap que l'has filmat?

–Tinc cara de tonto?

–Acompanya'm al caixer. N'hi ha un aquí a la vora.

Aquell vespre, a última hora, el Dani va tornar trasbalsat a la redacció. Va tancar-se al despatx, va mirar les imatges a l'ordinador i, amb pocs segons, en va tenir prou. El Faura, de quatre potes, es reconeixia perfectament. Ni tan sols es va fixar que, amb la depilació concèntrica, ara sí ara no, semblava el cul d'una zebra. Va prémer l'stop. Va fer passar la Raquel al despatx i, embalat com anava, li va demanar que l'endemà, sens falta, s'encarregués de fer una cosa. Va treure el pendrive de l'ordinador i el va deixar sobre la taula.

–Que mono –va saltar la Raquel en veure aquell robot petit de color verd–. Me'n faria un clauer.

–No en fotràs res. Ni miraràs el que hi ha dins. Promete'm que mai no miraràs què hi ha dins.

L'encàrrec va ser precís. Havia d'agafar el llapis i anarlo a dipositar en una caixa de seguretat d'una entitat bancària que ella obriria al seu nom. Ell ni tan sols volia saber en quin banc ho guardaria.

–I no me'n diguis mai més res, sents?

Les instruccions del Dani continuaven. Clares, taxatives. D'una rotunditat desacostumada. Tal vegada per suavitzar el que anava a dir, potser per no fer-la patir, es va aixecar i li va fer un petó als llavis.

–És molt important, Raquel. Si la dinyo així, de mort natural, deixes que el llapis es podreixi allà dins. Només si em pelen ho pots mirar. Ho has entès, oi?

La Raquel, preocupada, ni va notar el petó. L'endemà, tal dit tal fet, dissimulant el trasbals, es va posar el seu vestit jaqueta més elegant i se'n va anar a les torres negres. Hi va llogar una caixa de seguretat. Va triar la mida petita, com de capsa de sabates. Hi sobrava espai pertot arreu. Si fa no fa, va pensar, com a la seva vida.

22

Agressiu com un buldog

L'Antonio, així que va pujar a l'autobús amb la granota blava i les botes negres, va fer els tres esternuts de cada dia. Durant les vuit hores a la fàbrica, entre cubetes, màquines i àcids, no n'havia fet ni un. En canvi, tan bon punt s'asseia en l'únic lloc de l'autobús que tenia calculat que li cabien les cames, s'havia de mocar amb estrèpit. L'Aura sempre li havia dit que anés al CAP, que devia ser una al·lèrgia i que estaria bé saber què li produïa aquella picor al nas, irrefrenable. De Sant Adrià a Sant Andreu, tot just havia de fer quatre parades i, quan baixava, ja no tornava a esternudar fins l'endemà. L'Antonio, a quarts de tres del migdia, no tenia cap pressa per pujar a casa. Des que l'Aura s'havia quedat sense feina i s'estava tantes hores al pis, trobava que la seva dona estava gemegaire, irascible i de seguida plorava per qualsevol bagatel·la. Com de costum, es va aturar a la bodega de la cantonada a fer una Estrella ben tirada, amb poca escuma i amb la copa glaçada. Amb tres glops l'havia deixada seca.

A la porta de casa, el va estranyar que hagués de fer la doble volta de clau. I el va sorprendre, encara més, que en entrar hagués de palpar l'interruptor perquè tots els llums estaven apagats i la persiana –de l'únic finestral– abaixada.

–Hola? – va cridar, no fos que l'Aura s'hagués tancat al lavabo.

No va respondre ningú. Era com si un follet pencaire hagués passat a fer dissabte i hagués llençat la meitat de les coses. La casa, però, no només estava endreçada. L'Aura havia deixat una carta al damunt de la taula. Perquè l'Antonio la veiés al primer cop d'ull, havia deixat el sobre recolzat a la fruitera, que feia de cavallet. L'Antonio, que de seguida va lligar caps, es va col·lapsar i li començava a faltar l'aire. «Això no em pot estar passant a mi». Va asseure's al sofà amb el sobre, va respirar fondo i va llançar-se de cap a la sorpresa que l'Aura li havia preparat.

Una carta, escrita a la seva manera. Amb paraules senzilles, amb ganes de burxar i amb frases que, de tantes coses que volien dir, potser no s'entenien gaire. L'Antonio també la va llegir a la seva manera. Amb dificultat, a poc a poc. I cagant-se en Déu. I en l'Aura. Amb el sobre estripat sobre les cuixes i amb la carta a la mà. Més o menys, va entendre el que li deia.

Antonio, no puc més. Marxo. Me'n vaig. Me'n torno amb la meva mare. Amb vint-i-vuit anys és humiliant tornar a casa, però amb ella estaré millor que amb tu. No et perdonaré mai, mai, que em posessis la mà a sobre. T'havia avisat. I no em diguis que no. Cada cop que bevies més del compte, o que anaves directament mamat, i m'aixecaves la mà et deia si mai em pegues, fotré el camp de casa. Doncs ja ho tens. Adéu. I ara mateix em fas tanta por que no t'ho he pogut dir ni a la cara. Estic segura de com t'ho prendràs de malament, i no et vull tornar a veure colèric com les últimes setmanes, ni agressiu com un buldog. I per això t'escric aquesta carta. Per acomiadar-me, perquè te n'assabentis i per dir-te que no puc més de tu. No puc més dels teus costums prehistòrics ni de la teva vida. Dormir i roncar. Les cerveses i els pets. O remugues o rondines. I a sobre haver-ho de fer tot jo perquè tu sempre vas molt cansat, perquè tu treballes molt i perquè tu tens quaranta anys. Doncs, com estaràs als seixanta? Per sort, ja no et veuré. Antonio, desenganya't, no és una qüestió d'edat. No fotre mai ni l'ou és d'un morro que te'l trepitges.

Una cosa sí que te l'admeto. Potser no tot va ser culpa teva. Em vaig equivocar en una cosa. Mai de la vida t'havia d'haver explicat què va passar amb el client del massatge. Si les coses entre nosaltres dos ja no anaven, perquè aquí a casa ja no anaven, ni bé ni malament, a partir d'aquell dia van anar pitjor. Sempre pitjor. Ell em va forçar i tu vas dubtar de mi, i em vas dir coses molt fortes. I això, no t'ho perdono. Per culpa del Cardelús em van fer fora de la feina i tu, en comptes de fer-me costat, només pensaves com t'afectava a tu. Sempre tu. Ets, t'has tornat un egoista. Un egoista sense ambició. Un pocapena. I deixa'l estar, el Cardelús, que t'has obsessionat amb aquest home. El que vas anar a fer al seu despatx és de tarat. Fas el ridícul, fots pena i ets patètic. I jo ja no vull estar amb algú així. Sóc massa jove per florir-me al teu costat.

Antonio, t'aviso. Si em busques, si em véns a trobar, et denunciaré. El dia que em vas fotre l'ull com una esbergínia em vaig fer fotos amb el mòbil. Amb una vegada n'he tingut prou. Puc tenir molts defectes, jo, però la mà a sobre no me la posa mai ningú. Tu, a mi, no em tornes a cascar. Maltracta qui vulguis, però a mi no. Si el meu pare fos viu. Si no he dit res fins ara a la policia és perquè suposo, en el fons, que sóc massa bona tia, o massa burra, i no et vull perjudicar. En aquests set anys, en el fons, hem tingut coses bones, només faltaria, com totes les parelles i a la nostra manera, ens hem estimat. Ara ja fa massa temps que no. Estimar, fins i tot em fa com fàstic ara escriure aquesta paraula relacionada amb nosaltres. No em toques, ni ganes, i millor que sigui així. Jo també he acabat el sexe amb tu, i potser era la cosa que. Ara no. Quants diumenges feia ja que no follàvem? Ni ganes. El dia que em vas dir que el meu cul cel·lulític et feia fàstic, tal qual, t'hauria matat. I em vaig jurar que no em tornaries a follar mai més. I l'endemà em vas negar haver-ho dit. Com sempre. Com sempre que beus fas les barbaritats més grosses i l'endemà dius que no et recordes de res. Potser algun dia tindré un bon record de tu, i de nosaltres com a parella. Ara mateix, no. No pot ser. He d'agafar distància. Ara et semblarà, segur, que em necessites i que em trobes a faltar molt. No t'enganyis. Tu només trobes a faltar les cerveses quan hi ha la nevera buida i les trompes del divendres a la nit. No cal que em truquis. Ni m'enviïs missatges. Ahir em vaig canviar de mòbil i de número. Ja veuràs que he recollit tota la meva roba. La resta de coses les vindré a buscar quan estiguis treballant. Ho sento, però tu t'ho has buscat. Que et quedi clar, però, que no et desitjo res dolent.

A sobre... Només faltaria.

D'una puntada, amb les botes fortes de la fàbrica, l'Antonio va rebentar la fòrmica del moble de la cuina. Va maleir l'Aura. La va insultar. A ella, a sa mare i a tots els seus morts. Va cagar-se en els anys que havia perdut al seu costat i, com quan era un nen que trinxava les joguines per veure-les per dintre, es va deixar caure a terra, escampant la ràbia a brams. Amb el cap entre les cames i amb les mans sobre els cabells bruts, de tot el dia a la fàbrica d'acer inoxidable, es va compadir d'ell mateix i del que quedava de la seva ànima corcada. Com collons pagaré el lloguer d'aquesta merda? I ara, què collons fotré? M'ha deixat tirat la molt filla... Encara no s'adonava que, als quaranta, s'hauria d'espavilar i posar-se a cuinar, i a rentar i comprar i a buscar-se la vida. I no són agressius els buldogs, imbècil. Mai no has tingut ni idea d'animals ni de gossos.

Des de terra, rabiüt, va llançar dues coces més a l'armari esventrat. El joc de cafè –tassetes i platets de quan van anar a viure al cau de Sant Andreu– va quedar esmicolat.

Al cap de mil anys, quan l'Antonio Mallenco va haver recuperat la respiració i s'havia jurat pels seus ous que no se li escaparia ni una llàgrima més, es va aixecar, va obrir la nevera, en va treure tres cerveses i es va deixar caure al sofà. Per un dia no va encendre la tele. La fantasia creixia a glops. Quan se li va acudir la venjança, es va espantar ell mateix.

23

L'ÚLTIMA PIPADA ABANS DE L'EXECUCIÓ

Va pensar que, a primera hora, el Dani Santana encara seria a l'habitació acabant-se d'afaitar. A la 208, però, no hi havia ningú. Només hi quedava la conductora dels matins, a la tele, que parlava sola. Explicava, amb l'ajut d'un infogràfic, quines eren les diferents hipòtesis que considerava la policia sobre l'explosió de dos artefactes a la recta de meta de la marató de Boston. Dos morts. Innocents. Una altra matança americana. Ho posava el rètol de la pantalla.

Va baixar a la cafeteria de l'Institut Stoner pensant que, tal vegada, el trobaria llegint la crítica de televisió de l'*Ara*. A l'hora punta d'esmorzars, hi havia un xivarri carregós, la màquina de cafè rondinava sense parar i l'olor de pa torrat no aconseguia tapar la fortor d'haver fregat les rajoles del terra amb un motxo que feia massa dies que s'hauria hagut de jubilar. La Raquel va sortir a la terrassa del bar, però tampoc no hi va trobar el Dani. Només hi havia quatre infermeres que, a peu dret, esgotaven les cigarretes com si fos l'última pipada de la seva vida abans de l'execució.

I al gimnàs? A la Raquel no li constava que el Dani tingués recuperació, ni tampoc hora de fisioteràpia amb l'Èlia. Però hi va anar igualment, per si de cas. Aquell matí tenia moltes ganes de trobar el Santana i explicar-li que tot el que li havien demanat ell i el Gratu, ja ho havia aconseguit. El domini nomeselsfets.com ja era seu, ja tenien l'empresa creada i amb el senyor Montero, el gestor de tota la vida, havien fet un contracte a l'Agus Maldon perquè no estigués en fals.

Hi va entrar amb respecte. Sense fer soroll. Tal com deia en una noteta mecanografiada al costat de l'interruptor, va acompanyar la porta perquè, en tancar, no petés. A la sala, amb el llum apagat, només hi entrava la claror pels finestrals. Al fons, en una de les lliteres de massatge, hi va sentir la tos matinera del Santana que parlava amb una dona. El cortinatge blau, corregut, els aïllava visualment de la resta del gimnàs. La Raquel anava a dir bon dia, amb un crit fort perquè sabessin que era allà i per no incomodar. Un sisè sentit, però, la va retenir i va quedar-se a prop de la porta, palplantada, sense dir res.

El Dani i l'Èlia reien. Es burxaven. Xerraven d'unes banalitats que la Raquel va considerar que no feien per a ell.

–Passa un àngel, has vist? Bufo?

–Sempre que en veig un volar així penso que amaga un personatge encantat. Bufa, bufa...

–A tu et venia l'angelet quan et queien les dents?

Parlava en un to cursi que no solia tenir. Ni amb ella ni amb ningú.

–Jo era més de Ratoncito. –Van riure.– Sabies que la història del Ratoncito Pérez surt d'un conte?

–Ni idea.

–És un conte de Luis Coloma. El va escriure expressament per al rei Alfons XIII quan tenia vuit anys i li devien caure les dents.

Ridícul, pensava la Raquel.

–A mi m'agrada més com ho fan a França. Els nens posen les dents sota el coixí i els ve la *petite souris*, una fada convertida en ratolí.

No era ell. No semblava el Santana que coneixien els espectadors, amb aquell posat seriós, rígid, encorbatat, que en tenia prou d'arquejar una cella per espantar els entrevistats. Pel que sentia la Raquel a l'altra banda de la cortina (i a fe de Déu que s'hauria estimat més no escoltar-ho), el Dani i l'Èlia eren dos adolescents de platja que, amb l'aigua fins als genolls, juguen a esquitxar-se. Era la càndida xarbotejada de minuts abans del primer petó. O potser tenien l'alegria enjogassada de l'endemà de fer-se'l després de molts dies de desitjar-ho.

–Tens el cos ple de piguetes...

–Tinc cops amagats. Em fan més interessant, o no?

–Et fan més vell.

–Més expert.

El silenci va ser el preludi de la tamborinada. L'Èlia, entresuada, va fer al Dani la pregunta en l'instant més inoportú.

–Recordes quan em pensava que estaves casat amb la Raquel?

–No entenc com et vas poder confondre... –I en aquell

refotut moment del matí, de la boca pastosa del Dani Santana, embafat per tot el sucre de la conversa, van sortir les sis paraules que més s'hauria hagut d'estalviar de la seva vida.– No serà ella qui em caci.

La Raquel, petrificada, no s'ho podia creure. «No serà ella qui em caci». Quina ofensa. Quina injustícia. Li va doldre més que si li haguessin donat una pallissa. I la tocaire de l'Èlia, cortina enllà, vinga riure. I el Dani, com un babau, rient d'aquella manera tímida que té ell que, si no li veus la cara, no saps si riu o si plora. La Raquel no sabia si girar cua i marxar fotent un bon renec perquè sabessin que els havia sentit, o arrencar la cortina d'un rampell i dir-los jo no seré qui et caci, d'acord, ni ganes, però aquesta massatgista d'hospital, que l'acaba de deixar el marit i que l'únic que vol de tu és un polvo amb un famós per rescabalar-se de les banyes que porta, tampoc serà qui t'atrapi. Ni ella, ni ningú. Ni ella ni ningú, perquè tu, Dani Santana, no pots estar amb cap dona. Saps per què? Perquè només t'estimes a tu mateix. Només penses en tu mateix. Només t'importes tu. La resta, els homes, les dones, els càmeres, els regidors, els guionistes, som tots uns camàlics al teu servei. Tu ets l'abecedari, amb lletres lluents, polides, perfectes, i nosaltres només som els signes de puntuació. De tant en tant et convé una coma, de tant en tant, un signe d'admiració. Oh, que bé, m'has deixat que per unes hores sigui un signe d'exclamació a la teva vida. Gràcies, Dani, als teus peus. Com quan véns a casa els divendres a la nit perquè no tens ningú més amb qui anar. I encara t'hem d'estar agraïts que ens deixis ser un punt i coma. I tots hi caiem de quatre potes. En saps tant, d'engalipar, Dani... En saps tant, de seduir, quan vols, com quan mires a la càmera amb aquells ullets d'ara veureu que bo que sóc. Saps per què només t'importes tu? Saps per què? Perquè el Dani en realitat no el coneix ningú; ni tu, perquè no existeix. Tu només ets el Santana. Un personatge trist que no s'agrada, que no s'aguanta, que va haver de practicar hores i hores davant del mirall per aguantar-se la mirada de la vergonya que té de veure's a si mateix. Però si a l'Èlia li agrades així, endavant, no hi tinc res a dir. Vaja, ja s'ho trobarà. I si voleu fotre un clau, això sí, no ho feu aquí al gimnàs, per favor, que de seguida entrarà gent i us farà cosa sortir d'aquí dins amb la tovallola encarcarada. I, sobretot, si voleu fotre un clau, aneu amb compte, que no veig que la columna vertebral del Santana estigui per gaires alegries. Que no fos que t'hagin de tornar a enguixar. La polla, t'haurien d'enguixar una temporada...

La Raquel, però, ni va arrencar a córrer ni els va descobrir la seva presència. Tampoc no els va muntar aquest gori, per més que es moria de ganes de fer-li tots els retrets, l'un darrere l'altre. No va bellugar ni una pestanya i, com una espia involuntària, va continuar escoltant la conversa entre l'Èlia i el Dani fins a tenir la certesa absoluta que no era el primer dia que es lliuraven l'un a l'altre. Del comportament del seu cap amb les dones ja no la sorprenia res, però, en aquest cas, no s'esperava que es tornés a emmerdar.

L'Èlia li va explicar que, quan et separes, les coses canvien d'un dia per l'altre. Les certeses que et pensaves que ho serien per sempre deixen de ser-ho; et canvien les seguretats i els topalls. Sense demanar indulgència, l'Èlia li feia l'inventari de com varien les rutines, els rituals i els costums. Deixes de comentar-ho tot amb la mateixa persona i, al cap del dia, te'n passen moltes que no tens ningú amb qui decidir si blanc o negre, si blat o ordi.

La Raquel pensava ara el Dani li dirà que ell també està separat, que amb la Bet ho van deixar córrer molt d'hora quan ell, en un acte de sinceritat insòlit, a mig camí entre l'egoisme i la por, li va manifestar que no s'atrevia a tenir fills. Però, no. Ell callava i deixava que l'Èlia continués amb el relat, a la menuda, d'una nova vida que li havia arribat de sobte i que s'hi havia d'anar acostumant. Era un dol, tal com l'havien advertit totes les seves amigues fins a l'exageració. Un dol, sí, i una barrabassada econòmica. Des de la separació de l'Ignasi Sicília s'havia d'estar de moltes coses. No era, ja, haver-se quedat sense cotxe i haver de pagar la mensualitat sencera de la hipoteca del pis del carrer Sepúlveda, que era una picossada molt important. Canviava molt d'anar a mitges que haver-ho de pagar tot tu, de la teva butxaca. Amb els dos sous, de cap de fisioteràpia de l'Institut Stoner ella i de psiquiatre clínic l'Ignasi, encara podien estalviar alguna cosa. A més a més, l'Èlia, que anava embalada explicant detalls que no calia, va confessar que el seu marit, gairebé cada mes, arribava a casa amb més diners dels que tocava. Amb les propines que li pagaven per receptar segons quins productes, pràcticament li doblaven el salari.

El monòleg, de cop i volta, va començar a interessar al Santana.

–Què vol dir que duplicava el sou?

–Que si cobrava dos mil cinc-cents, arribava a casa amb gairebé cinc mil. Duplicar, ves...

–Però com li pagaven?

–Ai, Dani, jo què sé. Amb talons, suposo...

–Recordes el nom?

–De què?

–Del medicament. O del laboratori...

–No ho sé. És que n'hi havia més d'un. Tothom volia que receptés les seves pastilles.

–I el teu marit què feia?

–Cobrava de tots, em sembla. No ho sé, no en parlava gaire.

–Et sona Prodemax?

–Jo pels noms... I tots aquests medicaments tenen uns...

–XAK Farma? Són uns laboratoris.

–No ho sé, Dani. Però podria ser...

El Fran Lasorda va entrar al gimnàs. El director de l'Institut, en obrir la porta tan decidit, va espantar la Raquel.

–Bon dia! –va cridar el doctor mentre, d'esma, encenia el llum dels fluorescents.

–Bon dia! –va respondre l'Èlia amb la mateixa energia des de l'altra punta del gimnàs, més enllà del cortinatge.

Encara no s'havia tancat la porta que la Raquel ja havia sortit, rabent, com si no fes deu minuts que era allà clavada. Se'n va anar com si no hagués sentit res, com si aquella conversa no hagués existit. Com si no s'hagués adonat que el Dani ja es devia estar tirant la seva fisioterapeuta. Com si no li sabés greu. Feia el cor fort i se'n sortiria, com d'altres vegades. Aquell «no serà ella qui em caci», però, la martellejava.

24

El dimoni a vegades va amb corbata

Ho havia discutit algunes vegades amb Doña Elvira. L'infern, a parer del Roberto M. Faura, no era més que una enganyifa infantil, una manera d'espantar, una amenaça per obligar-te a fer el políticament correcte, allò socialment convingut o el catòlicament establert com el bé. L'infern, va sentenciar, és el gran xantatge que la religió s'ha tret del barret.

–Si no saps ni què és Déu, com vols saber què és l'infern? –li havia etzibat la seva dona.

El Bobby Faura, que com a gran empresari de la tecnologia era més de tocar de peus a terra, podia arribar a creure en un ésser superior, creador de l'univers i de la vida, o en un Déu que havia engegat el gran motor de tot plegat o, fins i tot, estava disposat a creure en un Déu que determinava el destí de cada persona. («Faci's la vostra voluntat així en la terra com es fa en el cel»). Però no es podia imaginar, de cap manera, que uns diables amb cua anessin coent el destí maligne de les persones.

No s'ha de confondre el dimoni amb un mentider compulsiu, deia. No s'ha de confondre el dimoni amb un lladre de coure. No s'ha de confondre el dimoni amb algú que es desviu per l'ull per ull. No s'ha de confondre el dimoni amb un camell, que potser s'ha posat a vendre droga perquè no ha tingut més remei. El dimoni a vegades va amb corbata, a vegades du el davantal de cuiner, a vegades és una dona que els caps de setmana dóna canvi en una cabina d'un peatge i, quan surt de la gàbia i arriba a casa, maltracta la seva mare. A vegades un dimoni és una estrella de la BBC, com Jimmy Savile, que durant anys i panys podria haver abusat d'unes tres-centes nenes que anaven a concursar al seu programa. Què me'n dius del Jimmy Savile? Algunes tenien vuit anys. Com si en tinguessin deu o dotze. O catorze. Tant se val. El monstre ho és menys segons quina sigui l'edat de la víctima?

–On era el teu Déu quan Jimmy Savile tocava totes aquelles nenes? –la pregunta de Bobby Faura, feta sense deixar de llegir el diari, no va trobar resposta en Doña Elvira Herrero.

«There is a devil loose» era una frase que, de tant en tant, com una fuetada, al Bobby li venia al cap. Era una màxima que li havia sentit a Geraldo Smith i l'hi havia quedat gravada per sempre.

Una nit, a la casa de Miami, una vil·la neoclàssica amb un jardí afrancesat que en plàcid pendent arribava fins a l'oceà, Doña Elvira i el seu marit, cadascun a la seva butaca alta, miraven la televisió i compartien un whisky en una copa balloon, amb aigua i sense gel. Ella havia posat un canal que coneixia bé: a qualsevol hora del dia i de la nit, hi sortia un telepredicador o un altre, esbombant la paraula de Déu i passant el platet a través d'un telèfon gratuït que apareixia repetidament a la pantalla. Aquella nit els tocava un pastor llatí, cepat i gros, amb una americana encreuada de botons. Tenia el do de l'oratòria: entonació, fluïdesa, gesticulació i sentit de la pausa. Geraldo Smith sabia emfasitzar allà on tocava, lluïa un vocabulari ric i, per damunt de tot, posseïa allò imprescindible per comunicar, el domini del silenci. Doña Elvira el coneixia bé de moltes hores d'escoltar-lo. Li agradava el que deia, com actuava i la seva clenxa repentinada. Galtut i amb papada de granota, el predicador anava amunt i avall de l'escenari i tant parlava amb una senyora del públic –participatiu, entregadíssim a la causa– com es plantava davant de Jesucrist clavat a la creu i, mirant-lo reptadorament als ulls, deixava anar una pregària que encenia tots els espectadors fins a posar-los drets. Aquells homes i dones de totes les edats i colors que omplien la platea acabaven aplaudint compassadament, i es deixaven anar ballant davant de les seves cadires, amb els braços caiguts i els ulls tancats, talment com zombis. O com si s'haguessin fumat tres porros i ja no poguessin ni amb la seva ànima anestesiada.

–There is a devil loose.

Ho deia i ho repetia tot amb un somriure creïble i les dents molt blanques. De cada tres frases de Geraldo Smith, dues eren en anglès, l'altre en espanyol. Anava d'una llengua a l'altra amb la facilitat de qui respira. Però «there is a devil loose» ho deia sempre en anglès. Deixava anar l'advertiment i després ho argumentava. El dimoni pot ser una temptació, deia. El dimoni són els cants de sirena que Ulisses no volia escoltar. Del dimoni al calvari només hi ha dos graons. Hi ha un dimoni que ronda.

Ningú sap on és. «There is a devil loose». Ningú sap en quin moment apareixerà. Si el diable hagués tret el nas en aquell moment, Doña Elvira se l'hauria perdut perquè feia estona que feia capcinades. La salmòdia de Geraldo Smith havia pogut amb ella. El Roberto M. Faura, que s'havia mantingut despert mirant d'esbrinar per quins mecanismes del cervell la gent passava de veure el programa a trucar i fer una donació per a aquell xarlatà de fira, va arribar a dubtar, abans de la segona trobada, que l'Òscar potser fos el dimoni errant que vaga, amunt i avall, escampant el mal. La informació –i les fotografies– que li havia passat el Javi Cardelús no li havien agradat gens. Però igualment es moria de ganes de veure'l, de repetir les porcades del primer dia i, encabat, mirar-lo cara a cara, i que li digués que era mentida. O que tingués una explicació convincent.

El Bobby Faura l'esperava a l'habitació de l'hotel, en una suite normal, sense la memorabilia dels Beatles. Tampoc tenia els nervis del primer dia. Ja sabia a què anava i, més o menys, què s'hi trobaria. L'Òscar ja no el podria sorprendre gaire més i ell, a diferència de la primera trobada, havia de portar les regnes de la situació. I, a més a més, el Bobby portava un roc a la faixa.

L'entrada de l'Òscar a l'habitació de l'Avenida Palace va tornar a ser desbocada. Als cinc minuts, encara vestits, ja havien tacat la moqueta. A la mitja hora, i sense condó, ja havien registrat tot l'actiu i tot el passiu. Al cap d'una hora, l'Òscar ja no el tenia per on munyir. El Bobby, escurat, va descansar estona per pensar com una de les primeres fortunes del món i un gigoló menor d'edat havien d'encetar aquella conversa. Es va alçar del llit, i abans d'anar-se a rentar les mans i la cara amb la porta del lavabo oberta, es va posar els calçotets.

–Vestim-nos. Tinc pressa.

–Vés-te'n tu. Jo em puc quedar una estona més aquí, oi?

L'Òscar, nu sobre els llençols, no tenia cap intenció de llevar-se. Mirant al sostre, notava que el Bobby Faura s'anava cordant els botons de la camisa davant d'un mirall de mig cos. Es va apujar la cremallera amb la decisió dels homes satisfets de si mateixos. Per arribar a cordar-se les sabates, en canvi, es va haver d'asseure als peus del llit.

–Tu, Òscar, saps qui és el Dani Santana?

–Qui?

–Santana, m'han dit. Dani Santana.

L'Òscar, que sempre en tenia una per dir, va dubtar dos segons abans de respondre. Dos segons que li van semblar quaranta.

–És un que fa un programa a la tele.

–El coneixes?

L'Òscar va començar a témer que aquell interrogatori no era casual. El Bobby volia jugar les seves cartes guardant-se el trumfo, si convenia, per al final de la partida. En aquell moment, la panxa li impedia fer-se el llaç dels cordons amb facilitat. Amb penes i treballs arribava a les sabates.

–Poc. Algun diumenge, si no fan re millor, a vegades el mira el meu pare.

–M'ha convidat al seu programa. El Cardelús m'ha dit que hi hauria d'anar...

–Qui és el Cardelús?

–El meu director de comunicació. El Santana vol parlar de Historyland.

–No hi vagis. Et destrossarà.

–A mi?

El Bobby Faura va riure com l'Òscar no l'havia sentit mai.

–El meu pare diu que és bo entrevistant, que no té compassió...

–Jo tampoc en tinc.

–No ho sé. No hi entenc. Potser és amb els polítics que s'acarnissa més. –I aleshores, sense saber per on cauria el xàfec, però notant que estava a punt de descarregar, l'Òscar va decidir prendre la iniciativa. Es va asseure al capdamunt del llit i va passar a l'atac.– Fa gràcia que em preguntis per ell. Saps per què? Per què abans d'ahir me'l vaig trobar pel carrer.

–A qui?

–Al Santana aquest.

El rictus del Roberto M. Faura havia deixat de ser amable. També es va asseure al llit, amb la cara a dos pams de l'Òscar, que no semblava espantat.

–No ho he entès bé. –I va passar a remarcar molt les síl·labes.– Te'l vas trobar o el vas anar a trobar?

–M'has fet seguir?

–M'he de sentir malament, potser?

–M'has fet seguir, marica de merda?

–Tu creus que me n'aniré al llit amb algú i no prendré precaucions? Tu creus que jo deixaré que me la mengi un nano i no voldré saber qui ets? Et penses que em jugaré la carrera, el prestigi i els negocis per passar dues hores amb tu?

–Jo què sé. Me'l vaig trobar pel carrer.

–I uns collons. –El Bobby va prémer les dents. I, sense obrir la boca, va repetir:– I uns collons. Què li vas explicar de mi?

–Re. El que parléssim ell i jo no t'importa.

«There is a devile loose». Maleït Geraldo Smith.

–Que què li vas explicar de mi? –va fer el gest com per prémer-li els ous.

–Re de res. –L'Òscar, àgil, se'n va escapolir saltant del llit.

–Què li vas donar? Què hi havia al llapis de memòria? Vols que t'ensenyi les fotos?

–Hòstia, tio. Deixa'm en pau.

–Les vols veure, oi?

–Quin control. Així és com has arribat a ser un dels homes més rics del món?

De dins d'un sobre de bombolles, que portava amb els diaris plegats, en va treure dues fotos. N'hi va tirar una sobre el llit. Es veia com l'Òscar donava un llapis de memòria de color verd al Santana. La foto estava disparada de tan lluny que no s'arribava a veure que era un robotet de Lego. El Santana, presumit, sempre pendent de la seva imatge, no s'hauria agradat. Havia sortit amb els ulls tancats.

–Ah, era això el que et feia patir? –L'Òscar va fer un somriure nerviós.– Uns contes. He escrit uns contes i li volia deixar llegir perquè em digués què li semblaven.

–Tu, a la teva edat? A qui vols enganyar, guapet?

–T'ho prometo. Són històries inspirades en un periodista com ell i li vaig demanar que se les llegís i em digués si creia que les podria publicar. No podia portar-li cent vint fulls impresos i vaig pensar que amb el document de Word li seria més fàcil de...

El Bobby Faura, com si sentís ploure, va tirar l'altra foto sobre el llit.

–I li va agradar tant la història que ja te la va comprar? Et penses que em mamo el dit? –Va assenyalar la segona fotografia.– Per què vau anar al banc a treure diners? Quina informació li has passat?

–Quina vols que li hagi donat si no en tinc cap? T'ho juro per la mort de la meva mare que li vaig passar els meus contes. Vols saber el títol?

–No.

–Va de... De com els taxistes reparteixen droga a domicili i un periodista que els té ben posats, com el Santana, ho investiga. Cada conte és la història d'un taxista diferent. Però tots treballen per a la mateixa xarxa.

–Molt interessant. –El Bobby, amb l'americana posada, va recollir el sobre, les fotos i el diaris.– No en vendràs ni un, Òscar.

–El proper dia que quedem, si vols, te'ls porto. Cap problema.

–Sí que hi ha un problema, Òscar, encara no ho has entès? Escolta bé el que et dic perquè només t'ho diré una vegada: no hi haurà proper dia.

25

Un pacte de fe

Tenim que hi ha metges pirates; tenim metges que porten un ritme de vida molt per damunt del que els pertocaria pel seu sou; tenim que hi ha delegats mèdics dels laboratoris farmacèutics, o visitadors o digueu-n'hi com us roti, que estan disposats a comprar una locomotora elèctrica de col·leccionista a Alemanya per convèncer un metge d'aquí que ha de receptar el Prodemax; tenim que aquí li recepten Prodemax al més pintat.

El Gratu, amb l'ordinador sobre les cames, els llegia l'inventari dels indicis i les informacions que havien anat recopilant d'aquí i d'allà.

–O sigui, no tenim res. –L'Agus Maldon va donar a l'equip un bany de sinceritat.

–Som «nomeselsfets», però, de moment, de fets, més aviat pocs –la Raquel, de tarannà positiu, des de feia uns dies tenia l'humor girat. Veure el Santana enfitat de l'Èlia, adonar-se com treia aquells ulets bullits, la fregia fins a arribar a límits mai no explorats per ella.

El Dani, encaboriat, no havia sentit cap dels socis del seu equip. N'hi rondava alguna pel cap.

–Tinc una pregunta. Atenció. Posem que un visitador unta un metge perquè recepti aspirines blaves. Li paga mil euros perquè recepti aspirines blaves... Molt bé. La pregunta és: com pot assegurar el visitador que aquell metge, en la solitud de la seva consulta, després efectivament recepta aspirines blaves? I com sap que, un cop ha cobrat el xec, el metge no es posa a receptar aspirines verdes, perquè sap que aniran millor al seu pacient o perquè el visitador de les verdes li ha pagat més que el de les blaves?

Van quedar muts. Ni la Raquel, ni el Gratu, ni l'Agus no van saber respondre la pregunta del Santana.

–Si no tenim cap accés a un visitador, ho podríem preguntar, què sé jo, a un farmacèutic –la Raquel va pensar en veu alta.

–I què vols que ens diguin?

A la Raquel, li va fer molta ràbia que el Dani la menystingués.

–Jo tinc un company d'escola, de tota la vida, que és farmacèutic. –L'Agus, acostumat a fer les cròniques d'esport contra rellotge, era ràpid de reflexos.– M'hi puc arribar a veure què en trec.

–Per edat, a qui li correspon més d'anar a la farmàcia és a tu, sí.

Semblava que, per al Gratu, la distracció preferida era burxar el veterà periodista. Recordar-li, constantment, que la seva vida ja anava de baixada.

–Companys de classe? Han passat tants anys que potser no et recordaran...

De fet, no eren tan sols companys de classe. El Maldonado i el Martínez, per l'atzar de l'alfabet, van ser inseparables amics de pupitre durant una pila de bups. Adrover, Bascuñana, Blanco, Busquets, Brescó, Campabadal, Capellades, Catafal, Cortès, Costas, Deulofeu, Esteve, Farré, Faus, Faura, Garcia, Guimerà, Gubau, Ibáñez, Maldonado, Martínez... A l'Agus Maldon li va sortir, de cor, tota la llista que havia sentit, durant molts anys, cada matí, com una mena de mantra ritual. El Fidel Martínez es va fer farmacèutic. Alguna vegada l'havia vist darrere el taulell, despatxant en una farmàcia que duia el seu nom a l'Esquerra de l'Eixample, allà on els edificis necessitarien, tots, una rentada de cara. Pel rètol de la botiga s'havia adonat que el Fidel Martínez n'era el titular i havia entrat a saludar-lo i a fer-la petar.

La dona del temps s'havia tornat a curar en salut. És a dir, l'havia tornat a espifiar. Aquell matí, amb un paraigua en va, l'Agus va presentar-se a la farmàcia del vell amic amb un objectiu: estirar-li la llengua tant com pogués. El Fidel Martínez –celles massa negres per a uns cabells tan blancs– el va rebre amb l'abraçada sorollosa dels desacomplexats. Era dels que picava fort, amb la mà plana, a l'esquena.

–A què es deu aquest honor?

–He de comprar una cosa. –Va dubtar, com qui intenta fer memòria d'un nom complicat.– Un Prodemax.

–Prodemax? Per a tu?

–Sí.

–Què et passa?

–M'han dit que me'n prengui un cada vespre.

–Però, què et passa? Per què t'ho han receptat?

–M'han fet fora de la feina. Suposo que tinc una mica... –per al teatre, l'Agus, mai no hi havia tingut facilitat–, de depressió.

–A veure, Maldonado, que fa anys que ens coneixem. Estàs cabrejat o tens una depressió? T'ho ha dit algun metge?

–... –feia massa anys que s'havien vist la minga com per enredar el Martínez.

–T'ho dic perquè si només estàs trist, si és qüestió de moral i et dono això, fotràs un pa com unes hòsties.

–Què vols dir?

–Saps allò de matar mosques a canonades?

–No ho pot prendre tothom, allò, com si fos una aspirina?

El Martínez no estava còmode amb clients a la botiga. L'Agus s'havia adonat que les dues auxiliars de la farmàcia, com qui no vol la cosa, estaven pendents de la conversa. Amb la mirada es van entendre. Calia buscar un lloc més arrecerat per poder parlar amb la discreció que els calia. L'Agus va pensar que podien sortir a prendre un cafè. Quan ho anava a proposar, el farmacèutic Martínez, amb una bata de solapes petites, com les de Lenin embalsamat, se li va avançar.

–Vine, que et prendré la pressió.

I el va fer passar a la rebotiga.

–Així que ja no parles de bàsquet?

–Doncs, no. Ho he hagut de deixar. A la força.

–Ja t'ho deia que era un esport de pati de presó. –El Martínez va riure recordant la frase amb la qual, els companys de La Salle, burxaven el Maldonado, que tot el dia anava botant una pilota carbassa.– Dóna'm el braç.

–De pressió estic bé.

–Ara ho sabrem. Jo era més de futbol, però quan jugava a bàsquet era un bon triplista, no em diràs que no?

–Però què t'empatolles, si quan anàvem a l'escola encara no hi havia la línia de tres punts. Van trigar la tira d'anys a posar-la...

–Setze set. Una mica alta. L'alta, una mica alta.

Com si digués Llúcia. A l'Agus, no li interessava gens la seva hipertensió. La tenia assumida. Com la seva solteria. Com el fill que havia tingut de rebot. Com el galindó que li deformava sempre una sabata. Com els escarabats que apareixien, cada dos per tres, al seu pis de Gràcia, un segon, pelat i trist, al carrer Mozart.

–Què val el Prodemax?

–Seixanta amb deu. Una capsa de vint-i-vuit comprimits. Una al dia, durant quatre setmanes, que és el que recomanen per començar.

–Seixanta euros i deu cèntims? Quina clatellada.

–Per a tu, ho deixaríem... en seixanta, va.

Van riure amb ganes. L'Agus va retrobar l'humor de fogueig de quan el Fidel Martínez anava en bata cordada. No poques vegades els havien expulsat de l'aula per un atac de riure. O per cardar-se del mossèn de torn.

–Quantes capses en vens, d'això, al mes?

El Martínez, sense alçar-se de l'escambell amb rodetes, es va desplaçar fins a l'ordinador que tenia a l'altre cap de taula. Va teclejar i, de seguida, va tenir la resposta.

–Aquí, exactament, n'estem venent vint-i-cinc al mes.

–Vint-i-cinc al mes. –L'Agus s'ho va apuntar a la fitxa que li havien donat per apuntar la pressió.– És molt o és poc?

–Una capsa al dia, tu mateix... Multiplica quants dies obrim les farmàcies al cap de l'any, multiplica les farmàcies que hi ha al país i vés comptant...

–Quantes farmàcies hi ha al país?

–Massa. Sobren botigues. I cada vegada ens costa més arribar a...

No el va deixar acabar.

–Au, vinga, que ja ens agradaria a tots plorar amb els vostres ulls. Una pregunta, Fidel. D'aquests vint-i-cinc Prodemax que vens al mes, quants són de receptes de la Seguretat Social?

El farmacèutic Martínez va tornar a teclejar. Ell també va tenir curiositat per saber-ho.

–Tot això confidencial, eh? Un noranta, deu. Noranta per cent de Seguretat Social, deu per cent de pacients de la privada que paguen més de seixanta euros per la capsa. O sigui, el noranta per cent ho paguem entre tots. L'altre deu per cent, entren, demanen i s'ho paguen ells mateixos.

–I contents.

–Contents no ho sé. Em sembla que no gaire amb aquest preu, però ho compren confiats que els ajudarà i que els anirà bé. No apuntis tant, home. Vaig llegir un estudi no fa gaire... A veure si el trobo... –Va regirar dossiers, carpetes i folis que feien muntanya al damunt de la taula.– Si el trobo, te'l passaré. Un estudi d'una noia, crec que era de Navarra, que se n'havia anat a la Universitat de Michigan a fer un estudi científic sobre l'efecte placebo i pretenia demostrar el frau dels antidepressius. I deia, en un punt, que, com més car és el medicament, més efecte fa en el pacient. És collonut però és així. Mi-te'l.

Va trobar l'estudi de la doctora Marta Peciña i el va donar a l'Agus. Les conclusions científiques venien a dir, amb paraules massa tècniques, que les persones estem profundament influïdes pel significat cultural, pel context biomèdic i per l'entorn científic de salut. A l'Agus, li van interessar més els exemples pràctics que les palles teòriques. El consternava veure què havia passat en un experiment, fet a milers de persones en un hospital dels Estats Units. A cada pacient se li administrava un placebo sense activitat farmacològica. Vaja, que se li donaven pastilles buides de contingut, per dir-ho que ens entenguem. I concloïen:

La gent experimenta millora pel sol fet de ser atesa.

Prendre una pastilla grossa fa més efecte que una de petita.

Prendre diverses pastilles fa més efecte que prendre'n només una.

Una píndola és més eficaç que una pastilla.

Una injecció és més efectiva que una píndola.

Una pastilla que valgui 1,50 és més efectiva que una que en valgui 0,10.

Una pastilla en una capsa de colors fa més efecte que una pastilla en una capsa sense marca.

–Collons. L'envàs de Prodemax és cridaner de collons.

–Tu diràs... Agus, la indústria sap, perfectament, que com més medicalitzat, més científic i més invasiu sigui el context, millor serà la resposta del placebo.

–Però no deveu estar venent aigua amb sucre a consciència?

–No, no és aigua amb... Alerta. Els medicaments van

bé, tenen uns principis actius i han estat aprovats per l'Agència Europea de Medicaments. Però el que diu aquesta noia és que la forma com ho prenem, la manera com estiguem de sensibilitzats ja ajuda, per si sola, a millorar l'estat del pacient. El tema és un altre. Per a mi el tema és si es recepta massa, o no. Si és dóna aquest medicament, i tants d'altres, a més gent de la que la necessita.

–I la resposta és que sí, suposo?

–A tu què et sembla?

L'Agus va dubtar de si havia de deixar anar el que pensava.

–Que, dit així, amic meu, els farmacèutics en sou còmplices.

Va notar a la cara del Fidel que li havia sabut greu.

–Mira, la farmàcia és la nostra botiga. És el nostre negoci privat, sí? Cadascú mira pels seus interessos i nosaltres vetllem pels nostres, sí? –l'Agus anava assentint lleument, amb les celles, per no interrompre l'argument–. Aquí, a la farmàcia, em ve la senyora Pepeta, bon dia. Algú, saltant-se el codi de les bones pràctiques, li ha receptat, per al seu dolor, tres capses del fàrmac d'última generació més car del mercat. A quaranta-cinc euros la capsa. Aquí les té. Vol que les hi emboliqui? Endavant, cap problema i passi-ho bé senyora Pepeta i que tingui un bon dia i esperem tornar-la a veure ben aviat. Per al dolor de la senyora Pepeta li podien donar un paracetamol d'un gram, a tres euros, o una capsa d'un medicament nou, d'última generació, a quaranta-cinc euros. I què li han receptat?

–Això passa?

–Cada dia. Un genèric del Prozac no arriba a tres euros. Però es continua receptant el Prozac. Ja han passat els anys de la patent i de l'exclusivitat, ja han pogut sortir els genèrics. De fet, n'han sortit i ja n'hi ha uns quants, però es continuen receptant els medicaments cars. Passa cada dia. –El Fidel Martínez, per ser honest en l'explicació, va alçar un dit per introduir un matís.– Passa menys que abans, és veritat. Amb els codis de bones pràctiques i els protocols sanitaris i la pera en bicicleta tot això ho anat frenant. Però, aquí i a tot arreu, continua passant cada dia. Ara bé, si el que vols és descriure el panorama del frau a la Seguretat Social i quines són les veritables causes de com hem arribat on hem arribat, aquí n'hi ha per a tots.

La farmàcia s'havia anat omplint. L'amo, amb unes crocs vermelles que cantaven de lluny, es va aixecar a tancar la porta corredissa perquè, de fora estant, no el veiessin de tertúlia. Que ningú no es pensés que s'adonava de la cua i que no volia sortir a despatxar. El Fidel Martínez, que feia trenta anys que havia heretat la farmàcia del seu pare, havia rumiat molt sobre el negoci. Ho deia tot amb recança, com si estigués desvelant un gran secret. Negaria haver explicat res de tot allò al seu company de pupitre.

–El cataclisme sanitari no és un mort que haguem de carregar als farmacèutics. Ni és una responsabilitat única dels metges. Ni tan sols és culpa, només, de la indústria i dels laboratoris. Els usuaris, que quedi clar, els usuaris per mi també tenen la seva responsabilitat.

–Culpar els usuaris serà poc popular.

–Però també serà una part de la veritat. Ens hem passat tota la vida que quan l'avi anava al metge a buscar receptes, tota la família li feia la comanda del que necessitava. Sí o no? «Demana Frenadol, avi, demana Oraldine». «Un Farmaton per a mi». L'avi, el pensionista, amb el seu bastó se n'anava al metge en l'època de les vaques grasses i tornava amb totes les receptes. Sí o no?

–Qui no ho ha fet? Sí.

–I l'Estat, vinga pagar medicaments i la gent vinga tirar de veta i llençar capses que després es quedaven a la farmaciola fins que, quan necessitaven la píndola, estava caducada. Sí o no?

–Hòstia. Fidel, al final m'hauré de fotre la pastilla per a la depressió...

L'Agus Maldon pensava que tornaria a l'Stoner amb informació de la bona. Segurament, coneguda i assumida per tot el sector, però absolutament nova per a ells, que tot just se submergien en aquella realitat oculta.

–El Prodemax no té un genèric?

–No. Només deu fer uns tres anys que és al mercat. Encara els queden set anys per anar passant el rasclet ells sols. Caixa, cobri. Ara bé... podríem trobar equivalents o similars, que fessin un efecte prou semblant i que fossin molt més barats? I tant que sí.

L'Agus no parava de prendre notes, amb lletra remenuda. Va recordar que havia anat a trobar el seu amic farmacèutic per fer-li una pregunta concreta.

–Oblida el Prodemax i parlem en general. Posem que un visitador paga mil euros a un metge perquè recepti aspirines blaves. La pregunta és com s'assegura el visitador que aquell metge, als seus pacients, els està receptant aspirines blaves? Aquesta és la qüestió.

El Fidel Martínez va esbufegar.

–Per un pacte de fe.

I va pensar: a veure com li explico jo ara això en aquest...

–Hòstia, Agus, xato, a La Salle no les foties, aquestes preguntetes... Deixa'm pensar com t'ho faig senzill perquè ho entenguis.

La resposta devia ser realment complicada perquè el farmacèutic Martínez es va estar quiet durant gairebé un minut, penjat com un ordinador esperant que es reiniciï. Finalment, va semblar que s'hi atrevia.

–Els visitadors dels laboratoris farmacèutics no només visiten els metges. També ens vénen a veure a nosaltres. De tant en tant, ens fan arribar una caixa de vi. Un vi de colló de mico. De tant en tant, també, vénen i ens fan una pregunta. Deixen anar una pregunta com qui no vol la cosa. Quins metges estan receptant l'aspirina blava aquí al barri? I nosaltres, que no podem donar informació confidencial, ni tampoc estem aquí per delatar metges, podem dir noms o no dir-los. O els mateixos visitadors, a vegades, ens van disparant noms de metges i nosaltres fem ganyotes perquè entenguin que aquest doctor sí, aquest poc, aquest no gaire, aquest no em sona de res...

–Que també us compren, vaja...

–A un altre preu. No té res a veure.

–Però igualment és un sistema molt poc precís. El visitador marxa sense saber si el doctor Pagès n'ha receptat catorze i el doctor Conejero nou.

–No ho sap, és veritat. Per això et dic que és un pacte de fe. Els visitadors pregunten, nosaltres donem una orientació molt vaga i, a partir d'aquí, ells que facin els seus càlculs.

El Fidel Martínez, que no havia trencat mai cap plat ni cap olla, pensava a veure si ara jo quedaré com un xoriço que m'he venut per sis ampolles de Vall Llach.

–Els farmacèutics despatxem allò que ens demanen. Mai no vendríem una capsa de quaranta-cinc euros a gent que no ho necessita. De tota manera, deixa'm dir que tot això està regulat, i que hi ha inspeccions, i que alguna vegada han enxampat algun metge que estava col·locant unes pastilles a tot quisqui, que han pogut demostrar que eren metges subornats pel laboratori i que es treien un sobresou que triplicava els seus ingressos habituals, i els han despatxat de tot arreu.

L'Agus Maldon, que anotava tot el que el farmacèutic anava dient a contracor, havia omplert tres fitxes de pressió pel davant i pel darrere.

–A mi no m'emboliquis, eh?

–No, no... –anotant, encara.

–Em fots nerviós tant escriure. Fem una cosa...

El Fidel Martínez li va agafar les fitxetes on l'Agus havia estat prenent els seus apunts amb lletra remenuda i les va estripar.

–Però...

–Jo ja t'ho he explicat. Ara fes el que et roti, però jo no he parlat amb tu.

El periodista no es va veure amb cor de protestar.

–I ara, Agus –es va alçar–, tinc la botiga plena. Ho sento.

Encara desorientat per haver-se quedat sense les seves notes, va captar la indirecta.

–Només faltaria, disculpa pel teu temps.

Va tapar el bolígraf i també es va aixecar.

–O sigui, que si algú que no fos jo, algú que entra del carrer i no el coneixes de res, t'hagués demanat un Prodemax, què hauries fet?

–Donar-li. Ves.

L'Agus va plantar-li la mà, perquè el Fidel Martínez li piqués el palmell. Com al bàsquet. Com feien a l'escola.

–Que no me l'ha demanat? Doncs, li dono.

El farmacèutic li va picar la mà, amb la complicitat que només tenen els qui han compartit moltes hores de classe junts, durant molts anys. Un estrany lligam per sempre.

26

L'anunci parlava de sis nimfes

El verb precís era convèncer. Seduir. Insistir. Persuadir. Induir. Aconseguir. Hi havia sinònims, sí. I un munt d'eufemismes i de sobreentesos que utilitzava a la conveniència de cada cas particular. L'Hugo Serra Calcavecchia havia fet de tot per convèncer els metges perquè receptessin el medicament que ell mirava de potenciar en el mercat. Però mai no els comprava, ni els untava, ni els corrompia, ni els subornava. Al curset que van fer a XAK Farma a l'exèrcit de visitadors, mai no se'ls van dir aquestes paraules.

Hi havia vegades que, per convèncer, havia pagat l'apartament de vacances –juliol i agost a Calafell, arran de mar– per a la família del metge mentre el doctor s'estava de rodríguez a Barcelona. Havia pagat bitllets d'avió a Nova York, safaris fotogràfics a Tanzània, viatges a Playa Bávaro i creuers pels fiords, pel Mediterrani o pel Bàltic en un vaixell amb l'orquestra de Sant Petersburg que amenitzava tot el viatge tocant peces de compositors russos. Havia dut metges a veure partits del Barça –futbol en majúscules– a la llotja privada que la seva farmacèutica tenia al Camp Nou. Altres vegades, n'havia dut al Bernabéu –una altra mena d'espectacle– perquè XAK Farma també hi tenia, rere una gàbia de vidre, una llotja només per als seus clients més selectes. Havia convençut metges del morro fi a la taula dels millors restaurants amb estrella Michelin. Els havia convidat al Can Fabes de Sant Celoni, al Bulli del Ferran Adrià o al Sant Pau de Sant Pol.

Hi va haver un dia, en el súmmum de la seva feina, que un secall com l'Hugo Serra Calcavecchia va dinar al restaurant de la Carme Ruscalleda amb un grup de metges que van marxar molt convençuts i hi va tornar a sopar amb uns altres. El primer grup es va aixecar de la sobretaula a quarts de sis i, a dos quarts de nou, l'Hugo Serra tornava a seure, a la mateixa taula, del mateix restaurant, amb quatre metges més. La Ruscalleda, professional –combinació perfecta de classe, discreció i *savoir faire*–, el va tractar com si no l'hagués vist mai i fos la primera vegada que trepitjava el seu restaurant.

El doctor Duran, en canvi, era un os dur de rosegar. No hi havia manera de convence'l. Ni el Messi, ni el Ferran Adrià, ni el prospecte de la ruta del Transsiberià: res no semblava fer-li il·lusió. Fins que el doctor Duran, assegut a la seva consulta, el va sorprendre. Va obrir el primer calaix de la seva taula, en va treure *La Vanguardia* doblegada i la va deixar anar, amb displicència, sobre el teclat de l'ordinador. Tenia el diari plegat per la pàgina dels classificats i, amb un subratllador groc, li va encerclar un anunci.

–Qualsevol migdia, de tres a quatre. A quarts de cinc obro la consulta.

–Me'l puc endur?

–Agafa tot el diari, ja me l'he après.

Era un anunci per paraules:

Top Standing Bonanova
6 nimfes. Ambient de luxe.
Total discreció
Jacuzzi, trios, xampany francès

A l'Hugo Serra, li havien demanat de tot, però mai fins aleshores ningú no li havia suggerit que pagués un *ménage à trois*, de tres a quatre d'un laborable, amb noies que estiguessin bones i que, preferiblement, fossin de fora. I per què no hi anava el Duran directament, pagava el mateix doctor i després ja passarem comptes? El doctor Duran, sense donar gaires explicacions, s'estimava més que el visitador de XAK Farma, el pesat de Prodemax, li obrís el pas.

Feia molts anys que l'Hugo Serra no anava de putes.

La seva fantasia era una altra.

A l'entrada de Vilanova i la Geltrú hi ha un McDonald's. En el camí del mar a Vilafranca, allà on les rotondes han plantificat naus, polígons i magatzems amb les herbes altes i les persianes abaixades, hi ha una franquícia del McDonald's. Allà sí que hi ha moviment tothora. El que més li agrada del món, a l'Hugo Serra Calcavecchia –ell que té la vida ranquinguitzada– és conèixer una dona, lligar-se-la i, una tarda d'hivern, sortir de Barcelona amb el seu cotxe, fer les costes del Garraf, dur-la al McAuto de Vilanova, agafar dues hamburgueses per la finestreta, unes quantes bosses de quètxup, una Coca-Cola i anar-s'ho a menjar tot, dins del cotxe, a la platja del far. Allà, aparcats davant de la posta de sol, té el ritual molt marcat: es descorda el cinturó, s'abaixa la bragueta i, mentre es cruspeix l'hamburguesa al so de les gavines, ella va llepant el quètxup que li regalima per damunt. L'Hugo tanca els ulls i, si la noia té traça, ell arriba al cel en l'última queixalada de l'hamburguesa.

En alguna ocasió també s'hi havia posat mostassa, però les noies se li ennuegaven i engegaven tota la il·lusió de l'Hugo a prendre pel sac. No valia la pena forçar la situació i, per a ell, al capdavall, el plaer era el mateix amb mostassa que sense. El vici complet, i el repte, això sí, era ferho tot sense baixar del cotxe en cap moment, des que sortien de Barcelona fins que tornaven a la ciutat havent paït el berenar sopar.

L'Hugo Serra es va camuflar sota unes ulleres de sol per trucar al timbre d'un edifici de quatre plantes, de maó vist, al passeig de la Bonanova, a tocar de la plaça de Sarrià. El Top Standing Bonanova era a l'entresòl i va pujar les escales de dos en dos. A la porta no hi havia cap rètol i, decidit, va tornar a trucar. El va obrir qui suposava que era la madame. Anava despentinada com si s'hagués llevat corrents de la migdiada. No era ni sexy, ni sofisticada, ni top standing. Duia una samarreta verda amb una corbata negra dibuixada al damunt i uns texans gairebé blancs, de tantes rentades.

–He vist l'anunci del diari que aquí es podien fer trios.

–Sí, senyor...

Ella esperava algun nom. I ell va ser ràpid de reflexos.

–Arturo –va dir, sense dubtar-ho. Convençut que, des d'aquell moment, se'n deia perquè així el van batejar els seus pares.

–Alguna noia en concret?

–No, no les conec...

–Ara les farem passar. –La madame, quan parlava, mostrava uns queixals esgrogueïts.– Sap quin servei vol?

L'Arturo va alçar les espatlles, esperant que li cantessin el menú. La madame, que ho semblava tot menys una madame d'alta volada, el va entendre.

–Un manual, mitja hora, setanta. Tres quarts d'hora, cent. Una hora, cent vint. Francès, dos-cents. Complet, una hora, tres-cents.

La Ruscalleda, va pensar l'Arturo, quan canta els plats fora de carta, no va tan ràpida. I hi posa més cor, més passió, per vendre el producte. S'havia perdut amb tanta informació dita amb metralleta i sense cap èmfasi, com si a aquella dona tant se li'n fotés una cosa com l'altra. A l'Arturo, però, li feia vergonya preguntar perdoni, el francès quanta estona és, i a quin preu, i és a pèl o amb goma?

–Això amb dues noies?

–No, no... Això és el preu d'una. A quatre mans, el doble.

Ella en deia a quatre mans; l'Arturo Hugo Serra pensava en dues llengües.

–Val, doncs... –es neguitejava perquè semblava que la madame tingués pressa–. Un complet.

–Molt bé, ja veurà com li agradarà. Esperi's aquí que ara aniran passant les noies. N'hi ha dues que estan treballant, li passaré les altres tres.

Més que triar, havia de descartar. Francament, l'Hugo Serra s'imaginava que, en aquell pis del passeig de la Bonanova, hi trobaria molt més per escollir. L'anunci parlava de sis nimfes. Si en volia dues i només en tenien tres... Es va esperar amb la porta ajustada mentre, de fons, sentia la madame xiuxiuejar amb les noies, com si decidissin quina havia de passar primer. L'habitació tenia molts menys luxes que no es pensava. El llit de matrimoni, amb uns llençols de color festuc, estava arraconat contra dues parets. Al costat, un enorme mirall feia que l'habitació semblés més espaiosa. Al capçal del llit, dos enormes coixins quadrats, de vellut, ratats pels costat de la cremallera, feien més nosa que servei. Al damunt de la tauleta de nit –model Trysil d'Ikea que va reconèixer al primer cop d'ull–, hi havia una cistella amb preservatius envasats al buit, un paquet de kleenex, dues tovalloles plegades, una pinta i una ampolla d'oli que semblava reomplerta. Als peus del llit, un jacuzzi en forma de ventall per encabir-hi una persona i mitja. O l'una al damunt de l'altra, que potser es tractava d'això. La llum, mínima, que volia ser íntima, donava un aire pobre, de postguerra. El que més estranyava a l'Arturo Hugo és que no hi hagués cap finestra, cap ventilació.

La porta es va obrir i va entrar una noia mulata, amb una gran cabellera fosca i amb uns ulls de gat que tombaven d'esquena. Es va acostar a l'Hugo i li va fer dos petons.

–Hola. Chulita.

–Hola, què tal?

Tal com va entrar, va sortir. Si de cara només li havia pogut mirar els ulls, de sortida va aprofitar per repassarla. La bata rosa, exageradament curta i estreta, li deixava les natges a la vista. Un bon paner. No tenia temps per pensar per què continuava la desfilada.

–Hola. Maite. –I dos petons més.

–Hola, Maite.

Del davant, del darrere, pel pentinat, pel tipus, per l'accent. Tot molt normal. De nimfa, res de res. No hauria dit mai que en un lloc així, disposada a fer un complet amb qualsevol que pagués, s'hi pogués trobar una dona que podria ser la seva germana vestida amb una esquifida bata rosa i un tanga de fil. El càsting es va acabar de seguida.

–Hola. Me llamo Daviana.

–Arturo, mucho gusto.

El doctor, per discreció, s'estimava més que fossin estrangeres. Això l'hi havia deixat clar. Ell –home casat– sortia molt a la tele, era una eminència mèdica al país i, cada dos per tres, o li feien una entrevista o apareixia en una notícia o li portaven un equip a casa per gravar-lo per opinar de qualsevol incident en què un psiquiatre hi pogués dir la seva. Era, per dir-ho clar, una cara coneguda i creia que era més difícil que, en un ambient com aquell, el reconegués una noia de fora que no una d'aquí. Pel que fa a la fesomia de les noies, havia dit a l'Hugo Serra que, si el lloc era net, li era tot bastant igual, que estiguessin bones i que preu per preu... La madame va tornar a entrar a l'habitació.

–Ja ho sap, Arturo?

–Sí –va voler dir bé els noms, per no equivocar-se–, la Chulita i la Daviana.

–Molt bona elecció. Una brasilera i una russa.

–Ah, sí? Semblaran un anunci de Benetton.

A la madame no li va fer cap gràcia. Ella anava a la seva.

–Sis-cents, Arturo.

L'Hugo Serra Calcavecchia havia agafat, per si de cas, mil euros. Es va treure el feix de la butxaca del Ventolin i va comptar dotze bitllets de cinquanta. La madame, sense ni mirar-los, se'ls va posar a la butxaca del darrere dels texans.

–Si vol, es pot anar dutxant.

–No, no... No ens hem entès. És que no és per a mi.

–Perdó?

–És que no sóc jo que... –l'Arturo esgargamellant-se–. És per a un amic. Per a un regal. He vingut a pagar per ell, que vindrà a les tres en punt. Si les noies poden estar a punt a les tres, la Chulita i la Daviana, sisplau. Jo ja he pagat, entesos, i ell vindrà i que s'estiguin tota una hora tots tres junts.

La madame li va perdonar la vida amb la mirada.

–I si en aquella hora tinc les noies ocupades?

L'Hugo Serra Calcavecchia, Arturo per als prostíbuls, es va posar la mà a la butxaca i, com qui no vol la cosa i amb una habilitat que semblava assajada, es va treure un sol bitllet de cinquanta i el va cargolar al palmell de la madame.

–Ja mirarà que estiguin lliures, oi que sí?

En el seu diccionari de visitador mèdic amb molts anys d'experiència, d'això, se'n deia convèncer. Amb arguments.

27

El càstig per als bocamolls

El diumenge al matí el temps s'atura. Les ciutats es temperen, els sorolls són més sords, regna la quietud i ens anem despertant a poc a poc, en una mena de cansament infinit, sense pressa. Malament rai quan un diumenge, abans de les nou, sona el mòbil de l'Eva Bosch.

–Bon dia. Què hi ha? –Va posar els peus al terra fred.– Envia'm la localització. Vinc de seguida.

Sense dutxar, sense l'uniforme i sense haver de posar la sirena perquè als carrers no hi havia ningú, en mitja hora va ser a la zona zero, en un bosc de pins a Collserola, a l'esquena de Barcelona. La policia s'havia servit dels mateixos arbres per posar la cinta plàstica del «No passeu» a un perímetre d'uns cinquanta metres.

L'Eva Bosch, quan hi va arribar amb els cabells recollits al clatell, no va dir ni bon dia. Perquè no ho era. Se'n va anar directament al lloc on hi havia el cos.

–L'ha tocat algú?

–Ningú.

Abans de llevar la manta que tapava el cadàver, la van advertir:

–És una brutalitat. És un pobre xaval.

–Buah, quina pudor. –L'Eva el va mirar cinc segons i, amb la mà, va fer el gest perquè el tornessin a tapar.

–És aquí, com a mínim, des d'ahir a aquesta hora.

–Qui l'ha trobat?

El policia, sense parar de fer fotos a la zona de pinassa que encerclava el cadàver esbalandrat, li va assenyalar una dona vestida per córrer, pel cap baix, la marató de Nova York: un top carbassa, fosforescent, unes malles negres, cenyides, fins al panxell i unes Asics als peus. Els de l'ambulància li havien posat una manta tèrmica sobre les espatlles perquè no es refredés. Com si hagués arribat a la meta, al Central Park.

–Bon dia, sóc la intendent Eva Bosch. És vostè qui ens ha avisat?

La corredora, Cristina C., tremolava. De fred. O per la situació d'haver-se trobat, feia poc més d'una hora, un home rebentat al mig del bosc.

–Estigui tranquil·la i expliqui'm com ha anat tot, sisplau.

La Cristina C. –van decidir mantenir el cognom en l'anonimat perquè els mitjans no la molestessin– corria deu quilòmetres dia sí dia no. Era un costum. Corria per mantenir-se en forma en tombar dels quaranta, per ordenar-se la vida (deia que, com més cansada estava, millor pensava) i, també, per entrenar-se per fer un bon crono a la cursa de Sant Silvestre. Sortia de casa a un quart de vuit del matí, encara que fos diumenge, i se n'anava a córrer per la carretera de Cerdanyola fins a l'alçada del sincrotró Alba i, allà, més o menys, segons el cansament, feia mitja volta i tornava cap a casa. Escoltava música, durant tot el recorregut.

L'Eva Bosch s'havia adonat, d'entrada, que la Cristina C. portava l'iPod cosit al braç, amb velcro. Per parlar amb la intendent s'havia tret els petits auriculars i li havien quedat enredats al coll. La música que escoltés quan va trobar el noi esbudellat se li'n fotia, a la policia. Els Dire Straits, de fet, estaven molt passats de moda. Sí que li va interessar, una mica més, que digués que no es posava el volum gaire alt per poder sentir els cotxes a l'hora de travessar la carretera. A tot el tram paral·lel al Parc Tecnològic del Vallès, s'hi havia construït un carril bici de doble sentit, ampli i còmode, que era molt apreciat no només pels ciclistes, sinó també per la gent que corre, que camina –per no desgastar tant els genolls– o que, simplement, surt a fer el borinot mentre passeja el gos. Els dies de cada dia, aquella és una carretera molt transitada per camions i era prudent, tal com feia la Cristina C., poder-los sentir venir abans de travessar el carrer i continuar la ruta.

El dissabte a la nit, la Cristina C., mare soltera, havia deixat la seva filla a dormir a casa dels avis i havia sortit fins tard amb les amigues d'escola. Sopaven dues nits l'any, la mesura justa per continuar sent amigues. Havia begut molt més del que solia. Entre el sopar –cervesa i vi– i el gintònic de després –un i mig, de Seagram's, per ser exactes–, li havia passat una cosa insòlita. Mai abans, mentre corria, li havien agafat unes ganes boges de fer pipí. Quan no va poder més, quan es va assegurar que no tindria temps d'arribar a casa perquè la pressa era irrefrenable, va desviar-se del seu camí, va sortir del carril bici i va agafar un corriol, bosc endins, per trobar un racó discret. Un diumenge al matí, a les vuit i en aquell indret, difícilment s'hi trobaria ningú. A tot estirar, un porc senglar. Un cop alliberada i quan es tornava a posar les malles a lloc, li va semblar veure, a tres passes d'on s'havia ajupit, dues sabates a terra. De seguida –l'ensurt va ser enorme– es va adonar que al damunt d'aquelles sabates hi havia les cames d'un xaval destrossat. Desfigurat. Mort. Brutalment assassinat. Amb la gola oberta.

La Cristina C. va fer l'esprint de la seva vida. Va sortir a la carretera de Cerdanyola xisclant, embogida. Gesticulava i cridava i es posava les mans al cap i plorava, tot alhora. Els primers a passar van ser un grup de ciclistes endiumenjats. Ella, llançant-se al damunt del manillar del qui anava segon, va fer que s'aturessin i, fora de si, els va demanar si portaven telèfon. Després d'entendre, més o menys, què havia passat, el més veterà de la colla es va treure el mòbil de la ronyonera i va trucar al 112. La Cristina C., sanglotant durant molts minuts, no hauria pogut ni parlar. «Quedin-se on són i que ningú s'acosti a l'home». Les dues ordres, des de l'altre costat del telèfon, van ser molt precises. Als set minuts de cronòmetre, arribava el primer cotxe de policia. Quan van veure el panorama, esgarrifós, van decidir avisar l'Eva Bosch.

–Mare de Déu. Qui ha fet això no era la primera vegada que fotia aquesta feina.

–És la matança del porc. Es fa un gran tall a sota el coll, de costat a costat, i comença a rajar a base de bé.

–Què sabem?

–Poca cosa. Creiem que no l'han pelat aquí. Hi hauria d'haver un bassal de sang, aquí, amb el que li han fet...

–L'han torturat en una altra banda i l'han arrossegat fins aquí, diries?

–No ho sé. Hem de començar a buscar empremtes i roderes, però si l'haguessin mort per aquí és veritat que hi hauria molta més sang. M'hi jugo els ous.

–Sabem qui és?

–Ni idea. No va identificat. Du una cadena al braç. Hi posa Òscar.

–M'hi he fixat, sí. Òscar no sabem què més.

A l'Eva Bosch li sonava aquella cara, però no encertava a saber de què. Diria que l'havia vist, no feia gaire, en alguna banda. O potser no. Estava mal fixada i havia quedat tan colpida per la imatge de la corbata colombiana que, el xoc, l'havia destarotat. Li havien obert la gola, de costat a costat, i li havien tret la llengua per aquest nou orifici per sota la mandíbula. La llengua havia quedat penjant, com si fos una corbata. És el càstig per als bocamolls. La venjança per als traïdors, per als qui parlen més del compte.

–Potser aquí podem trobar més pistes.

El policia, amb guants, havia trobat el telèfon mòbil de l'Òscar i l'havia posat en una bossa de plàstic.

–Això és collonut. On era?

–A dins del mitjó. –L'Eva Bosch i la resta de policies el van mirar estranyats.– Sí, sí. A dins del mitjó.

–Veurem què diu l'autòpsia. Bravo, nois.

L'Eva Bosch no va tenir temps per a res més. Va recórrer deu passes en direcció al bosc, allunyant-se del cos de l'Òscar, de la Cristina C. i del grup de ciclistes que rondaven pel perímetre decidint si encara tenien temps d'anar a fer l'aperitiu o, aquell diumenge, havent vist el que havien vist, ho deixaven córrer. La intendent caminava amb decisió, com si hagués vist alguna cosa rellevant per resoldre el cas. De cop i volta, va posar una mà al damunt de l'escorça d'un pi, va obrir les cames, va vinclar el cos cap endavant i va vomitar.

28

A LA GOLA DE LA BALENA

El panell va ensenyar el seu número. El tres-cents vint-i-quatre. Després de dues hores i mitja d'esperar-se, a peu dret, havia arribat el seu torn.

–Vostè es diu?

–Antonio Mallenco.

–I de segon...

–Grandes.

–Edat?

–Quaranta.

–Ha fet mai de cambrer?

–Sí, molt temps.

–Quina és la seva experiència?

–Vaig estar quatre anys al Tropeziens.

–És un restaurant?

–Sí. Cafeteria-Bar-Pizzeria-Restaurant al passeig de Gràcia.

–Era l'encarregat?

–No. –Com volia que fos l'encarregat?– Era molt jove.

–Què hi feia?

–De cambrer. Servia a taula. Vaig començar amb els

sucs, les begudes i les postres. També servia els biquinis. Tenien la fama de ser els més bons de Barcelona.

–On diu que és?

–El Tropeziens? Fa anys que el van xapar. Era al passeig de Gràcia.

–Ara treballa de cambrer?

–No. Fem cargols. Però no es mengen.

L'interrogador, per primera vegada, va aixecar els ulls i el va mirar per damunt de les bifocals. Aquí anem per feina, sap. Vostè porta hores de cua, però jo porto dies d'aquest mostrador, o sigui que no vingui ara a vacil·lar-me. L'Antonio, que va entendre la mirada, va témer per un moment que la seva facècia pogués engegar en orris la seva estratègia i va tenir pressa a desfer l'embolic.

–Fem cargols d'acer inoxidable. Cargols i femelles, peces especials. Treballo en una fàbrica.

–A les oficines o a la fàbrica?

–No, no... a la fàbrica. A peu de màquina.

–A veure les ungles.

L'Antonio va parar els deu ditots, amb les dues mans ben obertes, al davant de les ulleres d'aquell home desnerit que, amb un formulari al davant que seguia fil per randa, semblava l'home més poderós del món. No mostrava les mans d'aquella manera a ningú, ni a l'Aura, des que el seu pare, trenta anys enrere, passava revista dia sí, dia no. El senyor Mallenco tenia molta mania amb les ungles brutes. Per sort, des d'aleshores, li havia quedat el costum de dur sempre unes mans polides.

–A veure les dents.

–És important per fer de cambrer?

–La higiene, sí. És per un còctel a peu dret.

–I s'haurà de riure?

L'homenet no estava per brocs.

–Pot obrir la boca, sisplau.

L'Antonio va fer-ho, amb recança.

–Una mica més.

L'interrogador –clenxinat com un beat– es va alçar del tamboret alt que l'encimbellava darrere del mostrador. Es va acostar molt a la cara de l'Antonio, i s'hi va fixar molt, com qui busca el Pinotxo a la gola de la balena i no l'acaba de trobar.

–Li falta un queixal.

–Hí –va dir l'Antonio amb la boca encara oberta–. Prò mol erere.

–Tanqui, gràcies.

–És molt enrere. No es veu gens. Miri, puc somriure, i no es veu res. –Va fer dues ganyotes, amb els pòmuls tan amunt com va poder, i va esforçar-se a posar els seus ulls més riallers. La boca, però, tancada.

–Ja.

–Li puc preguntar una cosa, sense ànim de molestar. Per què han de riure els cambrers?

–Perquè és una celebració. I la gent ha d'estar contenta. No hi haurà ningú entaulat. És la col·locació d'una primera pedra d'un parc temàtic i s'hauran de treure safates i més safates de canapès, de pinxos de musclos, del que sigui, i s'ha de tenir habilitat per passar entremig de centenars de persones i s'ha de tenir amabilitat per servir-les a totes. I somriure. Volen que a Historyland tothom somrigui des del primer dia. I ha de ser tot impecable. Sap vostè que és Historyland?

–Sí, senyor. El parc nou que volen posar al costat de Vic.

–Acabem. –L'homenet seguia, punt per punt, les instruccions.– Per què vol aquesta feina per un sol dia?

–Pels diners.

–Sap les condicions?

–Cinquanta euros per una jornada, m'han dit. I ho posava a l'anunci...

–Sap el dia?

–No.

–El 19 de maig. És un dissabte. A les quatre, l'autocar recull tots els cambrers a Barcelona, al passeig de Sant Joan, i se'ls emporta fins a la carpa de celebració a Osona. Allà es canvien, es preparen, els donen les instruccions finals i quan s'acaba la festa i la música, entre les dues i les tres de la matinada, el mateix autocar els torna cap aquí.

–Em sembla de collons. Quants cambrers necessiten?

–Molts.

–Molts?

L'homenet volia anar per feina amb l'Antonio i començar el formulari següent. El mostrador que entrevistava més gent al cap del dia tenia una gratificació. Creia, en aquell moment, que, si no anava primer, es disputava el segon i tercer lloc.

–Més de tres-cents. Estigui atent al telèfon, que ja li trucarem.

–Això vol dir que sí.

–Vol dir que ja li trucarem.

L'Antonio va voler allargar la mà per sobre el mostrador. L'homenet ja havia premut el botó. A la pantalla demanaven, ja, el tres-cents vint-i-vuit.

29

Kia Kaha, Jonah

–Perdó. No volia interrompre –es va disculpar.

Amb una roda de la cadira, el Gratu havia empès la porta de l'habitació del Santana, que tan sols era ajustada. A dins, asseguts al damunt del llit, el Dani i l'Èlia es mossegaven els llavis amb la passió dels primers dies. La fisioterapeuta va posar-se dreta, per acte reflex, i va dissimular la seva vergonya. El Santana, no, perquè no en tenia.

–Què passa, noi?

–El teu pla ha funcionat, diria. Crec que el nostre home col·laborarà.

–Bravo, Gratu.

–Com era allò que dius sempre? Tothom té un titular...

–Tothom té un titular a cinc columnes que li pot ensorrar la vida. –El Santana, alçant una cella, va dubtar de si revelar o no el secret.– És molt bo, però no és meu. Ho deia el Riera, un mestre que vaig tenir. Ahir em va escriure des de Dubai. Li he de tornar l'SMS.

El Narcís Riera, amb setanta anys, s'havia instal·lat en un hotel de luxe de la capital dels Emirats, com a epicentre de les seves operacions, per escriure un reportatge llarg

–qui sap si un llibre– sobre la convulsió en el món àrab. El Riera sempre havia sabut anar on tocava i llegir els partits de la geopolítica abans que es juguessin. I, un cop allà, mirar, esbrinar i teixir un tapís amb tots els matisos del lloc, de l'època i el context. En l'esfera internacional, semblava que sabés les coses que passarien abans que passessin. El Santana, però, ara estava bocabadat que el seu vell amic s'hagués obert un compte de Twitter. I més encara que l'utilitzés. Sempre per feina. Mai una piulada banal. @nriera apuntava valoracions i interpretacions de l'actualitat en cent quaranta caràcters que, cadascuna per ella mateixa, eren una lliçó de periodisme.

–Us deixo sols. –L'Èlia es va assegurar que duia la bata ben posada, i cordada, i va sortir de l'habitació.

L'olor de sopa de cabell d'àngel ja s'acostava pel passadís. Les infermeres havien començat a servir els dinars –rutina de cada migdia– des de les habitacions del punt de fuga.

El Gratu s'ho havia hagut de treballar en dues sessions. S'havia esforçat, ho havia batallat i havia fet l'actuació de la seva vida, però, quan va entrar a l'habitació del Santana, estava convençut que se n'havia sortit. De la manera com afrontar-ho, l'Agus Maldon li n'havia donat la idea. Ell, un home amb els llums oberts tothora, havia observat que, a la vida, sempre hi ha un penques que aparca a la places per als minusvàlids. Als hipermercats, de quatre places reservades, sempre n'hi ha una que és per a la dona que es pensa que, en el fons, no molesta ningú. I, al capdavall, ella té més pressa que ningú i només seran cinc minuts. A l'aeroport, de cada sis places per a handicapats, sempre hi ha un galtes que s'ha fotocopiat el rètol per poder aparcar, amb tota comoditat, on li doni la gana. Sense cap remordiment, deixa el cotxe a primera fila, davant dels ascensors, i no ha de donar voltes i més voltes buscant una plaça lliure. Al pàrquing de l'Institut Stoner s'havien curat en salut. En principi, no hi havia d'haver problema d'aparcament perquè havien pintat vint-i-quatre places per a discapacitats atès que molts dels pacients que tornaven a la clínica a visitar-s'hi ja portaven un cotxe adaptat a les seves característiques.

El Gratu, des de la finestra de l'habitació, havia observat que l'Hugo Serra Calcavecchia, sense cap xacra coneguda, cada vegada que anava a l'Stoner aparcava el seu Audi A3, blanc, en una plaça reservada per a les persones discapacitades. Aquell dimarts, amb el pla preconcebut, el Gratu va decidir anar-lo a saludar. A fer-li la visita que feia dies que es delia per fer-li. Va sortir de l'Institut per la llarga rampa de pendent amable i, conduint el motoret, es va acostar fins al pàrquing. Les vistes des de l'aparcament, penjat sobre la ciutat, amb el mar com un teló de fons que s'anava evaporant cap a l'horitzó, no es tenien des de les habitacions de l'Stoner. Es va posar amb la cadira ben a prop de la porta del conductor del seu cotxe perquè, quan hi volgués pujar, no la pogués obrir. I, allà, amb paciència i amb les galtes fredes, el va esperar per provocar-lo.

Mitja hora llarga després, quan va veure que l'Hugo Serra –americana grisa, corbata blava– sortia de l'Stoner armat amb el maletí, el Gratu es va arrepapar a la cadira i es va plantar a terra, com quan podia fixar els peus en una melé. De sota del cotxe en va sortir, espantat, un gat que qui sap si feia hores que covava la mandra amb l'escalfor del motor. Quan el Gratu va tenir l'home prou a la vora, el va saludar amb naturalitat estudiada, des de l'altra banda de l'A3.

–Bon dia.

–Hola. –L'Hugo Serra va pensar «ja t'apartaràs, nano».

–Un bon cotxe.

–Sí, gràcies.

–Ets metge?

–No, no és meu.

–És automàtic?

–No, no. –L'Hugo Serra Calcavecchia va obrir la porta del darrere per deixar-hi el maletí i l'americana. Tanta pregunteta que no venia a tomb l'incomodava.

–Si mai surto d'aquí, els meus pares em compraran un cotxe automàtic i adaptat.

–Tà clar que te'n sortiràs, home.

–Et falta algun dit o una cama, a tu?

La situació el començava a mosquejar. L'Hugo Serra, com si anés per feina, va brandar el cap amb un «no m'atabalis tu, ara».

–Tens alguna invalidesa, tu? Com que has aparcat aquí... –li va assenyalar, amb falsa candidesa, el rètol de plaça reservada. Si li buscava les pessigolles, les hi va trobar.

–Mira, noi. Tens raó, ho sento. Tenia molta pressa.

–No ets metge i tenies pressa? –El Gratu, seguint el guió pactat amb l'Agus i el Santana, no perdia els estreps.– A què et dediques?

Va començar a pensar quines ganes que té aquest, ara, de tocar-me els collons amb les mans fredes.

–Sóc comercial. No ho faré més, d'acord? No tornaré a aparcar aquí. Val? Ja està.

–Comercial de què?

–De farmàcia.

–L'Audi és de l'empresa, doncs?

–Diguem que... sí. –L'Hugo no gosava tocar la cadira del noi, però es moria de ganes d'enretirar-lo, arrencar i fugir.– Em deixes pujar, sisplau?

–El cotxe és de XAK Farma?

El Gratu ho va dir com qui no vol la cosa, i sense cap intenció de bellugar-se ni un pèl ni deixar-li obrir la porta del conductor. De cop i volta, l'Hugo Serra es va acotar fins a posar-se a l'alçada dels ulls del noi i va ensenyar la seva cara més seca. Prou de la broma.

–Tu qui ets?

De la cadira de rodes estant, el jove, sense perdre la calma, li va allargar la mà.

–Tothom em diu Gratu.

–Hugo. –L'hi va encaixar, desconcertat pel que li estava passant.

–Ja ho sabia que et dius Hugo. –Li va sobrar la rialleta de suficiència.– Hugo Serra Calcavecchia, la teva mare és argentina. La teva vida ja no és teva. A les xarxes hi ha tot el teu rastre. I el meu. I el de gairebé tothom. Mira. De mi, què podrien saber? Que jo em dic Gerard Grau, que tothom em diu Gratu, que jugava a rugbi a la Unió de Rugbi Tibidabo, que vaig tenir un accident a la sortida d'una melé. Quina mala sort, eh? Aquí a l'Stoner tothom s'hi està per una castanya amb moto o un accident de cotxe... Jo m'ho vaig fer jugant a rugbi. Tot això és a la xarxa. I també hi ha moltes fotos meves, tetraplègic, bufant les espelmes d'aniversari, i fotos dels anys que he estat aquí a l'Stoner, la celebració de quan vaig començar a recuperar la mobilitat a les mans. Fins i tot hi ha fotos penjades fetes per mi. La gent pot saber de mi que tinc un pare metge i una mare advocada. I que el meu jugador preferit, de tots els temps, és el Lomu. El Jonah Lomu, et sona?

–No, no... –l'Hugo Serra feia uns ulls com unes taronges.

–Gairebé dos metres, més de cent vint quilos. Una bèstia. Era l'estrella dels All Blacks i ara li han hagut de trasplantar el fetge. I els seus companys d'equip se li han presentat a l'hospital i li han cantat «Kia Kaha, Jonah». Sigues fort, en maori. El vídeo també està al Youtube. Tot això, i molt més, ho pot saber qualsevol de mi si s'entreté una estona navegant. Fàcil, oi? I de tu, Hugo Serra Calcavecchia, sabem que ets asmàtic. Què sabem de tu gràcies al Facebook i al Twitter? Que treballes a XAK Farma, que has muntat festes a París amb no sé quants metges, psiquiatres i neuròlegs de Barcelona i que has acabat la nit en un antre per a gais on hi ha una dutxa al mig i sempre hi ha un client o un altre que es despulla i es remulla.

–Jo no he penjat res d'això...

–Tu potser no. Però tu hi surts, i parlen de tu.

–Només hi vaig anar a acompanyar uns amics.

–Eh, que a mi no m'importa. És a tu que t'hauria de preocupar quina imatge hi ha de tu a la xarxa.

–Que et dic, noi, que a mi els homes no... que jo en aquell bar... És igual, no sé què coi t'estic explicant si ni tu, ni ningú, no n'ha de fotre res, de res.

–Però t'emportes un exèrcit de metges a París, això està més que documentat. I una tal Sílvia Molina, una doctora, no sé si la recordes, perquè éreu tants, va fer fotos amb el mòbil i les va penjar al mur de Facebook, i allà estàs tu, d'amfitrió amb centenars de metges de Barcelona. I tots agraïts amb el bolígraf i la ploma Montblanc que els vas regalar. També hi ha una foto. A canvi de què? De receptar el Prodemax? Hi ha més pistes teves, a la xarxa, que del Muhammad Atta a Salou.

–I a mi què, tot això. No hi ha res dolent. És pecat? És delicte? No m'he d'amagar de res.

–Per cert, el Fran Lasorda, el director de l'Institut Stoner, també va venir a París?

–El doctor Lasorda l'acabo de veure ara, aquí. L'he felicitat per la seva reelecció.

–I li has portat ja el «Big Boy»?

–No sé de què em parles?

–I tant si ho saps. La locomotora. El trenet de col·leccionista que li feia tanta il·lusió.

–Això t'ho ha dit ell. –Va relaxar-se, per uns instants.– No té cap mèrit saber això.

–Ell no pot saber quant n'heu pagat pel «Big Boy». –El Gratu va deixar de semblar un jove innocent.– I jo sí. 750 euros.

L'Hugo Serra Calcavecchia es va adonar que no se les tenia amb un pardal. Ni un bri d'innocència, aquell xaval. No deia res a la babalà. Tenia alguna informació que no sabia d'on collons podia haver tret. I estava massa confós i massa atabalat per poder-hi pensar.

–No sé què vols, ni què pretens. Però a mi no m'enfonsaràs la carrera.

–Mira, Hugo: tothom té un titular a pàgina sencera que li pot esguerrar la vida.

–Tu has vist moltes pel·lícules.

–Potser m'hauria de prendre un Prodemax, per calmar-me?

–Ets un... –només es va frenar perquè era un cadiròman.

–Digue-li al Lasorda que me'n recepti, vinga. Un Prodemax cada nit, quatre setmanes seguides. Aquest és el truc?

El Gratu sabia com burxar. Portava un entrenament de molts anys. Amb el costum de portar la contra havia tret de polleguera els pares, els metges, les infermeres i la resta de pacients que havien intimat amb ell al gimnàs o a la sala de transferències.

–Tot això que insinues no té solta ni volta. Hi ha uns codis de bones pràctiques que han firmat totes les farmacèutiques. I un codi deontològic dels metges. Tot això ja no passa. Ja no es compren metges.

–No, ni poc. També hi ha un codi no escrit de com teniu muntat el tinglado. Això és el que vull: que m'expliquis com funciona, que m'expliquis la teva feina. Amb detall.

–A tu? No hi ha res a explicar. Per què hauria de ferho?

–Perquè tot el que sé de tu i del Prodemax ho puc explicar al Dani Santana, el periodista. Saps qui és? Tothom sap qui és el Dani Santana. Faria dos programes especials si tingués una informació així. Sabies que el tenim ingressat aquí a dins?

L'Hugo Serra va respirar fondo, va treure un paquet de tabac de l'infern de l'americana i va oferir una cigarreta al Gratu. «Passo», li va fer el gest amb la mà. El visitador es va allunyar unes passes de l'aparcament, mentre fumava. De cop i volta semblava no tenir pressa. El Gratu es fixava en la doble vida d'un asmàtic que pipava amb calma i, al cap d'uns segons, treia el fum pel nas, com un búfal. L'Hugo Serra tenia la ciutat als seus peus i no la veia. Li passaven mil idees pel cap enterbolit a tota velocitat. I ni una de bona. El mal humor no el deixava raonar. Va tirar la burilla a terra i, d'esma, es va assegurar que l'apagava amb la sola de la sabata.

–Deixa'm sortir. Deixa'm treure el cotxe i demà et dic el què.

–I demà aparcaràs en el lloc que et toca?

–Mira... No em toquis més els collons.

El Gratu, amb el motoret, es va apartar i va agafar embranzida per pujar les rampes. Encara no havia saludat el vigilant de seguretat de l'Institut Stoner que l'Hugo Serra Calcavecchia ja havia fet marxa enrere amb el seu Audi, havia donat gas i, derrapant on no calia, havia desaparegut del mapa.

30

ON DIU QUE ESTIGUI PROHIBIT?

De verdes i de seques. L'Eva Bosch, com a intendent de la policia i com a comissària general d'Investigació Criminal, n'havia vist de tots els colors. Amb el Dani Santana –ja fos director del diari *Crònica* o presentador de *Punt de vista* a TV10– havien compartit alguns casos truculents i no poques peripècies sobre les quals algú mancat d'imaginació en podria escriure algun best-seller.

Mentre traçava els revolts de la carretera, de camí cap a l'Institut Stoner, s'imaginava l'escena que hauria de viure uns minuts després. Avançar-se a la jugada, pensar què diré quan ell em digui, era un estratagema que sempre l'havia ajudat. Tenia el costum d'imaginar-se el terreny de joc, com aquelles gimnastes xineses que, des de tres anys abans dels Jocs Olímpics, s'entrenaven en unes condicions de so, de claror i de temperatura pràcticament idèntiques a les que tindrien en el dia de la seva actuació olímpica en un pavelló abarrotat. Així, el dia que els toqués fer la barra fixa o l'exercici de terra es podrien centrar a llançar l'arc amunt i tornar-lo a agafar, sense estar pendents d'un context nou que les pogués neguitejar.

L'Eva Bosch sabia, de fet, que el que l'esperava amb el Dani Santana no seria agradable. Tenia el pressentiment que, de totes les converses que havien tingut a la vida entre ells dos, la que havien de tenir aquell dimarts –una tarda de cel ras amb algun cap de broma que semblava pintat– seria la més estellosa.

La intendent va tustar a la porta –nas de barraca...– de l'habitació 208.

–Endavant!

El Dani Santana, assegut a la butaca, estava llegint el correu electrònic que li havia enviat el Gratu. Li costava d'entendre com funcionaven els bricks, el sistema de mesurament a través d'enquestes que servia a les empreses farmacèutiques per saber a quins llocs s'està despatxant més, i menys, el seu medicament. De reüll, per l'uniforme, va saber qui l'havia vingut a visitar. Va tancar l'iPad, el va deixar sobre el llit i va mirar a la intendent amb els ulls seductors que reservava per a la televisió.

–Saps què m'agrada de tu, a banda del nas nou?

–... –li va deixar dir la poca-soltada.

–Que ets l'única dona que sempre se'm presenta sense cita prèvia.

–Ets un fantasma.

–No, no. De debò. Estic fent qualsevol cosa i, patapam, apareixes per sorpresa. Vols que et digui una cosa? –El valor de la pausa.– M'agrada.

–Estàs molt de conya, tu, avui?

–M'ho acaben de dir. D'aquí a deu dies cap a casa. Ja li tinc el peu al coll.

–Felicitats. –L'Eva Bosch, que no compartia l'estat

d'ànim del Santana, es va posar tremendament seriosa perquè el periodista se n'adonés.– Doncs, em sap greu esguerrar-te el dia.

–Què passa? Em véns a detenir?

–No encara.

El Santana va riure. I es va quedar amb la ganyota glaçada quan va veure que l'Eva no estava per orgues.

–Què passa?

L'Eva Bosch havia trigat unes hores a lligar caps. El diumenge, després d'aixecar el cadàver del noi que duia la cadena amb el nom d'Òscar al canell i al qual havien tret la llengua per la gola abans d'arrossegar-lo fins a un bosc, se'n va anar a comissaria. Es va asseure al seu despatx amb el llum apagat i, amb el front sobre la taula, el nas disparant a terra i amb els ulls enfocant-se les sabates, va intentar recordar on havia vist, abans, aquella cara. Una de les seves virtuts, des de petita, era ser fisonomista de mena. Amb els anys, l'experiència i la professió, havia afinat encara més la relació entre una cara i un nom. Però, al capdavall, potser havia vist tants caretos a la vida –de morts, de vius, d'aquí, d'allà, de bons i de dolents– que pensava si potser arribava un moment que el garbuix de faccions era tan enorme que el seu cervell havia arribat al màxim del seu rendiment i ja no donava més de si. En lloc d'abstreure's i pensar on havia vist aquell Òscar guapet, abans que li desfiguressin la cara, es col·lapsava més i més i no se'n sortia. Era un peix que es mossegava la cua. Com més s'angoixava pensant que al seu cap hi hauria una confusió pels segles dels segles, menys podia concentrar-se en la seva recerca memòria endins. I, per la seva feina, si no podia recordar qui era qui, seria fatal. Es va passar més de mitja hora amb el cap cot. Ara ho provava amb els ulls tancats, ara els tornava a obrir i, de nou, es mirava les sabates. Tenia una imatge i li faltava l'altre. Veia l'Òscar mort al bosc de Cerdanyola i no veia l'Òscar viu enlloc. Algú va acostar-se al seu despatx.

–Baixo al caixer. Que és diumenge i, amb les presses, he sortit sense un duro.

–Perdó? –un sergent, company de comissaria, havia interromput la recerca de l'Eva Bosch.

–Que baixo i ara torno, ok? –El sergent, dret, amb una mà al marc de la porta.– Per cert, estàs bé?

–Sí, sí. Una mica de mal de cap –es va justificar per una postura tan poc habitual. I gens professional.

De cop i volta, com amb una fuetada, li va venir al cap la imatge de l'Òscar viu. Ja ho tenia. Es va incorporar i va teclejar a l'ordinador per recuperar-ne la seqüència en moviment. Es veia borrosa, però, tot i no tenir la millor definició del món, era claríssimament la mateixa persona. No en tenia cap dubte.

Abans d'anar a visitar el Dani Santana, l'Eva Bosch va esperar a recopilar més informació. Amb el resultat de l'autòpsia, l'anàlisi del forense i l'informe que li havia preparat la policia científica del rastre que havien trobat al bosc, i en el telèfon mòbil del noi, se'n va anar cap a l'Institut Stoner. Quan el Santana, veient la cara de gravetat de l'Eva Bosch, li va preguntar què passava, la intendent de la policia va obrir la carpeta i li va deixar una foto al damunt de les cames. Era la cara de l'Òscar, degollat. Volia veure com reaccionava.

–Hòstia. Déu meu. Quin disbarat.

Va esperar-se trenta segons, que es van fer llargs.

–Ho sabies?

–El què? –Responia sense poder deixar de mirar la foto.

–Que l'havien matat?

–No, no, ni idea... Em deixes... Pobre noi. Mare de Déu. I això? –va assenyalar la llengua que penjava.

–La corbata colombiana. És una manera de dir que aquest bocamoll ja no piularà més. Et puc dir una cosa?

El Dani Santana no podia alçar els ulls d'aquella imatge esgarrifosa. L'Eva Bosch la va agafar i la va deixar, girada, al damunt del llit.

–L'has reconegut de seguida.

–Sí, sí.

–Vol dir que el coneixies bé.

–No, no. En absolut. Què va...

–Òscar, què més?

–No ho sé.

–Només el vas veure un dia i l'has reconegut de seguida?

–Tu no recordaries algú a qui li has donat diners?

–Saps el que m'ha costat, a mi, saber que aquesta cara l'havia vist amb tu al caixer?

–Si m'estàs acusant d'alguna cosa, Eva, para el carro. Jo no el conec de res, no li volia cap mal i tinc la coartada perfecta: he estat cent anys tancat aquí dins i en algun lloc deu constar que no he sortit ni per...

L'Eva Bosch no s'arrugava davant la seguretat del Santana. Dreta al seu davant, semblava un fiscal –que tomba, que gira– fent l'actuació de la seva vida, amb ganes d'impressionar el jurat popular.

–Aquest noi t'extorquia?

–No.

–Repeteixo, l'Òscar t'estava extorquint per algun afer que...

La va tallar en sec.

–Que no, Eva, ja t'ho vaig dir fa dies. Que no, que no m'extorquia.

L'Eva Bosch ho va intentar d'una altra manera.

–Veient les imatges de la gravació del caixer, i si fos mal pensada, diria que aquest noi t'estava atracant, però aleshores la resposta seria desproporcionada. Ningú no mata, en fred, algú que l'ha atracat. I no et veig a tu, francament, llogant un sicari perquè es carregui el nano i que li faci la corbateta...

–Molt amable...

–Però si fos més mal pensada i pensés que aquest noi estava extorquint algú, potser sí que hauria despertat les ganes de venjança d'aquest algú que potser és una persona que no té els teus escrúpols.

–No ho sé.

–T'ho he de repetir, Dani: t'estava fent alguna mena de xantatge?

–Que no, Eva, collons, com vols que t'ho digui?

–El nano era menor d'edat, però era molt espavilat. Hem pogut saber que allà, a prop de Vic, que és d'on era, feia... de gigoló.

–... –va intentar no parpellejar.

–Amb setze anys! Amb només setze anys se n'anava al llit tant amb homes com amb dones. Per calés...

–Doncs, jo no me l'he tirat, si és això el que insinues.

–El Santana es va empipar.– Que no, Eva, no em miris així.

Hi ha mirades que són acusacions. El silenci, profund, va incomodar tant l'un com l'altre.

–Jo... –va dubtar si dir-ho–. Ell tenia una informació i jo l'hi vaig comprar.

–Tu pagues per la informació?

–On diu que estigui prohibit?

La pregunta de l'Eva Bosch li va sonar a *tu quoque*, Santana. Feia estona que li sabia greu que dubtés d'ell. Que en dubtés com a persona, i que en dubtés com a periodista. Una ofensa, tot plegat.

–Informació de què? –Cap resposta. Va apujar el to.– Informació de què?

–D'un projecte... D'un negoci important per al país...

–Quina informació?

–I una merda, que te la diré.

–De quin projecte, doncs?

–Res. No tenia importància. El noi es pensava que sabia alguna cosa sobre... Et sona Historyland?

–Aquí. –Bingo, va pensar.– Precisament aquí volia arribar.

El Dani Santana va esbatanar els ulls sentint l'explicació de l'Eva Bosch que, fins llavors, s'havia guardat un roc a la faixa. Policies i periodistes es deleixen per una mateixa cosa: els detalls.

L'Òscar, de setze anys –de només setze anys com havia recalcat l'Eva Bosch–, l'havien mort el divendres a la tarda, gairebé amb tota seguretat. El devien haver atacat per l'esquena, de forma sobtada, perquè pràcticament no havia pogut oferir resistència. El tall al coll, segons indica el forense, segurament devia ser definitiu. La tortura va venir després. L'Eva Bosch havia tornat a agafar la fotografia i, mentre narrava la hipòtesi del crim, la tenia entre les mans i, de tant en tant, la mirava, com si ajudés a concentrar-se en l'explicació. Segons l'informe de la policia científica, el mateix divendres dos homes van arrossegar el cadàver del noi fins a un bosquet al costat de la carretera de Cerdanyola. La pluja de dissabte podria haver malmès, i fins i tot esborrat, algunes proves que haurien estat cabdals per als pèrits. Per la triangulació entre les antenes de telefonia on s'havia connectat el terminal, intuïen que l'assassinat s'havia comès lluny del lloc on havien dut el fardell. Encara, però, no podien precisar on.

–El cos de l'Òscar el va trobar diumenge, a primera hora del matí, una noia que feia fúting i que es va desviar del camí per fer les seves necessitats. Encara hi ha moltes coses que s'estan analitzant, d'empremtes i pèls, però en la roba i en el cos del noi sembla que no hi trobarem cap cosa. Sí, però, que vam trobar el seu telèfon mòbil. El tenia dins del mitjó i ja no tenia bateria. Vam pensar que potser, amb la pluja, no el podríem recuperar. Però els nostres tècnics són uns manetes de primera. I aquí va venir la primera sorpresa. A l'agenda de contactes d'aquest noi, que era un bala perduda, i enmig de tot de telèfons d'amics, família i gent que no se sap qui són, hi tenia dos números importants, dels que no té ningú: el del Bobby Faura, el magnat mexicà de la telefonia i l'home de Historyland, i el telèfon del Toni Mazorra, el marit de la Maria Romero. Ara, per bé que no ha transcendit públicament, s'han separat, però per a tothom és la vicepresidenta, és el secretari del Govern i l'home que, segons la premsa, està duent a terme les negociacions amb el Faura. Vam estar mirant si hi havia algun missatge entre ells. Res de res. Ni a la memòria del telèfon ni a la memòria SIM. Si s'havien enviat missatges, l'Òscar els havia esborrat. Els havia sabut esborrar sense deixar cap vestigi. Gràcies a una ordre judicial, el que sí que hem pogut mirar, per l'escorcoll del registre de trucades, és si des del número de l'Òscar s'havia telefonat al Bobby Faura i al Toni Mazorra. I aquí, gràcies al Call Detail Record, el registre de les operadores, ha vingut la segona sorpresa. A la base de dades hi ha els registres CDR de tres trucades del Mazorra a l'Òscar i dues més, en dies diferents, del noi al Mazorra.

–I amb el Faura? –va preguntar el Santana, atònit, que continuava desorientat des que l'Eva Bosch s'havia tret la foto de la carpeta i l'hi havia posat davant dels ulls.

–Cap ni una. Si més no des del telèfon del Faura que l'Òscar tenia entrat a l'agenda, perquè aquest home en deu tenir uns quants.

–Estic flipant.

–No m'estranya. Què em pagues, a mi, per aquesta informació? –Per fi l'Eva s'havia permès fer una broma. Però de seguida va tornar al seu paper impertèrrit.– Quin creus que pot ser el vincle de l'Òscar amb el Mazorra i amb el Faura?

–No en tinc ni puta idea.

–Creus que la mort de l'Òscar i tot aquest cas, la manera com el van degollar, agafant-lo pel coll, per darrere, pot tenir alguna cosa a veure amb el teu intent d'assassinat?

–No, no... –Va mentir.– No ho crec, vaja. Saps si l'assassí de l'Òscar duia barba?

–Vols que et digui una cosa? –L'Eva Bosch no suportava que se la rifessin.– Fa dies que penso que saps més coses de les que expliques. No m'agradaria pensar que estàs fent investigacions pel teu compte. No col·laborar amb la justícia ja saps que té un nom.

–Diversió?

–Obstrucció.

L'Eva Bosch va recollir la foto, la va posar dins la carpeta i, sense dir ni adéu, va fer el pas per anar-se'n. El Dani la va saber aturar quan ja era a la porta.

–Eps. Una cosa...

Ella es va girar, desafiant, sense intenció de fer marxa enrere.

–Bona feina, Eva. De debò.

Cofat de si mateix, el Santana estava convençut que posseïa un do: el truc just per tocar les dones. Fins i tot les lesbianes. A l'Eva Bosch, endurida per la feina, avesada a tractar amb delinqüents de tota estofa, aquests comentaris no li feien fred ni calor. Al contrari, els creguts més aviat li feien basques.

Així que l'Eva Bosch va ser fora de l'habitació, el Santana es va treure el mòbil de la butxaca del xandall i va trucar al Gratu.

–Deixa el que estiguis fent i vine corrents. A la meva

habitació, sí. D'acord, sí, quan dic corrents vull dir ràpid. Ara tu, també... No t'ofenguis, coi. Vine, que tinc un encàrrec que t'agradarà.

En un tres i no res, esquivant els carretons amb les safates del sopar, el Gratu va ser a la 208. El Dani Santana, embalat com mai no l'havien vist des que havia ingressat a l'Institut Stoner, li va fer un tràiler de la pel·lícula que el Gratu s'havia perdut. Un noi de setze anys –de només setze anys–, sembla que gigoló a hores perdudes, apareix assassinat en un bosc. La policia troba el seu telèfon intel·ligent i, en la seva agenda de contactes, hi apareixen els números de dues persones molt importants que ara no vénen al cas però que podrien ser claus per a la investigació. Consta que, amb una d'elles, s'han trucat unes cinc vegades. Els missatges SMS o els correus electrònics, si n'hi havia, han estat esborrats. Sabem que el noi es deia Òscar i que era de Vic, o de prop de Vic. No tenim gaire cosa més.

–La notícia ha sortit als diaris?

–Algun breu potser, però només deien que s'havia trobat el cos d'un home i poca cosa més. Ni tan sols deien que fos un menor. Creus que pots trobar alguna cosa?

–Deixa-m'ho intentar. El repte és guai.

–Fes-me només un favor, Gratu. No en diguis res a ningú i no entris als ordinadors de la policia. Entesos?

–Això són dos favors i tu has dit un.

–A la policia, sisplau, deixa-la tranquil·la.

El ulls del Gratu, guspirejant, demostraven que s'havia encès. Va tirar el cos enrere i va sortir de l'habitació del Santana aixecant roda, com el Marc Márquez a la recta de meta.

31

El negoci del talent

L'HSC, un home prim, solter, de trenta-tres anys, és visitador mèdic. Treballa, des de fa dos anys, com a delegat comercial de XAK Farma. Des que va entrar en contacte amb aquesta multinacional farmacèutica, la seva vida i la seva feina van estretament lligades a un medicament estrella: Prodemax, l'antidepressiu ètic d'última generació. La pastilla de l'eufòria fa tres anys que és a les farmàcies i, amb un tractament inicial de vint-i-vuit dies, i per poc més de seixanta euros la capsa, el teu estat d'ànim ha d'haver millorat al cap d'un mes de prendre-t'ho.

L'HSC és fill d'un venedor de l'Enciclopèdia Britànica. No haver acabat la carrera de farmàcia no ha estat, mai, cap impediment per haver anat ascendint laboralment i per tenir un molt bon sou. Al contrari: haver passat per la facultat li ha donat nocions, coneixements i vocabulari. En aquest sentit, l'HSC té algun avantatge respecte dels altres quaranta companys, delegats comercials, que XAK Farma té repartits pel territori per explicar, als metges del país, les virtuts de Prodemax. Per fer aquesta feina no et demanen estudis superiors. Per donar a conèixer les característiques de Prode-

max a tort i a dret, dins de l'àmbit mèdic, et poden pagar 70.000 euros fixos l'any, més uns altres 30.000 d'incentius. Uns incentius que, per poc bé que ho facis i que convencis a molts metges que receptin el teu medicament, es poden doblar fàcilment. Que ningú no s'emboliqui: aquesta quantitat és la seva retribució; a banda hi ha el pressupost que el laboratori atorga a cada delegat comercial per poder untar metges. El verb «untar», ells no l'utilitzen. Mai. Forma part del secret. S'estimen més fer servir «convèncer». L'HSC, abans de treballar per XAK Farma, treballava per un dels cinc grans laboratoris mundials. El seu producte a col·locar, en aquell moment, era un medicament per regular la hipertensió. Per untar metges tenia, ell i cadascun dels seus tres-cents companys amb la mateixa feina i el mateix medicament, un pressupost de 90.000 euros anuals. La manera fàcil, i habitual, de convèncer un metge perquè receptés aquell medicament, i no un altre de la competència, més enllà d'explicar-li les virtuts terapèutiques, era donar-li un xec al portador. Un taló de mil euros per aconseguir que el receptés a trenta pacients diferents. Cada vegada que havia de regalar una pantalla de plasma, o un viatge, o convidava a sopar al Bulli un metge i la seva dona, tot això tenia una partida al marge dels 90.000. Invertir en metges és la inversió més segura per als laboratoris farmacèutics. Ell saben que el metge té un gran poder: el de prescripció.

–Si poses HSC, que treballa de visitador a XAK Farma, a l'empresa, als cinc segons, tothom sabrà qui és –es va queixar el Gratu.

–Jo hi volia posar directament el seu nom, imagina't

–va replicar l'Agus Maldon. Quan escrivia, que no li toquessin gaire el voraviu.– El primer que s'ha d'explicar en un reportatge és el qui. Qui és el protagonista.

–Però aquí es tracta de denunciar una realitat amagada. No cal que matin una persona.

–Ens diem nomeselsfets.com i no podem explicar els fets?

–Els fets, sí. Però si reveles la font... L'Hugo Serra aquest està acabat. Xixina.

–Què?

–Que en fotran xixina.

–I aquest és el nostre problema?

–Però aquest és el nostre pacte amb ell. Amb aquest home hi vaig parlar jo, i només jo sé com vam quedar. Ens ha dit com funciona la seva feina amb detalls i xifres. I amb exemples. Ara no el podem portar a l'escorxador.

–Tu has fotut bé la feina, Gratu, ara deixa'm redactar a mi.

–Això mateix, Agus. –El Santana, paternal de to i de gest, va posar pau entre els dos galls que ja es tornaven a enfilar.– Tu escriu i, abans de penjar-ho, ja ho decidirem.

El kit de treball d'un visitador mèdic consta d'un maletí, un cotxe d'empresa, un telèfon d'empresa, un ordinador portàtil d'empresa i una Visa, de XAK Farma, per pagar totes les despeses que calgui derivades de la seva feina. Un visitador mèdic, però, no treballa a les oficines de laboratori. No té un despatxet, ni una taula, ni una grapadora. El lligam hi és, però fins a un punt. Les empreses s'estimen més pagar-los un cotxe, un Audi A3 com el de l'HSC, i que treballin pel seu compte. Al maletí, què hi porta? Bàsicament, molta literatura mèdica per donar al metge perquè se la llegeixi quan vulgui –si en té ganes–; també hi porta molts gadgets de Prodemax –llibretes, bolígrafs, clauers, llapis de memòria, boles de golf...– i, el més important de tot, un visual. El visual –element bàsic– és una carpeta amb dues anelles, amb les pàgines plastificades, que serveix al visitador per explicar els avantatges del Prodemax en deu minuts. S'ensenya, però mai no es deixa als metges. Un cop s'ha acabat la presentació exprés, es plega el visual i es torna a desar al maletí fins a una nova ocasió.

Cap visitador té cap metge en exclusiva. La selva entre visitadors, la competència entre ells, no només entre medicaments, ha acabat fent més rics molts metges. Els bars dels hospitals són el paradís dels visitadors. Allà hi troben tots els metges i és un bon moment per al primer contacte o per mantenir el caliu de la relació. La clau és aconseguir una visita privada a la consulta del metge. A l'HSC se li han obert algunes portes amb un sistema senzill: n'ha tingut prou amb una capsa de xocolata per a les infermeres de la consulta. Barat i efectiu.

L'habitació del Santana, amb tres ordinadors portàtils oberts i el desordre dels cables i de cadires manllevades de la sala d'espera, semblava la redacció dels enviats especials a una guerra. L'Agus Maldon picava amb decisió, com si li haguessin donat corda, com si les idees fluïssin a raig, com si s'acabés el món i ell n'estigués redactant l'última crònica. El Santana, espigolant d'aquí i d'allà, s'entretenia a clicar notícies de diferents diaris. El Gratu, amb el Toshiba sobre les cames, provava i provava i provava d'entrar en algun lloc que el conduís a alguna pista sobre l'Òscar. Era un encàrrec secret del Santana i, amb el propi cos, tapava la pantalla. Ningú no havia de veure a quins llocs inhòspits gosava entrar. El Gratu, però, sabia jugar a dues bandes.

–El reportatge, qui el signarà?

–L'Agus. Et sembla bé?

–Tindria més repercussió si el signessis tu –el Gratu, després de deixar anar la granada, va mirar al Santana.

L'Agus va alçar els dits del teclat i també va buscar el Dani.

–En això... –va remarcar-ho–, en això estic d'acord amb el Gratu.

La Raquel, que s'ho mirava tot des de segona fila –hi ha papers que sempre semblen assignats a les mateixes persones–, va socórrer el seu cap.

–El Dani està fora de circulació. Deixeu-lo en pau. Prou que ha fet de posar en marxa la web i muntar la plataforma digital. Ell, el que ha de fer, és curar-se les cicatrius, tornar a caminar amb normalitat i que la policia descobreixi qui el va voler matar, que ja triga. El Dani ja ha fet prou. No li compliquem més la vida.

Quan el Santana estava a punt de tenir unes paraules amables per a la Raquel, l'Èlia, que havia acabat la seva jornada, va entrar a l'habitació. El Santana es va empassar les paraules que tenia a la punta de la llengua i en va deixar anar unes altres.

–Podria no signar ningú. Seria el reportatge, per fascicles, de nomeselsfets.com, però em sembla que un reportatge anònim no és valent, no té la força i la contundència que si va signat per algú. Un anònim perd la credibilitat, sembla una venjança, un pamflet, no és periodisme. I més si és l'Agustí Maldonado que, vulguem o no, és una firma.

Ningú no en va gosar fer cap comentari. Era estrictament veritat. Era una firma.

L'HSC, visitador mèdic de XAK Farma, com pot saber que un metge determinat està receptant el Prodemax? Té dues formes de fer-ho, però totes dues d'una fiabilitat relativa. Una és, amb un pacte de fe amb el farmacèutic de la zona. El nostre protagonista li regala unes ampolles de vi, de vi bo, i el farmacèutic li indica, amb unes estadístiques d'estar per casa, quins metges estan receptant el seu medicament i, més o menys, en quines quantitats. No són, ni de bon tros, xifres afinades, però sí que permeten al visitador tenir una orientació i fer el marcatge al psiquiatre de torn. L'HSC és un mestre a fer la gara-gara als farmacèutics perquè li passin, amb discreció sobreentesa, la informació de la conducta dels seus metges.

El segon mètode, establert a tota la indústria farmacèutica, tampoc no aporta xifres definitives, però és el sistema de mesurament que donen per bo i que serveix per delimitar la influència dels metges en les farmàcies de la zona propera al centre sanitari, o a la consulta, on s'ha de receptar el Prodemax. Són els bricks. Els visitadors estan molt pendents si han sortit els bricks del mes d'abril. El brick –és l'argot que fa servir tothom– és la xifra de cada medicament que el laboratori ha venut a cada farmàcia. A partir d'aquí es calculen els incentius de la part variable del sou de cada visitador. La seva comissió surt d'aquesta extrapolació, que continua sent altament imperfecta. Per més que cada laboratori hagi dividit cada població en diferents bricks (Mataró 1, Mataró 2, Mataró 3...), amb uns quants metges clients dins de cada zona, un visitador no sabrà quin dels tres o quatre metges «clients» és el que està tirant del carro. I segon parany, els grans hospitals públics de Barcelona visiten molta gent del territori i, lògicament, és impossible seguir el rastre de si un metge de Sant Pau o del Clínic o de Bellvitge ha receptat Prodemax a un pacient de Torelló, de Badalona o de Cambrils. Precisament per això, incentius a banda, que són una part molt sucosa del seu sou, l'HSC s'estima molt més raspallar els farmacèutics, tenir-hi confiança i treure informació que delati si els seus metges estan fent bondat a l'hora de receptar les capses de Prodemax pactades.

–Aquest capítol dels bricks, no queda massa tècnic? –La Raquel,que anava llegint a la pantalla a mesura que l'Agus anava escrivint, també hi va dir la seva.

–Però també s'ha d'explicar, dona. –L'Èlia, vestida de carrer, no deixava de tocar l'orella del Santana.– Si no, no s'entendria com arriben a doblar el sou els visitadors i els metges. Ni s'entendria per què ningú no deixa aquesta feina.

A la Raquel li va recar que fos l'Èlia qui li portés la contra. La va fotre més que fos ella que l'opinió en si mateixa. De debò que la fisioterapeuta havia de ser allà, a la 208, amanyagant el Santana com si estiguessin sols? Calia? Qui l'havia convidat a aquell aquelarre? I a sobre, rasca't els ovaris, el Dani li donava la raó:

–Això dels bricks, Agus, que s'entengui.

L'Agus Maldon, sense deixar de picar el teclat amb dos dits, com una àliga, es va ofendre davant de tant dubte.

–És clar que s'entendrà. Tot s'entendrà. Tenim peces collonudes. La gent no en té ni puta idea i quedarà en quadre quan vegi com es munta un congrés a París. Com s'hi convida els metges, com hi van i com, sense que se'ls hagi de dir gran cosa, sobreentenen les virtuts del medicament. Tenim el capítol del metge que vol anar de putes però que el visitador l'hi pagui per avançat. Tela. Tenim el cas del pervertit del doctor Lasorda que només s'ha deixat seduir quan ha tingut el trenet americà de col·leccionista. I ara tindrem aquest sofisticat sistema de mesurament. Són quatre històries collonudes.

–I reals. I explicades pel mateix protagonista.

–És el que jo he dit sempre. –El Santana estava a punt de caure en la bacanal de l'autocita. Hi va caure.– El periodisme és, en el fons, el negoci del talent. Si tens una bona història, si l'escrius bé, la manera de fer-la arribar al lector és el de menys. La tecnologia, o el paper, és mera distribució.

El Dani notava que es feia gran quan, de tant en tant, en veu alta, se li escapava una reflexió de gat vell, més pròpia del Narcís Riera, el mestre que era a Dubai i al qual, ara que hi pensava, encara no havia respost el missatge.

–Teniu un paper? –El Gratu, de tant buscar i provar, buscar i provar, potser havia trobat alguna cosa. Se'n va tornar a l'habitació i durant dos dies no se li va veure el pèl.

32

A tot o res

Havia pentinat, en va, tot els indicis que el menaven a l'Òscar. Hores i hores de recerca sense arribar enlloc. Havien passat de llarg dues nits, amb l'ordinador engegat. I, al final, quan la son i el desànim l'havien fet pensar que havia seguit una veta equivocada, va arribar el premi. Va cridar el Santana que, amb el caminar més compensat dels últims dies, va travessar l'Stoner d'una ala a l'altra i es va plantar a l'habitació del Gratu, que feia olor d'orina i d'humitat. El Santana, sense demanar permís, va obrir la maneta per ventilar-la. La primavera treia el nas per la finestra.

–És l'Òscar. Estic convençut que és ell, no hi ha marge d'error. Es va crear un compte de Twitter. Mira.

El Santana va asseure's a la butaca d'orelleres i va encastar els ulls a la pantalla del portàtil del Gratu.

–@Obladioblidats?

–Per la cançó dels Beatles, suposo. L'avatar és la foto com d'un museu dels Beatles...

–Segur que és de l'Òscar?

–Que sí, home, espera't, que ara comença el xou. Fixa't en això. Tweets? Zero. Following? Zero. Followers? Zero?

–Que estrany...

–Quin sentit té crear-te un compte de Twitter i no tenir cap seguidor, no seguir ningú i no haver fet mai una piulada?

–Cap ni una?

El Gratu havia introduït la pilota a la melé per poder-la treure ell mateix.

–L'Òscar buscava la màxima privacitat. No buscava que el seguís ningú, al contrari. Quan crea el compte ho fa, precisament, per tenir un espai on, si convé, pugui escriure alguna cosa i deixar-la escrita per sempre.

–Però no escriu res. I si ho hagués fet, seria una piulada que no llegirà ningú perquè no té cap seguidor. I, total, tampoc no ha fet cap piulada...

El Santana intuïa que l'alegria del Gratu estava fonamentada. En aquell moment, però, estava molt lluny d'endevinar quin era el secret. El jove, orgullós de la seva descoberta, va somriure.

–Aquest és el truc de l'Òscar, precisament. Pensar-nos que no va fer cap piulada i, en realitat, en va fer tres. Tres missatges directes. Amb quin destinatari?

–Collons, Gratu, ni idea...

–Ell mateix. Tres missatges directes, enviats a si mateix i que només podia llegir ell. La jugada és bona. Els DM que t'envies a tu mateix no computen com a tuit i, en canvi, els reps. Per això ell sembla que no ha escrit cap tuit quan, en realitat, se n'ha escrit tres només per a ell. Quan vulguis pots fer la prova. –L'entusiasme del Gratu anava a més. A molt més.– Però el millor, Dani, no t'ho perdis, aquestes són les tres piulades que va fer l'Òscar. Estàs preparat? Començo per l'última, que és com ho he trobat jo. A punt?

Comunico al Mazorra que l'encàrrec està ok. Fet i filmat. Em pagarà la segona part quan ens trobem, al mateix lloc. Li passaré les imatges.

El Dani es va estremir.

–Hòstia, Gratu. –Ho rellegia i no s'ho podia creure.– Això és la polla. El Mazorra...

–«Wait and see». El segon tuit.

Follo, a l'hotel Avenida Palace de Barcelona, amb Roberto M. Faura. La M. és de Marica. Em paga 2.000 euros. Feina feta.

–La M de Marica, boníssim. Dos mil euros per deixar-se donar pel cul.

El Santana, bocabadat, estava dins de la pantalla.

–I per mi, Dani, el definitiu és el primer de tots. Aquest que veuràs és el primer que va escriure.

Reunió amb Toni Mazorra. Ens trobem a la botiga Nike del Camp Nou. Em dóna 3.000 euros en un sobre per un encàrrec. Tinc 15 dies per fer-ho.

–Tot plegat, un parany del Mazorra? No m'ho puc creure. No m'ho puc creure. Una trampa per collar el Faura? No m'ho puc creure.

–I quin paio, l'Òscar. Cobrava de tots. Cobrava del

Mazorra perquè és tirés el Faura i cobrava del Faura per follar amb ell. Negoci rodó. I només setze anys, el fill de puta.

I cobrava també del Santana per vendre-li la filmació. Però això només ho sabia el Santana. I l'Òscar. Però ara l'Òscar ja no hi era i ell s'havia quedat amb el secret, només per a ell, guardat en un llapis de memòria en forma d'un clauer ridícul dins d'una caixa de seguretat d'una cambra fortificada en una entitat bancària. I només la Raquel, en cas que ell –toquem fusta– morís assassinat, podria anar a rescatar el document, mirar-lo i fer la denúncia per poder assenyalar el seu botxí. Com es pot arribar a embolicar la vida, en deu segons, quan menys t'ho esperes.

–Que sapiguem, cobrava del Faura i del Mazorra –va subratllar el Gratu, enriolat–. Però amb aquest historial no podem descartar que encara en tragués més partit.

Al Dani, el «que sapiguem» li va fer pujar la mosca al nas. El Gratu insinuava alguna cosa? El Gratu havia vist, potser, un altre missatge directe de l'Òscar que expliqués a quin periodista havia venut les imatges? El Gratu, al capdavall, sabia que el Santana li havia pagat uns diners per tenir el vídeo de com un menor d'edat, ara degollat, enculava un dels homes més rics del món? I, si el Dani ho sabia i ho tenia, per què no ensenyava les imatges? I, si el Santana estava al cap del carrer de tot plegat, per què no ho explicava a la policia? Per què collons el Gratu havia dit el «que sapiguem» amb aquella entonació, com si ho digués amb segones, com si ell sabés alguna més del cert i només s'atrevís a llançar la indirecta.

El Santana, a tot o res, va decidir jugar-se-la. I li va fer la pregunta:

–Segur que no has trobat res més? No hi ha cap altre missatge directe de l'Òscar?

–No.

–No hi ha un quart tuit?

–Nanai.

–Com pots saber que no hi ha més missatges directes que ell mateix s'enviés, per si de cas?

–Si jo no he trobat... –Va vanar-se, cofoi dels seus mèrits i els seus ditets.– Però vaja, sempre hi ha una possibilitat. Twitter mai no ha deixat del tot clar què guarda en la seva base de dades interna. El que és veritat és que hi ha un forat de seguretat en tot el que són les notificacions per correu electrònic dels DM rebuts. Si no ho desactives tu, explícitament, Twitter t'envia un mail, per defecte, per cada missatge directe que reps. Què feia l'Òscar? Enviar-se missatges directes ell mateix. Per tant, al Twitter només ho podia llegir ell. Però si algú li entrava a la seva bústia de gmail, i ell no havia esborrat aquells missatges, els correus haurien quedat en pantalla i, per tant, a la vista de l'espia, del hacker o de qui collons li hagués rebentat el correu.

–I? –El Santana va dissimular el seu esglai.

–Ni rastre. Res de res. El nano era bo, o en sabia molt o va prendre totes les precaucions.

–Què vols dir?

–Que o bé ell mateix havia desactivat la funció per ja no rebre els correus per cada piulada que s'autoenviava des d'obladioblidats, o bé va tenir cura que al seu gmail no n'hi quedés ni un sol missatge.

–Vols dir que ho va llençar ben llençat de la paperera de la paperera?

–Segurament. –El Gratu pensava alguna alternativa. I parlava a poc a poc mentre l'esbossava en veu alta, sense filtres.– O, sent el Bobby Faura el crack de la telefonia mundial, segur que al seu despatx té trenta enginyers i trescents hackers que podien fer el mateix que he fet jo: entrar en un compte del gmail de l'Òscar, mirar tots els seus correus i, de la seva safata d'entrada, adonar-se de quins tuits s'enviava a si mateix perquè ningú no els trobés mai. Si jo he pogut fer-ho amb un «atac de força bruta», potser també van poder ells. Què hi van trobar? «Chi lo sà»?

Al Santana, que sempre havia deixat tota la tecnologia –i tantes altres coses sensibles– en mans de la Raquel, hi havia alguna cosa que no li quadrava.

–Però, a veure, Gratu, tu que et pots posar en la seva mentalitat, quin sentit tenia que l'Òscar s'autoenviés uns missatges tan delicats, a ell mateix, si mai no els podria llegir ningú?

–Jo els he pogut llegir... –Va rumiar.– No ho sé. Però em poso a la seva pell. Si jo fos ell, per què ho hauria fet? Doncs, potser per seguretat.

–Seguretat, poca, si l'han acabat pelant?

–Per venjança? Què sé jo? Per deixar-ho escrit en alguna banda, potser. Com un escut de protecció. Penjar-ho en el núvol amb l'esperança, és una possibilitat, que si li passava alguna cosa, algú ho pogués arribar a llegir o descobrir.

El Santana no va poder més. Es va pentinar les celles, amb quatre dits, i va decidir entomar la veritat.

–Parlem clar, Gratu. Has trobat si l'Òscar diu res de mi en alguna banda?

–De tu? –el va estranyar la pregunta. I encara més, la cara pàl·lida del Santana, com si estigués a punt de trallar.

–Jo li vaig comprar una informació, a l'Òscar. Superconfidencial. El que et dic no ho sap ningú, ni ho ha de saber ningú. Em va vendre unes imatges molt bèsties. Has dit que es tirava el Roberto Manuel Faura i que ho va posar al Twitter. Sí?

–Sí, sí. En un missatge privat que només podia llegir ell. –El Gratu va mirar la pantalla i va tornar a llegir:– Follo a l'hotel Avenida Pa...

–Doncs, aquesta és la informació que em va passar. No me la va passar. Me la va vendre... I jo l'hi vaig comprar.

–Hòstia, Dani...

–De tot això, segur que no en diu res?

–No, no...

–Que em va venir a trobar... Que li vaig pagar...

–En els missatges directes en aquest compte de Twitter que he descobert, no.

El Dani Santana va deixar anar l'esquena enrere, alleujant el seu neguit sobre el respatller de la butaca alta.

–Crec que l'Òscar ho va fer així a consciència, n'estic convençut. Res no és casual. I no tindria sentit que hagués esborrat precisament aquest tuit que parla de tu i que deixés els altres tres. O si algú ho hagués esborrat per ell, tampoc tindria sentit que deixés tres missatges molt compromesos i fes desaparèixer el que parla de tu. Eh, on vas, Dani?

El Santana s'havia alçat de la butaca de l'habitació del Gratu com si es calés foc.

–He de fer una trucada.

–Passa'm les imatges, que les penjarem al Youtube...

–I una merda –va cridar el Dani tancant, per fora, la porta de l'habitació del Gratu.

Pel passadís, de camí cap al jardí terapèutic es va treure el telèfon de la butxaca i va trucar a la intendent de la policia. Anava tan encaparrat que ni tan sols va donar importància que l'Èlia i la Raquel, dretes al costat de la màquina del cafè, estiguessin parlant d'ell. Tant l'una com l'altra semblaven competir, amb un vaset agafat amb dos dits, mirant de no cremar-se ni amb el tallat ni amb la conversa.

–Eva. Aquí el Santana. Només és una hipòtesi, fa dies que hi dono voltes, però ara, no em preguntis per què, però em sembla que hi ha una cosa que començo a tenir clara. Els que van matar l'Òscar són els mateixos que ho van intentar amb mi. Fixa't que el sistema era el mateix. A tots dos ens van atacar per darrere, per sorpresa, a ell li van tallar el coll i amb mi ho van intentar. A ell li fan la corbata colombiana i ens van enviar un missatge clar. El bocamoll que calli, això m'ho vas explicar tu. Que tothom que tingui el secret, que calli per sempre. I quin és el secret? Perquè després diguis que no col·laboro... Costa de creure, Eva, t'aviso. Però estic convençut que al darrere de tot això hi ha un peix gros. El Bobby Faura. El Faura i l'Òscar tenien relacions sexuals. Un dels empresaris més forrats del món, amb un xaval de setze anys, té collons. Per això tenia el seu telèfon i per això et consta que havien parlat.

El Faura pagava el noi per tenir-hi sexe. Aquesta és la informació que li vaig comprar al nano? No ben bé. Però potser amb alguna cosa que em va dir, he lligat caps. I més sabent que el noi es dedicava al que es dedicava... Què que vull dir? Que el Faura es tirava el nano, que van pensar que l'Òscar era un bocamoll que m'ho havia dit a mi i que ens han volgut treure de la circulació a tots dos. El Faura devia voler saber qui era aquest menor amb qui se n'anava al llit, el devien seguir i van veure que, un dia, es va reunir amb mi. Per què em van atacar primer a mi? Bona pregunta. També ho he pensat... I tinc dues idees, potser poc elaborades, ho reconec. Una, perquè el Faura s'ha continuat tirant el noi fins que n'ha tingut prou. I dues, perquè l'Òscar era un pardal que se'l podien treure del mig amb facilitat, com ho han fet, i tan sols seria un breu de diari. I jo en canvi, si sabia a què es dedicava el Faura, podia ser un perill. Sabien que jo podia esbombar-ho i podia carregar-me la imatge d'un dels homes més rics del món. El seu prestigi a prendre pel cul i Historyland i el gran parc temàtic dels casinos també. Però no ho sé, ja et dic que... I el Mazorra? En tot això, quin paper hi té, dius? No ho sé. Bona pregunta. De moment no ho sé. No sé per què l'Òscar tenia el telèfon del secretari de Govern a la seva agenda. Ni idea. Per què s'escrivien, ni idea. Però jo, de tu, parlaria amb ell. Perfecte. Si ho heu fet, perfecte. I què diu? Que no coneix el noi de res. I els missatges? Ho nega tot. És clar, no teniu els missatges, però teniu la data i l'hora i el registre exacte. Per tant, tu saps que t'està mentint? I? Sí, ja sé qui és la seva dona. Però et dic una cosa, Eva, pel que tinc entès, l'Òscar i el Mazorra sí que es van veure.

Com a mínim una vegada. No ho sé, potser et porto a una via morta, però crec que val la pena explorar-la. Pel que he pogut saber, com a mínim, es van veure una vegada. No, no, el Mazorra no se'l follava. Fes que els teus homes preguntin al Barça, o a la botiga Nike del Camp Nou, si tenen càmeres de vigilància. Estic segur que sí, tot aquest club està minat de càmeres de seguretat, estan obsessionats amb la seguretat. Si busqueu, en els últims dos mesos, tirant molt llarg, crec que es van trobar a la botiga Nike, un dia, l'Òscar i el Mazorra. No tinc cap prova de res, és veritat. I tu fas la teva feina i jo la meva, també és veritat. Però, escolta, pels anys que fa que ens coneixem, i com que a mi aquí m'hi ha anat la vida, deixa'm que et digui –de fet et trucava per això– que em sembla que la prioritat, ara, és investigar en l'entorn del Faura. Sicaris llogats. Assassins a sou. Soldats sonats que ofereixen serveis per fer corbates colombianes, segur que tu tens un Excel amb tots aquests noms de gent disposada a fer, per mil duros, l'encàrrec que els faci el Faura. I crec que tens prou trumfos per anar ja per l'empresari mexicà. Perdona? Per tapar-li els seus marrons, el Faura ja té l'imbècil del Cardelús. Se me'n fot que demà passat tingui la primera pedra del parc temàtic. Se me'n fot que sigui la gran aposta econòmica pel país. El Govern s'ha venut a un paio que folla menors, que potser els mata i que no se m'ha carregat a mi de miracle? Què vol dir que ara et diran que t'esperis dos dies? No pots fer la teva feina, com vols, tu? Per detenir un assassí has de demanar permís al conseller d'Interior?

33

Han udolat els llops tota la nit

Sol. Trist. Enrabiat. Dolgut. Abandonat. Desorientat. Humiliat. Cabrejat. Mort. I, sobretot, completament borratxo. Des que l'Aura havia tocat el dos sense donar la cara, tractant-lo pel cap baix de maltractador amb una carta covarda, l'Antonio havia convertit el seu cau de Sant Andreu en un xafarranxo de desordre i sentiments amargs. El piset era, al tercer capvespre, un magatzem d'envasos de cervesa. Ampolles buides, silenci espès. N'hi havia pertot arreu, d'envasos. I roba bruta, i mitjons desaparellats. I un paquet de pernil dolç de súper que havia quedat obert i no havia tingut esma de tornar a la nevera. I, al terra, trossos de la carta que, amb un rampell, havia estripat en mil bocins, amb fúria, mentre maleïa els ossos de l'Aura, del Cardelús i del malaurat dia que el pijo de la comunicació havia posat la mà a sobre a la seva dona. No l'havia rellegit. L'havia estripat i prou. No volia tornar-se a ofendre, i a encendre's, amb unes acusacions falses, injustes i passades de rosca. Durant quatre dies no es va llevar. S'estirava, begut, i quan havia de córrer perquè apressava la pixera, pensava: han udolat els llops tota la nit. Aquell so animal l'acompanyava. Anava del sofà al llit, del llit al sofà, i anava sentint els udols i covant una idea fins que va sonar el telèfon. El cap de personal de l'empresa de cargols d'inoxidable –pilota amb els superiors, dèspota amb els escarrassos– el va advertir que si l'endemà no tornava a la fàbrica ja no calia que hi posés mai més els peus. Hi va anar. I va tornar de Sant Adrià a Sant Andreu, en autobús, amb la mirada perduda i la granota plena de cargols i femelles a totes les butxaques fondes, les de posar les eines. L'endemà s'havia de dutxar, afaitar i recompondre per fer de cambrer a la festa de la col·locació de la primera pedra de Historyland. Seria l'ocasió de trobar-se, cara a cara, amb el Cardelús.

Aquella nit només va beure tres Estrelles. Havia de tenir el cap clar. I deixar-ho tot a punt perquè, a l'excursió cap a Malla, tot sortís com havia barrinat mentre els llops udolaven en el seu cap.

34

La coartada perfecta

Tots quatre, muts i neguitosos en una habitació d'hospital, semblaven els pares que esperen la llevadora que surt de la sala de parts amb el nadó a coll, embolicat, per comunicar-los que tot ha anat bé i per demostrar-los, mostrant el bebè com un trofeu, que no hi ha hagut cap complicació. Cap dels quatre, però, no havien tingut fills, i el Santana, l'Agus, la Raquel i el Gratu, reclosos a la 208, miraven la pantalla esperant que hi passés alguna cosa. Ni que fos un petit fenomen. Feia tres hores que havien estrenat nomeselsfets.com i, per començar, hi havien penjat el reportatge sobre Prodemax firmat per l'Agus Maldon.

Era qüestió d'esperar. Calia que els lectors hi entressin, ho llegissin i, si la història del visitador mèdic HSC –no van posar el nom, però el van matar publicant les inicials– els havia captivat, ho recomanessin i ho reenviessin a les seves amistats. Calia engegar la moguda viral i deixar que el cercle anés creixent i girant. De moment, però, a la seva web hi entrava algú amb comptagotes i en sortia sense deixar cap comentari. La Raquel, asseguda a la cadira de dinar del Santana, es va consolar en veu alta.

–A Internet preval el que impacta per sobre del que importa. Ho tinc comprovat.

–I? –El Santana va obrir un ull, des de la butaca de les orelleres.

–Que hem d'esperar. La gent clica més si hi ha un futbolista a qui li ha sortit la minga per sota el pantaló que per llegir cinc pàgines sobre un antidepressiu d'última generació i com la indústria...

–Això és la selva. La selva informativa. I hi hem decidit entrar. Ara no podem dir que volíem anar al desert... Deixem que la gent explori, que ens trobi i ens llegeixi. No ens rendirem tan ràpid, suposo? –I aleshores el Gratu es va estarrufar amb la seva pròpia filípica.– El futur serà digital o no serà. Pot ser que ens equivoquem, pot passar que ens costi d'arrencar, i pot arribar a donar-se el cas, fins i tot, que no arrenquem mai perquè el nostre projecte sigui equivocat, però el negoci de la premsa de paper s'ha acabat, la publicitat no tornarà i mai més es vendran els diaris que es venien.

I, per matar l'estona, prenien una Coca-Cola de llauna i deixaven passar vint minuts més per mirar, de nou, el registre d'entrades a nomeselsfets.com.

Cap reacció. Cap diari no ho linkava. Semblava que ningú no en volia dir res. Si hagués firmat el Santana... Si el Santana hagués trucat a l'Anaïs Motta, la directora de la televisió, perquè se'n fessin ressò, o al seu amic Juan Dalmau, nou director del *Crònica*, perquè els ajudés a posar el ventilador en marxa amb un titular cridaner. Però per recórrer als mitjans tradicionals sempre hi serien a temps. Admetre-ho d'entrada seria una derrota. I el Santana, de moment, no volia posar ningú en un compromís. Encara que mai no ho hauria reconegut davant del seu equip, sabia que demanar que els altres mitjans, per amics que fossin, publiquessin una crítica tan directa a la indústria farmacèutica era demanar-los que es fotessin un tret al peu. I era una qüestió d'orgull. Havien apostat per la via digital, creien que aquell era el present, havien convertit l'Agus Maldon en un llop solitari i calia esperar i aguantar.

A falta de reaccions i sense pretensions bufades, van matar el temps arreglant dos mons en crisi: el periodisme i el sistema sanitari.

–Amb tota la informació que et proporcionen Twitter i Internet, si no saps destriar el gra de la palla, si no ets tu qui ordena el caos, et perds. Com és allò? Rebem tanta informació en un dia com un home del Renaixement en tota la seva vida? De tanta informació és desinformació. Això té un nom.

–Infoxicació. –Al Gratu, a qui encara no se li havia deixatat la il·lusió, li semblaven de merceria, aquelles reflexions.

–Per fer una mica d'autocrítica... –va engegar l'Agus Maldon que s'asseia sobre els llençols estirats i planxats del llit del Santana–. Potser, penso, si perquè la història enganxés, havíem d'haver-ho narrat tot amb menys punt de vista. Més equilibrat, per entendre'ns.

–No és veritat. Més equilibrat? –va saltar, metafòricament, el Gratu–. No hem fet una obra de bons i dolents. Hem explicat els fets. La interpretació, que la faci cadascú. Només els fets.

–Només UNS fets –l'Agus va emfasitzar l'article, tan indeterminat com ell mateix.

–Que et dic que no, Agus, hòstia. Hem dit, i ho has escrit tu, que la indústria farmacèutica, fa uns anys, va treure un codi ètic de les bones pràctiques.

–Que el van presentar en una convenció a Rio de Janeiro, sí, això ho he escrit. Que van portar els metges fins al Brasil i, entre festa i festa, els van dir «no compréis médicos». Sobretot, «no compréis médicos».

–Va anar així, o no?

L'Agus va donar-li la raó amb una caiguda de parpelles. En el fons, nyic-i-nyac, era discutir per discutir.

–I ho hem publicat, o no? Doncs, ja està... Quin mal hi ha?

El Gratu, tip del pessimisme de l'Agus, del passotisme del Santana i de la ingenuïtat de la Raquel, s'havia embalat i no l'hauria aturat ni el Jonah Lomu amb un placatge.

–Sí, van signar el codi de bones pràctiques de cara a la galeria i van continuar fotent exactament el mateix. El sistema està corromput i amb el reportatge hem demostrat que tot aquest muntatge ens ha portat a la misèria d'avui. No estaríem com estem si la indústria no hagués subornat metges que han receptat medicaments fins molt més enllà de qualsevol límit. Incitar els metges a receptar més, i més car, com han fet els grans laboratoris, ha ensorrat el sistema públic. Qui llegeixi el que hem penjat, Agus, si ho arriba a llegir algú, ho tindrà claríssim: a canvi de doblar i triplicar el seu sou, molts metges han receptat més medicaments dels que tocava i han receptat els més cars. No els genèrics, els cars. I els pagàvem entre tots. Els pacients i els familiars, que no estan lliures de pecat, també s'han passat vuit pobles durant molt anys tirant de veta de receptes de la Seguretat Social. Ningú ho veia com un escàndol. Tothom pensava demana, demana que és gratis. Això, que és un tema delicat, també queda molt clar en el reportatge. I aquí hi ha hagut, entre tots, un pacte de silenci que s'ha carregat el sistema. Tu surts ara al carrer a preguntar a la gent, i el noranta nou coma nou per cent es pensa que el sistema sanitari s'ha enfonsat per culpa de la crisi. Ningú s'imagina que s'ha arribat fins aquí, fins a la ruïna d'avui, pels abusos que hi ha hagut durant vint anys. A la gent, li han fet creure una cosa i se l'ha empassat. Com més medicaments, més salut. Aquesta idea tot déu la té assumida i interioritzada. Com més medicaments, més salut. I aquesta és una màxima creada i alimentada per la indústria que ha mirat, només, pels seus beneficis. És el seu negoci, ja ho entenc, però això ha enfonsat la sanitat.

–Saps què passa, Gratu? –L'Agus no podia reprimir l'aire paternal, la suficiència que gasten els veterans cronistes d'esports quan ja són al penúltim revolt de la seva carrera.– Que si la gent del carrer sabés, de debò, quin criteri tenen molts metges a l'hora de receptar, segurament hi hauria una revolució social. Si la gent sabés què s'amaga darrere l'excés de medicalització de tots plegats...

–O sigui, que és millor que la gent continuï enganyada? –La Raquel hi va posar una cullerada racional.– En el fons, tothom té el que vol. El pacient, què busca? No patir. El metge, què fa? Diagnostica, recepta i de passada es treu un sobresou. El farmacèutic, a què es dedica? A despatxar el que li demanen. Cada cop és més dependent i menys conseller. I la indústria? A vendre tant com pot perquè diran que necessiten molts ingressos per invertir en recerca i desenvolupament i trobar nous medicaments que curin el càncer, la sida i el mal de ronyons. Vist així, és la jugada perfecta. Tot és normal i no hi ha delicte per enlloc.

–I l'Estat arruïnat i les arques buides. Tothom hi guanya, però hi perd l'Estat. Que no, collons, que hem arribat a un punt, ara mateix, que a alguns metges ja els estan limitant les receptes fins i tot en tractaments oncològics perquè no hi ha un duro. I no hi ha un duro per tota aquesta orgia que ens ha dut a la ruïna.

El Dani Santana, que semblava a la figuera, endormiscat, va intervenir per primera vegada.

–El pacte de silenci, qui ho ha dit? El pacte de silenci és el més interessant de tot. Em sorprèn que tants metges honrats que sabien a què es dedicaven alguns dels seus companys hagin callat sempre com putes. Per què ningú no se n'ha anat de la boca? Ni els visitadors, ni ningú? Qui tenia por de sortir d'aquest engranatge totpoderós?

–Si surts de la roda potser ja no hi tornes a entrar. La persona, per naturalesa, sempre cau en la... Era massa llaminer per a tots.

–Tothom hi guanyava. –El Gratu, amb gràcia per arrodonir pel·lícules.– I l'Estat pagava en nom del benestar de tots. La coartada perfecta.

L'Agus –formes tosques, esperit estellós– va fer la pregunta que havia anat madurant mentre sentia com el Gratu s'esbravava.

–I la política i els polítics? I els que governaven, que veien com es disparava aquesta despesa farmacèutica, que a la força sabien tots els números per fer els pressupostos, per què no van fer mai res per aturar-ho?

–Tinc la llista dels polítics que formen part dels consells d'administració de les empreses farmacèutiques. –El Gratu, cada dia una sorpresa.– N'hi ha de tots els colors. Són persones clau a l'hora d'adjudicar el preu d'un nou fàrmac.

–M'estàs dient que els posen al consell, i cobren, perquè mirin cap a l'altra banda?

–No només. Diríem que acostumen a fer de pont entre l'Administració i els laboratoris, perquè a l'hora de fixar el preu s'hi juguen molts milions i els convé algú que els faci d'intermediari.

–Aquest ha de ser el proper reportatge de nomeselsfets.com –els dits de l'Agus se n'anaven sols cap al teclat.

–Sempre t'has de guardar alguna cosa a la màniga, sí, senyor. –El Santana, amb moltes esgarrapades a la pell, sabia els trucs.– Quan es pensen que ja ho hem publicat tot, sempre has de poder tirar un altre trumfo.

–I si això no tira?

El Gratu ho tenia clar.

–No podem fer res més. Puntada endavant i a seguir. Com en el rugbi.

Com en la vida. No hi ha més remei.

Just quan anaven a donar el dia per rematat i arrossegaven la decepció de no haver sacsejat gaire res, d'haver fet molt menys brogit del que es pensaven, XAK Farma va respirar. L'empresa va enviar una nota a tots els mitjans de comunicació. L'agència EFE ho va rebotar als seus abonats perquè tothom –tothom que volgués– se n'assabentés. «Davant de les informacions aparegudes en les darreres hores sobre el medicament Prodemax i sobre les males pràctiques atribuïdes als nostres laboratoris, neguem tots aquests extrems, ens reservem la possibilitat de presentar accions legals contra qui ho difongui i convoquem diaris, ràdios i televisions a la roda de premsa que se celebrarà properament a l'auditori de les nostres instal·lacions».

Llegit el comunicat en veu alta, el primer aplaudiment va ser de la Raquel. Un èxit. Un èxit, repetia tal com raja, l'Agus Maldon que saltironava per l'habitació amb el seu caminar gallòfol. El Gratu, amb la mirada combativa, va buscar la felicitació del Santana.

35

No sé de què em parles

El Mazorra va tancar la finestreta que separava el davant del darrere. No volia que el xòfer que el duia cap a Malla sentís la conversa entre ell i el Roberto M. Faura. Era el 19 de maig, era la tarda de la col·locació de la primera pedra de Historyland i el secretari del Govern considerava que hi havia un tema, cabdal per a ell, que encara no havien tocat. Quan el Mercedes lluent havia travessat les botigues de mobles de la Garriga i enfilava cap a Osona, el Toni Mazorra es va deixar anar. El Bobby Faura, atònit, no s'esperava un atac d'última hora.

–No em demanis res més, Mazorra. Avui no. Ja ho he posat tot. Els diners, la inversió, la gent, l'enginy. Pago tot el que m'heu dit que pagui. La comissió que m'heu demanat pel partit, també. El tres per cent de les obres sense protestar. Ara no vull més sorpreses.

–És que no sé si m'explico, senyor Faura. Hi ha algú de qui fins avui no n'hem parlat...

–No et segueixo.

–Parlo de mi. –El Toni Mazorra, amb una immodèstia estudiada, va fer l'inventari.– Jo he aconseguit que construïm un parc de joc i oci al mig del país i que tothom digui amén. La contestació al carrer, l'hem silenciat. La crítica dels mitjans, l'hem comprat. He fet que el Parlament aprovi una baixada d'impostos excepcional, per al seu cas específic. És insòlit que el joc passi de tributar cinquanta a pagar el deu per cent. Una baixada espectacular feta a mida per al nostre parc. He aconseguit llicències per urbanitzar àrees que eren zona verda, zona agrícola i reserva natural. He expropiat terrenys molt per sota del valor que tocava. He pogut fer, i no ha estat gens fàcil, l'hi asseguro, que pugui muntar més d'un casino. He aconseguit a més a més que es pugui fumar als seus casinos i, des d'avui, fins que s'inauguri Historyland, hem agafat el compromís de matar tots els porcs d'Osona perquè mai més foti pudor. Sap qui ho ha aconseguit tot això?

–Era la teva feina.

–No dic que no. –Ho deixava anar tot amb un desvergonyiment com si no parlés d'ell mateix.– Però la considero mal pagada. I penso, i m'agradaria que coincidíssim també en això, que és just que en tregui alguna cosa més.

–De què estem parlant?

–M'he cremat molt, jo, per aquest projecte.

–Què vols?

–L'u per cent dels beneficis.

–L'u per cent? Per tu? Estàs grillat. Ja li pago prou, al partit...

–Una mica boig? Potser sí... –El Mazorra, cínic, va deixar caure la bomba com qui no vol la cosa.– Però a mi no m'agraden els nens.

El Faura va comptar a cinc, abans de respondre.

–No t'entenc.

–Ja sap la seva santa dona que vostè... com es deia el nano aquell de setze anys?

–No continuïs per aquest camí.

–L'Òscar. Òscar Sancho.

–Ni se t'acudeixi fer-me xantatge.

–Què li ha passat a l'Òscar?

–No sé qui és.

–No sap qui és. S'ha begut fins a l'última gota del seu suc i no el recorda?

–T'estàs complicant la vida, Mazorra.

–D'acord. Posem que no recorda l'escena. Potser s'estima més que recordem aquest Òscar...

El Mazorra es va treure, de la butxaca interior de l'americana, una foto del jove degollat i la va posar sobre les cames del Faura. L'empresari mexicà, terriblement molest, ni tan sols va fer el gest de mirar-la.

–Jo no hi tinc res a veure, amb tot això.

–La nostra policia creu que sí. De fet, el nostre Departament d'Interior està convençut que sí que hi té a veure. I creuen que podrien trobar prou proves contra vostè per detenir-lo, jutjar-lo i posar-lo a la presó. Tranquil: jo ho he parat –va aprofitar per treure-li la foto del mort del damunt–. Jo he demanat que, de moment, aparquéssim aquest expedient. Abans de la primera pedra, no... Seria una llàstima, després de tant com hem remat, que ara just abans d'arribar a port ens carreguéssim aquest projecte que a nosaltres ens fa tanta falta i a vostè tanta il·lusió.

–Mazorra, estàs acabat. Estic acostumat a resistir extorsions de tota mena. A Mèxic...

–L'u per cent. Només l'u per cent dels beneficis i aquí ningú no sabrà mai res. Pel bé del país, és clar. Em fa l'efecte, senyor Faura, que és un tracte just.

El paisatge, com si no hi fos. L'Antonio mirava per la finestra, però ni tan sols veia despuntar la primavera. En el camí en autocar, des del passeig de Sant Joan de Barcelona fins a Malla, no havia parlat amb ningú. De fet, no coneixia cap de les cares que s'asseien al seu voltant. Tots aquells homes, nets, dutxats i amb les ungles en perfecte estat de revista, tal com demanava la circular que els havien fet arribar, devien ser cambrers. O ocasionals amb experiència, com ell, que s'havien apuntat per la feina d'un dia i a qui havien escollit per servir el berenar sopar, a peu dret, de l'acte de la celebració de la primera pedra. L'Antonio, concentrat en el seu món, repassant mentalment la seva venjança, només atenia quan, pel micròfon de l'autocar, algú que semblava un cap del servei de càtering els explicava, amb veu nasal, què passaria minut a minut quan arribessin a lloc. Primer els distribuirien per espais, després farien un assaig, després el xef Aldo Maristany els explicaria, platet a platet, en què consistia l'aperitiu perquè ho poguessin comunicar als convidats. Encabat, quan faltessin dues hores perquè arribessin les autoritats, haurien de passar pels emprovadors a buscar una camisa blanca de la seva talla i a triar l'armilla i els pantalons morats de l'uniforme que els anessin més a mida. L'Antonio va triar, de tot el joc, la talla més gran. I es va tancar al lavabo. Va ser allà, amb pressa per no aixecar cap sospita, que, de la bossa d'esport que duia, en va treure la faixa que havia estat preparant a casa. Amb cura, se la va estrènyer al costat de la panxa. No es notava res. Amb la samarreta blanca, la camisa i l'armilla al damunt, no es notava res de res. Abans de sortir a actuar, es va mirar tres cops al mirall per tornar-se'n a assegurar. Un cop a la carpa, l'Antonio Mallenco Grandes va formar allà on li van dir, com un més de l'exèrcit de cambrers liles. Tot a punt. Senyor, sí senyor.

Els aplaudiments més forts de la tarda se'ls van endur el president i el Roberto M. Faura en el moment de l'abraçada. El pool de fotògrafs pensava, en aquell moment, que estava disparant la que seria la portada de l'endemà. Era un quart de vuit en punt de la tarda –el protocol anava tot cronometrat a la collonèsima– i va ser just després que la primera autoritat del país i el màxim inversor de Historyland haguessin enrotllat tres diaris del dia i, en un cilindre transparent, els haguessin entaforat dins de la que van beneir com la primera pedra de l'obra. Era un bloc blanquinós, rectangular, polit, amb una inscripció que ningú no va arribar a llegir perquè de seguida dos operaris, amb una corriola, la van fer baixar fins al sot que havien preparat per a l'ocasió.

–Que Déu beneeixi aquesta terra. Que Historyland sigui, per a tots, sinònim de riquesa, feina i sort.

El discurs de Roberto M. Faura, per consell del Javi Cardelús, havia estat així de breu. Escarit, però clar. Hauria volgut dir: «Vostès no noten la pudor dels purins?», però se'n va estar. El president del país, en canvi, es va agradar molt més, es va penjar medalles –les que li corresponien i les que no– i no va fer cap cas als seus assessors de comunicació, que li havien demanat, pel timing de les connexions de televisió, que ho fes curt i que improvisés poc. Però, quin president deixa la paraula quan sap que entra a les cases amb una bona notícia? Els tres mil convidats a l'acte? Que escoltin i que s'esperin. Les senyores que se'ls ensorra el taló de l'agulla? Ja les desclavaran. La qüestió és treure el millor dels somriures, dir coses positives i apropiar-se de la càmera. El discurs sempre és el de menys.

Acabada la rigidesa de la cerimònia, els tres-cents cambrers van aparèixer amb les safates plenes de copes de cava, en desfilada marcial. N'hi havia per a tothom, tantes com volguessin. Per fer coixí, de seguida van començar a sortir més safates i més cambrers amb les primeres delicadeses. Petites, saboroses, elaborades. Doña Elvira Herrero, que s'havia vestit amb la paleta de la Frida Kahlo, havia tastat el còctel d'ou de guatlla amb melmelada de tomàquet mentre xerrava amb la vicepresidenta Maria Romero. Al seu costat, obsessivament a prop, Toni Mazorra. El secretari del Govern, apegalós amb la seva dona, intentava desmuntar els rumors de les tertúlies radiofòniques matinals que asseguraven que el matrimoni s'havia separat. El president, que no menjava per no engreixar-se, es va acostar al racó dels periodistes acreditats per fer-los un off the record. Per variar, va aprofitar per trinxar el número dos del partit en la mateixa mesura, si fa no fa, que el número dos sempre el blasmava a ell cada vegada que en tenia l'oportunitat.

L'Antonio servia tothom amb l'amabilitat requerida. Era tan cepat que s'havia d'acotar una mica, i abaixar els braços, perquè els convidats poguessin mirar, ben bé, què agafaven de les safates.

–I això?

–Botifarra esparracada en un niu de coliflor.

Era tan alt que, mentre servia, podia treure les antenes i mirar per on es movia el Javi Cardelús. Feia estona que s'estava, prop de la banda de jazz, parlant amb el Bobby Faura. A la següent sortida, encara que no fos pròpiament la zona que li havien assignat, pensava acostar-s'hi. Va entrar a la cuina amb la safata buida, sense cap niu de coliflor, i en va sortir amb una altra de ben plena amb piràmides de foie. O ara o mai, es va dir. Total...

Continuaven al mateix lloc. Per damunt de tots els caps i algun barret de dona, li era fàcil distingir el Bobby Faura, que era gairebé tan gros com ell. Al costat, sempre al seu costat, hi continuava el fill de puta del Cardelús. A mesura que s'hi apropava, notava que el cor agafava embranzida, que tornava el crit llarg dels llops en primer terme i, en canvi, tota la resta, la sentia amb sordina. Nerviós, sense la rialla de cortesia, se'ls va plantar al davant. Entre ell i el Cardelús només els separava una safata de petites piràmides que, pel camí, havia quedat mig buida. El dircom de Historyland va obrir els ulls inquirint informació.

–Piràmide de foie amb porto –el cambrer va donar l'explicació esperada.

–Piràmide de foie al porto –va repetir-li el Cardelús al Faura per si no ho havia sentit.

–S'ha de posar tot a la boca, com un bombó de licor –va aclarir l'Antonio mirant de no perdre el seu paper.

En Cardelús, educat, pilota fins a l'últim alè, va deixar que en Bobby Faura agafés primer. Una piràmide de foie amb porto. I aleshores va agafar ell, amb un tovallonet per eixugar-se els dits. L'Antonio continuava plantificat al seu davant. Agafava la safata amb les mans fortes. Els dits ossuts, de pantocràtor romànic, suaven. Li suava també el front. I tot ell, immòbil enfront del Cardelús, transpirava el turment que l'havia abduït. Sentia l'udol animal encara més a la vora. I va ser en aquell moment, quan la celebració de la primera pedra estava en el moment de més brogit, que l'Antonio va tirar endavant el pla que portava preparat. Tot va anar molt ràpid. Calculadament. Era l'única manera de fer-ho.

–Records de l'Aura Barrera.

–Perdó? –el Cardelús no va entendre que un cambrer se li adrecés.

–Les palles te les fas tu sol, fill de puta –sense alçar el to de veu.

–No sé de què em parles.

–M'has destrossat la vida.

De la ràbia, i de dir les paraules amb les dents massa serrades, se li havien escapat alguns capellans que havien aterrat sobre el suculent aperitiu. Era el moment. Quan el Javi Cardelús anava a girar cua, el cambrer dels ulls encesos va deixar caure la safata a terra, amb un gran estrèpit. Les piràmides encara no els havien embrutat les sabates quan l'Antonio, amb un gest resolut, es va posar la mà dins de l'armilla de botons. Amb dos dits va buscar l'anella i, sense pensar-s'ho, la va estirar per fer esclatar la munició que farcia tota la faixa. L'Antonio Mallenco Grandes, exmarit de l'Aura Barrera, va fer-se explotar als nassos del Cardelús. L'esclat va ser sec, curt, brutal. La carnisseria, immediata. De l'expansió de la deflagració, els cossos del Cardelús i del Faura van volar, espellifats, un bon tros enrere. Tothom xisclava, tothom corria cap a no sabia on. Els crits eren més forts que l'últim udol que havia ressonat al cap d'aquell home desesperat. Ell no volia ser l'únic que ho hagués perdut tot en aquella història. El pànic, l'horror i la sang es barrejaven amb sabates de punxa que les senyores perdien en la fugida. Bramulava Malla. Les televisions, que havien emès l'acte en directe i que ja plegaven els equips, van tornar a engegar les càmeres, a desclavar-les del trípode, i a córrer a filmar els cossos morts abans que els de seguretat de l'acte i la policia poguessin acordonar la zona. L'esgarip de les ambulàncies no va trigar a sonar. Cada vegada eren més. Cada vegada més a prop. Els vius, ferits, miraven de fugir de l'epicentre de l'atac. A alguns els faltava un braç; a d'altres, un peu. Els morts –d'entrada semblaven una dotzena, en el recompte final van ser nou– formaven un paisatge macabre. El cap de l'Antonio, desfet, s'havia separat del cos. El Javi Cardelús havia quedat amb els ulls oberts, mirant al cel, i amb un fil de sang i porto que li sortia de la boca. El foie, a mesura que s'anava desfent, es convertia en una estranya escuma que li brollava, lentament, des de la gola, com la lava d'un volcà. El Bobby Faura –mai no hauria apostat que moriria d'una manera tan impensada– va quedar, en canvi, esclafat amb la mandíbula a terra i els pantalons estripats, de dalt a baix, resseguint tot el camal.

La seva dona, Doña Elvira Herrero, que era en una conversa de senyores moltes taules enllà, es va agenollar sobre el seu marit i el va intentar tombar, però no va tenir prou força. Com va poder, li va passar la mà pel front i pel serrell i, amb llàgrimes als ulls però amb una serenor insòlita, va fer com si li donés l'extremunció. Massa tard. Estava convençuda, però, que la pregària l'ajudaria en el viatge.

Els homes de l'Eva Bosch –que va trigar vint-i-set minuts a arribar a la zona zero– van trobar restes de cargols i femelles d'acer inoxidable, de mida petita, a cinquanta metres a la rodona. Fins a tres quarts de nou del vespre, segon amunt segon avall, encara hi va haver claror de dia. Després de la posta sobre Osona, tot es va fer molt més complicat. Les sirenes de les ambulàncies no van deixar de sonar fins ben entrada la nit.

Les televisions, que havien alterat la programació anunciada i feien connexions en directe amb el lloc de l'atemptat, buscaven testimonis que haguessin conegut el cambrer suïcida que havia assassinat Roberto Manuel Faura, un dels homes més rics del món. Qui ha comès l'atemptat de Historyland? Ho preguntaven a d'altres companys, atònits, que també havien fet de cambrers en la festa de la primera pedra.

–Hem vingut de Barcelona fins aquí amb ell, sí. A l'autobús semblava molt normal.

–Es va asseure sol, perquè era molt gros, però pràcticament no va dir res.

–Recordo que de tant en tant esternudava tres cops seguits, però no crec que això tingui importància...

–Jo anava assegut al seu darrere. De tant en tant es tapava les orelles, com si li fessin mal.

–Si el coneixia? No, de res. Només sé que es deia Antonio.

El Dani Santana mirava els programes especials des de l'habitació de l'Stoner. L'Èlia, acabada la jornada a l'Institut, havia entrat per desitjar-li bona nit amb un petó abans de marxar cap a casa. Però, atrapada per les imatges, s'havia quedat al sofà de les visites amb les celles altes. El Santana tampoc no badava boca. Canviava de canal, veia que tothom –com sempre– deia si fa no fa el mateix i li passaven mil coses pel cap. De sobte, es va treure el mòbil de la butxaca i va escriure un missatge a la Raquel.

Demà em donen l'alta. No cal que vinguis. Canvi de plans. Agafaré un taxi. M'estimo més que a primera hora facis una altra cosa. Vés a buscar el llapis de memòria que et vaig donar i vas, directa, de la caixa de seguretat cap a casa meva.

La Raquel, que era en pijama romancejant al seu sofà, va rebre l'encàrrec del Santana mentre sopava pa amb formatge, menjar de pastor. La va sorprendre que no la necessités per a la mudança. I, més encara, que hagués canviat de pensament respecte al clauer del robotet de Lego.

Li volia dir així no és com vam quedar.

Li volia preguntar què penses fer?

Al capdavall, li va respondre el de sempre:

D'acord.

36

L'EFECTE BARBRA STREISAND

Heu marxat avui i ja us enyoro. El Gratu va enviar un correu electrònic al Santana, amb còpia a l'Agus Maldon i a la Raquel. Els explicava una història. Hi va haver un fotògraf, Kenneth Adelman, que retratava els grans casalots de la costa de Califòrnia des de l'aire. Una d'aquestes cases va resultar ser de la Barbra Streisand. El fotògraf, l'any 2003, va penjar la seva foto en un portal que tenia molt poques visites. Ningú, pràcticament, no havia vist aquella imatge que havia passat absolutament desapercebuda. La cantant, però, va creure que s'havia atemptat contra el seu dret a la privacitat i va posar una demanda al fotògraf i a la pàgina web per haver ensenyat la seva casa. A partir d'aquell moment, la bola de neu es va anar fent grossa, els mitjans es van fer ressò de la notícia i, al final, tot Amèrica havia vist la foto, a vol d'ocell, de la magnífica casa de la Streisand arran d'un penya-segat de la costa del Pacífic. Amb el seu intent de censurar la imatge va aconseguir just el contrari del que desitjava: una informació que, a l'inici, era del tot intranscendent va acabar tenint un gran repercussió mediàtica. D'aquest bumerang, d'aquest retorn contraproduent, se n'ha dit efecte Streisand i, em sembla, que XAK Farma ha caigut en això. El nostre reportatge sobre Prodemax tenia un abast molt limitat. Havíem fet poc soroll, el terrabastall no era el desitjat i, en canvi, amb la seva roda de premsa, això es farà gros.

No et facis il·lusions, li va respondre el Santana també per mail, amb còpia a tots. Esperem la roda de premsa.

–Vostè sap per què el seu marit va immolar-se, ahir, a Malla?

Els reporters de televisió havien descobert que l'Aura Barrera, dotze anys més jove que ell, havia estat la dona de l'Antonio Mallenco. Havien sabut on vivia i, a través de l'intèrfon, miraven de fer-li una entrevista. Si més no, treure-li unes declaracions i fer-los uns totals. L'Aura, però, per més que preguntessin, no responia.

–Se sent culpable per haver abandonat el seu marit?

–Admet que l'atac suïcida de l'Antonio pot ser fruit de la seva separació?

–Li havia dit mai res, a vostè, el seu marit, de les seves intencions?

–L'havia maltractat a vostè, l'Antonio?

L'Aura, consolada per la seva mare, només plorava i plorava mentre veia, per televisió, el portal de casa els seus pares i com els micròfons de tots els colors s'acostaven a l'intèrfon per mirar de treure'n alguna cosa. Quan va arribar l'Eva Bosch i va pujar al domicili, l'Aura sí que va esforçar-se a respondre totes aquestes preguntes, com va poder. Sanglotant, va intentar explicar a la policia que no creia que l'objectiu de l'Antonio fos el Bobby Faura ni cap de les persones innocents.

Doña Elvira Herrero, vídua de Faura, havia canviat les coloraines mexicanes pel negre estricte. Endolada de dalt a baix, es va posar darrere del faristol de l'aeroport de Barcelona i, amb l'enteresa que dóna la conformitat cristiana, es va preparar per fer una declaració. Al seu costat, com a màxim representant del Govern, Toni Mazorra demanava als fotògrafs que s'enretiressin, per respecte, i perquè tapaven tot l'estol de càmeres de televisió que, en directe, estaven a punt d'emetre aquell comunicat. A la sala, habilitada amb presses, hi havia cent vint mitjans acreditats. Les ràdios i les televisions van connectar-hi totes en directe. L'expectació era absoluta. Quan van callar els flaixos, una de les vídues més riques del món va donar el veredicte. Ningú no sabia, vint hores després de la tragèdia, què havia decidit.

–Ahir, el meu marit, un home bo, un home fidel, un home que vivia per treballar i pels seus projectes, deia dues coses molt breus. «Que Déu beneeixi aquesta terra» i «que Historyland sigui, per a tots, sinònim de riquesa, feina i de sort». Van ser les seves últimes paraules. I jo dic que Déu beneeixi aquesta i totes les terres, però Historyland no tirarà endavant. Després de la tragèdia d'ahir, i de l'assassinat de Roberto Manuel Faura i de vuit persones més, Tinubu Corporation retira el seu projecte. Per més que el Govern, a través del president i del senyor Mazorra, en les últimes hores m'ha intentat persuadir que no em precipiti amb la decisió, la meva paraula és irreversible. Ens en tornem a Mèxic per enterrar el meu marit. I gràcies a tots per les mostres de condol que hem rebut de tot el món. I ara si em dispensen...

A la mateixa hora, com si ho haguessin contraprogramat expressament, el director de comunicació de XAK Farma es presentava a l'auditori de l'empresa, acompanyat del director general de la companyia. Els va satisfer veure que, al seu davant, només s'hi asseien tres periodistes econòmics, encorbatats. La lectura del comunicat va ser ràpida, de tràmit.

«XAK Farma nega totes les informacions que nomeselsfets.com publica sobre els seus laboratoris i sobre un dels seus medicaments, el Prodemax.

»XAK Farma nega que, entre els seus treballadors, en tingui cap que respongui a les inicials d'HSC. Si el nom ja és fals, també ho seran les informacions que els hauria passat aquesta font.

»XAK Farma pot assegurar que no ha comprat mai cap metge. –Va alçar els ulls del paper per mirar als periodistes.– Repeteixo, mai cap. Ni amb diners, ni amb espècies.

»XAK Farma no té constància que existeixin això que al pseudoreportatge en diuen "metges pirates".

»XAK Farma va signar, a la convenció de Rio de Janeiro, el codi de les bones pràctiques, que complim amb orgull des del primer dia.

»XAK Farma, com tants altres laboratoris, per evitar

temptacions d'aquesta mena que hi hagués pogut haver en el passat, és a dir, abans de la convenció de Rio, té un departament de compliance que assegura, en tots els casos, el compliment normatiu intern i extern en sentit ampli. Per entendre'ns, si hem de muntar un congrés per donar a conèixer un medicament als professionals de la medicina, ho fem sempre a través d'aquest departament de compliance que garanteix la màxima transparència en les gestions, en l'organització i en la legalitat.

»Dir, també, que Prodemax és un antidepressiu d'última generació que fa tres anys que és al mercat i que està tenint uns efectes molt bons en els pacients que el prenen. Estem tenint, de fet, els resultats que s'esperaven quan l'Agència Mundial del Medicament hi va donar el vistiplau.

»No ens costa, tampoc, que Prodemax s'estigui receptant més del compte. Pels seus bons resultats, els metges el recepten en la mesura que consideren que el diagnòstic del seu pacient ho requereix.

»El preu de Prodemax és pactat i ajustat. Naturalment, per arribar a posar un medicament com aquest al mercat hi ha hagut molts anys d'investigació i desenvolupament. Al darrere hi ha hagut moltes proves, molts assajos i molts científics de primer nivell i tot això té un cost.

»XAK Farma, mai està de més recordar-ho, té com a objectiu millorar la qualitat de vida de les persones a través dels seus medicaments.

»XAK Farma reitera, com ja ha fet en d'altres ocasions, que molts medicaments d'última generació no es podrien descobrir i posar al mercat sense l'acció de la indústria i l'aposta decidida per una recerca que, per definició, és cara.

»XAK Farma, finalment, anuncia que es reserva el dret d'emprendre accions legals contra el periodista Agustí Maldonado, que firma el reportatge amb el pseudònim d'Agus Maldon i contra la pàgina web que ha difós totes aquestes afirmacions sense fonament, www.nomeselsfets.com».

Un periodista, que ni tan sols havia obert la llibreta, va demanar de fer una pregunta.

–Una de sola, sisplau, que el director general ha de volar cap a Suïssa.

–La cotització de XAK Farma a la borsa, s'esperava que estigués en aquest punt, just abans de l'estiu?

Al Gratu, quan l'hi van explicar, no es podia creure que només hi hagués tres periodistes, que no els haguessin preguntat res sobre el reportatge i que l'endemà cap diari es fes ressò, ni una maleïda línia, de la seva denúncia del funcionament del sistema sanitari a través de l'exemple del Prodemax. A cagar... Havien tret molta merda i en quedava, encara, molta més per treure.

L'Agus, un nostàlgic del Watergate, per generació, es va posar dos dits de whisky en l'únic vas net que va trobar per casa. Pensava que podria canviar el món, però no va canviar res. Va engegar la tele i es va conformar amb un partit de bàsquet femení. Ja li estava bé.

La Raquel va arribar a l'àtic del Dani a Sant Cugat quan ell ja feia dues hores que hi era. Va fer-li un petó i, de seguida, li va donar el clauer del robot verd, de Lego, que es convertia en llapis de memòria.

–T'ha costat gaire?

–No. L'estona d'ensenyar el DNI, baixar fins a la cambra blindada i obrir la nostra caixeta de seguretat.

–Has trigat, trobo.

–Mira, noi, he vingut tan ràpid com he...

El Santana, mentrestant, havia preparat un cerimonial. Al damunt de la taula de la terrassa que donava al Parc Central hi havia posat una totxana de les que tenia per aguantar testos. Al damunt, estratègicament col·locat al mig de la pedra, hi va deixar el robotet verd de bocaterrosa.

–Què penses fer?

–Només tinc dues opcions.

De la caixa d'eines, curosament endreçada, en va treure el martell del mànec de fusta i el va posar recte, al costat de la totxana.

–Semblés un mag preparant el truc... Tanta cura i tant d'ordre.

–Sí. Igual. Desaparèixer o no, aquesta és la qüestió.

La Raquel va témer que agafaria el martell i picaria fins a trinxar-lo. Era, sí, una de les opcions.

–Si ho destrueixes no sabràs mai què hi havia.

–Dos morts. Quan eren vius. I un cul pelut rapat com una diana.

–Ho has vist? –la Raquel, sorpresa.

–Esclar...

–Em vas enganyar –i decebuda.

El Dani va deixar anar aire pel nas, com si hagués pres una decisió sense estar-ne gaire convençut. Per resignació. Va treure el llapis de memòria de sobre la totxana i el va donar a la Raquel.

–Regala el clauer al Gratu. Digue-li que aquí dins hi té una bona història. Que s'entenguin amb l'Agus, que no es barallin i que l'expliquin bé. Detalls i crònica. Periodisme. Només els fets. I que no comencin pel començament. Que facin el que vulguin, però un bon inici seria el meu intent d'assassinat.

–I tu?

–Desapareixo. Marxo. –No semblava un rampell.– De moment, ja en tinc prou.

–No em diràs que t'han espantat?

–Mantindré el despatx obert. A tu no et faltarà de res. Però m'he de recuperar.

–Et puc preguntar –amb el coll sec, dels nervis– si te'n vas amb l'Èlia?

El Santana, avesat a buscar la veritat, a explicar realitats amagades i a mostrar-se segur i convençut en tots els àmbits, en el fons sabia una cosa: que li tocava recuperar la confiança en si mateix. L'estada a la clínica, fora de la circulació i amb les prioritats canviades per força, li havia servit per decidir que era el moment, o ara o mai, d'intentar que la imatge que tothom tenia d'ell no estigués a anys llum de com se sentia amb ell mateix. Aparcar el Santana i retrobar el Dani. Ho necessitava per respirar. Marxaria sol. Lluny. De moment. Per tranquil·litzar la Raquel, va respondre sense mostrar cap feblesa:

–Per més que ho intentin, no ens espantaran. Continuarem destapant les misèries que massa gent voldria amagades per sempre més. La vida és tan absurda, Raquel, i l'actualitat tan fràgil, que una petita història personal ha empès un treballador d'una fàbrica de cargols d'acer inoxidable a ser el protagonista d'una notícia d'impacte mundial. Historyland no només ja no es construirà mai al nostre país sinó que deixa uns quarts morts pel camí i l'assassinat d'un dels homes més rics de la llista del *Forbes*. I per què? Per una venjança que havia de ser irrisòria, que s'ha convertit en obsessiva, desesperada, i que ha acabat sacsejant el món. Com sempre, el motor de tot plegat: les passions.

AGRAÏMENTS

A la Sònia Carol, l'Albert Cuesta, la Magalí Maymó, el Franco Minotto i el Marc Riera per confiar-me els seus coneixements.

Al Pedro Madueño per disparar, sempre, a l'instant oportú.

A la Mirta del Cafè, pels sucs de fruita de cada tarda. Pausa i vitamines.

Al Josep Lluch i l'Ester Pujol, pel suport a tota hora, les idees i els consells.

A la Mònica Planas, el Romà Bosch i el Francesc Garriga, imprescindibles en la ficció i en la no-ficció.

I un reconeixement molt especial a una persona que ha estat una font fidel, constant i precisa, per explicar-me com funciona el món dels visitadors mèdics, un ofici que ell va decidir deixar després de dotze anys i de l'episodi, d'una tarda, en un bordell.

Per la seva tranquil·litat i per la seva seguretat, no em permeto ni tan sols revelar les seves inicials, ni la seva edat, ni el seu club de futbol.

El testimoni d'aquest valent, que continuarà sent anònim, ha estat clau per conèixer una altra realitat amagada. I per escriure aquesta novel·la, de ficció real.